BIBLIOTHÈQUE CONTEMPORAINE

## LA COMTESSE DASH

# LE FILS

DU

# FAUSSAIRE

M-L

PARIS

MICHEL LÉVY FRÈRES, ÉDITEURS

RUE AUBER, 3, PLACE DE L'OPÉRA

LIBRAIRIE NOUVELLE

BOULEVARD DES ITALIENS, 15, AU COIN DE LA RUE DE GRAMMONT

1871

# LE FILS

# DU FAUSSAIRE

MICHEL LÉVY FRÈRES, ÉDITEURS

OUVRAGES
DE
# LA COMTESSE DASH
Format grand in-18

Versailles. — Imprimerie Crété.

# LE FILS

DU

# FAUSSAIRE

PAR

## LA COMTESSE DASH

## PARIS

MICHEL LÉVY FRÈRES, ÉDITEURS

RUE AUBER, 3, PLACE DE L'OPÉRA

———

LIBRAIRIE NOUVELLE

BOULEVARD DES ITALIENS, 15, AU COIN DE LA RUE DE GRAMMONT

———

1872

# LE FILS
# DU FAUSSAIRE<sup>(1)</sup>

## I

### LE HASARD

C'est un étrange directeur que le hasard, il arrange ou plutôt il dérange les combinaisons les plus savantes, il fait que les choses prévues sont justement celles qui n'arrivent pas. Le hasard est souvent le nom de guerre de la Providence, et les volontés se succèdent et se contrarient selon cette volonté suprême, en dépit de tous nos efforts.

Ce que Léonce avait fait pour cacher sa victime devait justement contrarier ses vues. Il courait depuis si longtemps après la fortune, elle se présentait à lui lorsqu'il ne pouvait plus la prendre,

(1) L'épisode qui précède le *Fils du Faussaire* a pour titre : *Un Secret de famille.*

1

en même temps, ce qui se passait rue de Babylone achevait de détruire ses projets.

Deux hommes entraient chez Suzanne, on
l'a dit.

— Ah ! enfin, s'écria-t-elle dès qu'elle les
aperçut, en courant au devant d'eux, avec quelle
impatience je vous attendais !

— Chère Suzanne, il n'est pourtant pas tout à
fait l'heure.

— Il est plus que l'heure dans mon cœur,
Jacques.

— Mon amie, lui dit-il en la regardant avec
une tendresse ineffable et en lui baisant la main,
combien il y a longtemps que je ne vous ai vue !

— Pas depuis avant-hier, c'est vrai.

— N'est-ce pas long, méchante ?

— Chaque heure est un siècle, je le sais aussi
bien que vous. Roland, vous êtes encore plus
ténébreux que de coutume. Suivez-moi, je vous
montrerai quelque chose qui vous égaiera, un
présent que je vous destine, mon cher duc ; un
peu plus tard..., quand cela se pourra.

Elle les entraîna dans le cabinet où le soleil
donnait en plein sur cette resplendissante peinture. M. de Villecresne (il n'est pas besoin de le
nommer au lecteur, il l'a reconnu sans doute),
M. de Villecresne poussa une exclamation de joie

en apercevant ce visage charmant, et il courut pour l'admirer de plus près.

— C'est merveilleux, dit-il.

— Je suis ravie de vous voir si content ; c'est votre jeune amie qui a fait cela.

— Il y a de quoi établir sa réputation à tout jamais. Et c'est pour moi ?

— Pour vous.

— Merci, merci, ma Suzanne ! en retour de ce beau présent, je vous apporte une bonne nouvelle : je crois que je serai bientôt libre, Rosalba me rebute et a sans doute d'autres idées.

— Cela est-il vrai ? Roland ne se flatte-t-il pas lui-même ?

— Cela est vrai, ma chère Suzanne, ou au moins cela semble vrai. Elle a formellement refusé de l'admettre hier dans sa loge à la représentation de Rachel, et Jacques, fort consolé, je vous assure, est resté seul à la maison avec M<sup>me</sup> Guérin, qui avait refusé d'y venir.

— Ah ! M<sup>me</sup> Guérin n'a pas voulu sortir hier au soir !

— Non, elle est triste, la pauvre chère créature, elle s'étiole. C'est ma plus grande douleur. Je ne sais qu'imaginer, que faire. Lorsque je lui propose un moyen quelconque de se soustraire à ce martyre, elle se met à pleurer et ne me répond rien.

— Elle est bien belle, n'est-ce pas ? Je ne l'ai vue que très-peu et très-mal, avec mes mauvais yeux. Lorsque je vous rencontre ensemble, je suis toujours si troublée, j'ai si grand'peur de vous trop regarder, que je ne vous regarde pas du tout, et je ne vois pas alors, car Dieu m'a privée de la facilité commune à mon sexe, de voir quand les yeux sont ailleurs.

— Oui, elle est belle, dit Roland, bien belle ! et c'est encore la moindre de ses perfections.

— Vous apprendrez à l'aimer plus tard, Suzanne, quand vous la connaîtrez.

— Je l'aime déjà. N'est-elle pas votre sœur ?

— Elle sera heureuse de mon choix, j'en suis sûr, et m'approuvera de faire duchesse la plus grande artiste de ce temps-ci, qui est en même temps la plus noble, la meilleure, la plus vertueuse des femmes.

— Mon cher Jacques ! Ah ! je ne devrais pas, moi, vous laisser faire cette folie, mais je n'ai pas le courage... et puis nous n'en sommes pas encore là ! Rosalba peut revenir à ses idées, d'autres obstacles peuvent nous séparer aussi. Je n'ose pas y penser, la tête me tourne.

— Chère, bien chère Suzanne ! Nous allons

passer une bonne journée ensemble ; car vous resterez, vous ne jouez pas ce soir.

— Non, je ne joue pas, répondit-elle tristement, j'ai demandé ce jour de repos ; mais ce n'est pas pour le passer avec vous, mon Jacques, c'est pour rendre service à un ami.

— Ah ! ah ! répliqua Jacques froissé, et quel est cet ami, ne peut-on le savoir ?

— Non, Jacques, c'est un secret.

— Un secret pour moi, Suzanne !

— Ce n'est pas le mien.

— C'est égal, un secret qui nous sépare...

— Jacques, vous êtes curieux... et grognon, vous voulez savoir et vous vous plaignez de ce que l'on vous cache.

— N'est-ce pas bien naturel ?

— Oui, c'est naturel, oui, je vous en remercie, oui, c'est que vous m'aimez. S'il en était autrement vous ne m'aimeriez pas. Eh bien, moi qui vous aime aussi, je vais vous tout dire, mon ami. Aussi bien j'ai besoin d'un bon conseil, j'ai peur d'avoir fait une sottise.

— Vous, Suzanne, vous la sagesse même !

— J'ai voulu rendre service, je le répète ; ce service tel qu'on me l'a présenté était une chose périlleuse, sans doute, mais faisable, et maintenant il me semble qu'on m'a trompée.

— Ce serait une horrible action ! vous tromper en récompense de votre dévouement.

— Un ami... je ne vous le nommerai pas, permettez-le moi, un ami m'a prié de recevoir ici, chez moi, sa fiancée ; il l'enlevait à son tuteur, m'a-t-il dit, elle n'a ni père ni mère ; il fallait la cacher sûrement et honnêtement jusqu'au consentement obtenu. C'était une preuve d'estime et d'amitié, j'ai accepté la charge, si c'en était une, et j'ai reçu cette jeune personne.

— Quand cela ?

— Ce matin.

— Elle est ici?

— Oui ! elle est ici.

— Vous avez eu tort, Suzanne, dit Roland sans hésiter, c'est une mauvaise affaire, il ne fallait pas vous mêler de cela.

— Pourtant, reprit Jacques, plus facile à attendrir, ils s'aiment, ces pauvres jeunes gens, et on les sépare.

— On cherchera cette jeune fille, il y aura une enquête, et voyez-vous le nom de M<sup>lle</sup> Devert mêlé à un détournement de mineure? Entendez-vous d'ici les calomnies, les gorges chaudes, les réjouissances des ennemis et des envieux ?

- C'est vrai.

— Si vous m'en croyez, Suzanne, vous direz à votre ami de chercher un autre asile pour son Europe, et vous vous tirerez de tout cela le plus tôt possible. Le singulier ami! Jacques, ne le trouvez-vous pas?

— Certes, rayez-le, Suzanne, rayez-le de votre cœur, celui-ci n'est pas un ami qui peut vous compromettre.

— Je le crains, et ce n'est pas tout encore.

— Comment, ce n'est pas tout! Et que peut-il y avoir de plus?

— Je vous ai dit que je me supposais trompée.

— Eh bien?

— Depuis que cette jeune personne est ici j'ai causé avec elle, et je ne sais... j'ai peur que ce ne soit point ce que l'on m'a annoncé.

— Mon Dieu! quelque fille perdue?

— Au contraire, une pauvre victime, une pauvre égarée, une pauvre femme que l'on entraîne à sa perte; je me trompe peut-être, et puis, si je ne me trompe pas... Tout cela est horrible, Jacques, ma tête ressemble à un chaos, je ne sais plus que faire, je ne sais plus ce que je pense.

Le duc et Roland employèrent leurs efforts et déployèrent leur rhétorique pour calmer Suzanne et pour la décider à la confiance. Elle demeura inflexible, une parole donnée lui était sacrée et sainte, c'était une noble nature que celle de cette femme !

Depuis plus de trois ans cette liaison pure durait en secret, depuis trois ans ils s'aimaient d'une tendresse divine, et la grande actrice, trop vertueuse pour succomber, était aussi trop tendre pour se séparer de Jacques. Il l'avait vue au théâtre, il avait été ébloui comme tout le monde et plus que tout le monde de sa beauté, de son talent, et il en avait emporté un souvenir ineffaçable. Le duc ne manqua pas une seule de ses représentations ; il se plaça de façon à être remarqué d'elle, et elle le remarqua. Elle n'y fit d'abord qu'une légère attention. Ce beau visage l'avait frappée, cependant. Un autre jour elle s'informa du nom de cet auditeur assidu ; on le lui dit et elle le retint.

Un soir, comme elle sortait du théâtre, elle avait été adorable, quelques amis l'attendaient pour la complimenter ; elle reconnut parmi eux M. de Villecresne, que Roland lui présenta. Roland était dès le début de sa carrière un des habitués de Suzanne. Il s'était vite attaché à elle, en reconnaissant ses grandes qualités. Jacques ne pouvait entrer par une meilleure porte.

Il demanda la permission d'aller la voir et l'obtint.

M<sup>lle</sup> Devert le reçut d'abord aux heures indifférentes, c'est à-dire avec la foule. Il y vint
quelquefois, puis il cessa d'y venir. Il se sentait
entraîné vers cette femme par un penchant irré-
sistible, et Jacques n'était pas de ces hommes
pour qui une passion est une plaisanterie. Il ne
se reconnaissait pas libre d'aimer, avec les engagements pris par son père et ratifiés par lui. Il
devait épouser Rosalba ; quelque contraire à ses
goûts que fût ce mariage, il voulait la rendre
heureuse, et il ne pouvait s'y engager le cœur
plein de l'image d'une autre.

Suzanne s'aperçut de son absence et en demanda la raison à M. de Mallagne.

— Je ne sais, répondit-il, je m'en informerai.
La première fois qu'il vit le duc, il lui dit :

— Pourquoi ne venez-vous plus chez Suzanne ? elle s'en plaint :

— C'est très-gracieux à elle ; j'y ai paru si
peu qu'elle ne devrait pas l'avoir remarqué.

— Elle l'a remarqué pourtant.

— Voulez-vous en savoir la raison ?

— Oui, s'il vous plaît de me l'apprendre.

— Me promettez-vous de la lui transmettre ?

— Je vous le promets.

— Elle est singulière, je vous en avertis.

— N'importe, dites-la.

1.

— Eh bien ! je ne vais plus chez elle, M<sup>lle</sup> Devert, parce que je suis en train de l'aimer comme un fou et que je ne veux pas l'aimer.

— Pourquoi ?

— Parce qu'elle ne m'aime point d'abord, et que je ne suis pas libre ensuite

— Et si elle vous aimait !

— Mon cher Roland, ne plaisantez pas avec ce que j'éprouve, ce serait une mauvaise action.

— Je ne plaisante pas ; je vous assure qu'elle parle beaucoup de vous.

— Lui porterez-vous ma réponse ?

— Je vous l'ai promis, je le ferai.

— Et vous me raconterez ce qu'elle dira.

— Exactement.

A quelques jours de là Roland vint voir le duc.

— Mon cher Jacques, lui dit-il, vous êtes un heureux mortel.

— Je ne m'en suis guère aperçu jusqu'ici, répondit le duc en souriant tristement.

— J'ai fait votre commission à Suzanne.

— Ah ! et qu'a-t-elle dit ?

— Absolument rien ; elle est devenue rouge comme une cerise.

— Elle ne s'est pas fâchée ?

— Non ; elle a fait mieux : quelques instants

après elle m'a emmené dans un coin du salon,
il y avait beaucoup de monde, et elle m'a adressé
mille questions sur vous, sur votre caractère,
sur votre famille, sur votre position.

— Qu'avez-vous répondu?

— Ce que je pensais, bien entendu.

— Et elle ?

— Elle écoutait attentivement sans m'interrompre, et lorsque je me suis tu, elle a repris :

— M. de Villecresne est-il marié ?

— Non, ai-je répliqué. J'allais lui raconter
les projets de votre famille, les fiançailles ordon-
nées par votre père, lorsque j'ai songé que peut-
être vous ne vouliez pas que cela se répandît trop.
J'ai donc ajouté seulement : Jacques est dans
une position spéciale que je vous dirai s'il m'y
autorise.

—Demandez-le lui de ma part, a-t-elle ajouté.

— Il faut lui tout raconter, Roland, c'est essentiel. Comment m'excuserait-elle sans cela ?
Que pensez-vous de cette curiosité ?

— Je pense que Suzanne vous aime, ou est
bien près de vous aimer. Elle a jusqu'ici résisté
aux séductions, il s'en est présenté de bien puis-
santes; c'est une honnête femme. Elle ne veut
pas d'amant, dans le sens ordinaire de ce mot,
du moins.

— Elle songe à se marier ?

— Peut-être... je ne sais. Ordinairement les femmes de théâtre qui épousent des hommes du monde n'ont que des cadets ruinés ou des beaux fatigués de la vie, qui cherchent une exploitation en même temps qu'un succès d'amour-propre. Suzanne n'est pas femme à se prendre d'un freluquet de ce genre, il lui faut un vrai mérite. Si elle le rencontrait, si elle était aimée comme elle veut l'être, et parce qu'elle veut l'être, elle accepterait une affection solide, unique, véritable.

— Raison de plus pour lui faire connaître la vérité.

M. de Mallagne reporta à Suzanne les paroles de Jacques. Elle les accueillit avec le même calme, en apparence, et elle resta longtemps sans lui parler de son ami. Jacques s'en informait chaque jour, et, sur sa réponse négative, il soupirait :

— Vous voyez bien, Roland, que vous vous étiez trompé et qu'elle ne s'occupe pas de moi.

Un matin, M. de Mallagne annonça à Jacques qu'il dînerait avec Suzanne.

— Elle vient dîner chez moi, dans mon petit ménage, ainsi que cela lui arrive quelquefois. Elle y a mis pour condition que nous serions seuls, et puis, après un moment de réflexion, elle a ajouté : « Avec M. de Villecresne. » Il me semble que vous devez être content.

M. de Villecresne était si heureux qu'il n'avait pas même besoin de le dire.

Il se rendit chez Roland à l'heure indiquée et il y trouva Suzanne. Elle le reçut avec une sorte d'embarras très-flatteur.

— Monsieur, lui dit-elle, puisque vous ne venez pas me voir, il faut bien que je vous cherche, moi !

Jamais Suzanne n'en avait tant dit à personne, Suzanne la chaste et la sévère.

Cette journée passa comme un songe ; le soir, M. de Villecresne reconduisit l'artiste chez elle ; en la quittant, il lui baisa la main et lui dit d'un air ému :

— A demain !

Le lendemain, il ne vint pas, ni le jour suivant non plus. Suzanne, trop fière pour se plaindre, demanda seulement à Roland si son ami était malade.

— Non, il est parti pour Villecresne, il y passera deux mois, il vous fuit.

— Ah ! répondit-elle, et ce fut tout.

A dater de ce jour Suzanne fut triste, elle le fut d'une façon sensible, et ses amis s'en inquié-

tèrent. Elle devint pâle et souffrante, au point
d'abandonner le théâtre pendant plusieurs semaines ; à tous elle répondait : « Je n'ai rien, »
lorsqu'on la questionnait sur son état. Roland
seul soupçonnait la vérité et l'écrivit un jour à
Jacques, lequel revint le lendemain et courut
chez son ami.

Le duc de Villecresne, cet esprit si fort, ce
cœur si droit, cette âme si noble, se trouva alors
dans une perplexité épouvantable. Il n'entrait
point dans ses principes d'accepter le cœur et
l'amour d'une femme pour la briser ensuite et la
jeter de côté comme un joujou inutile. Il ne se
croyait pas libre, après la parole donnée à son
père et malgré la facilité que celui-ci lui avait
laissé de rompre en abandonnant à M<sup>lle</sup> Guérin
une partie de sa fortune. Suzanne avait le droit
d'exiger d'un homme autre chose qu'un caprice,
qu'une distraction d'un jour. Une beauté, une
vertu comme la sienne, réunies à un talent merveilleux, méritaient le don complet de toute la
vie. Il fallait choisir entre une séparation éternelle, qui les tuait tous les deux, ou une rupture
éclatante avec Rosalba, une désobéissance for-
melle aux ordres de son père.

Le duc, avant de prendre un parti suprême,
voulut exposer à M<sup>lle</sup> Devert toute la position.

Il lui écrivit une première, une solennelle lettre, qui devait fixer leur destinée. Il lui raconta les engagements pris, les paroles données ; ensuite, il lui peignit son amour et la puissance de ce sentiment qu'il combattait depuis près d'une année. Il lui exprima ce qu'il avait souffert, ce qu'il souffrait encore, et sa ferme résolution de ne jamais entrer dans sa vie pour la bouleverser.

« Maintenant ordonnez, madame, j'obéirai. Je suis prêt à tout. Si vous ne daignez pas m'autoriser à rompre ma chaîne et à mettre mon avenir à vos pieds, je partirai pour l'étranger dans huit jours et je n'en reviendrai plus, car je ne veux pas vous revoir. Si, au contraire, l'espoir m'était permis, si je pouvais croire au bonheur que me fait entrevoir Roland, j'aurais bientôt remis au tuteur de M<sup>lle</sup> Guérin la somme nécessaire pour racheter ma liberté, et vous feriez ensuite de votre esclave ce qu'il vous conviendrait d'en faire. »

Je passe les protestations, les phrases passionnées, ce qui se retrouve partout en amour, même lorsqu'on ne le pense pas. Suzanne dévora cette lettre, elle se sentit renaître en la lisant, et dit à Roland qui la lui avait remise :

— Mon ami, je ne l'avouais pas, mais je sen-

tais bien que j'en mourrais : allez le chercher,
qu'il vienne.

Cette entrevue fut longue et décisive. Entre
ces deux partis extrêmes Suzanne en trouva un
troisième qui fut accepté. Elle ne pouvait supporter l'idée d'une séparation nouvelle, et Jacques, on le comprend, ne s'y soumettait pas
davantage. Elle ne permettait pas non plus que
M. de Villecresne se dépouillât ainsi d'une grande
partie de sa fortune, pour acheter une liberté
qui lui serait peut-être rendue.

— Il se peut que M<sup>lle</sup> Guérin renonce à vous
lorsque le moment de conclure sera arrivé ; au
pis-aller vous ferez alors ce que vous eussiez fait
aujourd'hui. Attendez. Que voulions-nous ?
Notre amour mutuel, la certitude de vivre l'un
pour l'autre : ne l'avons-nous pas ? Seulement,
faisons de cet amour un sanctuaire où nul ne
pénètre, cachons-le à tous les yeux jusqu'à ce
qu'il puisse être avoué. Je ne sais quelle en sera
l'issue, si je deviendrai votre femme ou si je
vous laisserai l'arbitre de mon sort, confiant à
votre honneur le soin de le diriger, mais je de-
meurerai pure tant que nous ne serons pas aussi
libres l'un que l'autre. Je ne vous imposerai pas
un sacrifice irréparable, et vous resterez maître
de vous.

Ce plan fut suivi de point en point, sans que ni l'un ni l'autre y portât atteinte. Ils se voyaient presque chaque jour, rue de Babylone, quelquefois le soir, lorsque Suzanne ne jouait pas. Roland seul en reçut la confidence, il se trouvait presque toujours en tiers entre les deux amants.

Quoi qu'il en fût, la belle Suzanne et le fortuné Jacques vécurent de cette vie cachée et platonique plus de trois ans. Ils y trouvaient des privations sans doute, mais les jouissances de l'âme étaient si vives pour eux qu'ils les préféraient encore, tout en les achetant bien cher. Leur sort était très-près de se décider. Le soin qu'ils mettaient à cacher leurs entrevues, la précaution rigoureuse de ne jamais se parler ailleurs, de ne jamais prononcer le nom l'un de l'autre, de ne pas se connaître enfin, les sauv des indiscrétions et des bavardages.

La sagesse de Suzanne, si bien établie, n'était plus attaquée ; les hommes qui *brûlaient pour elle* conservaient leur flamme et ne s'exposaien pas à un refus certain, hors quelques fous que les difficultés excitent. Ils vécurent donc heureux et tranquilles jusqu'à ce jour néfaste qui devait bouleverser tant d'existences et tant de projets.

On comprend combien M. de Villecresne s'intéressait à ce que M^{lle} Devert venait de lui dire.

En voyant poindre l'heure de sa liberté, il se confirmait de plus en plus dans l'idée qu'il avait émise de lui donner son nom, par conséquent les suites possibles de cette affaire se présentaient à lui sous les plus noires couleurs. Il supplia son ami de le débarrasser de ses craintes, exprimant même l'inquiétude fondée qu'il fût trop tard.

Ils se promenaient dans le jardin, enclos de murs et limitrophe d'autres jardins, assez touffus et fort solitaires. Ils parlaient demi-haut. Roland s'était écarté de quelques pas, il revint à eux et leur dit de ne pas élever la voix, parce qu'il y avait quelqu'un dans le jardin à côté.

— Je ne sais si je me trompe, ajouta-t-il, il me semble que c'est Terrebrune.

— Cet imbécile ! reprit le duc contrarié, il est toujours partout où il peut gêner quelqu'un. Rentrons !

Ils rentrèrent et ils entendirent en effet en passant et très-distinctement une discussion dans le parc voisin ; un des interlocuteurs était Terrebrune, l'autre, beaucoup plus éloigné, ne pouvait être reconnu.

Le duc et Roland entrèrent dans le salon ; ils furent surpris de voir s'ouvrir une porte en face d'eux, une porte qui ne s'ouvrait point ordinairement ; une femme en sortit, tout en larmes, sans les regarder, sans les voir peut-être, et s'élança vers Suzanne en s'écriant :

— Ah ! madame, venez avec moi, je vous en conjure, ne me laissez pas seule ! Il n'arrivera donc pas !

C'était Blanche !

Deux cris partirent en même temps, Jacques et Roland l'avaient reconnue ; je ne sais lequel fut le plus mortellement atteint. Elle les reconnut aussi, et, pâle, immobile, incapable de faire un mouvement, elle resta à la même place les yeux fixes comme une statue.

— Blanche ! ma sœur ! c'est vous, vous ici !..

Il s'approcha d'elle, allongea la main pour la soutenir ; elle tomba sans connaissance dans ses bras.

— Du secours, Suzanne, je vous en prie, aidez-moi, portons-la sur un lit ! Ah ! la malheureuse !

Ils la transportèrent dans la chambre voisine ; la porte demeura ouverte, et Roland ne les suivit pas, il resta assis la tête dans ses mains l'âme brisée : son idole, sa divinité était tombée, il n'avait plus de culte à lui offrir, et ce culte, c'était son idéal, sa joie, son bonheur. Pauvre Roland !

M^{lle} Devert et le duc prodiguèrent à Blanche tous les soins possibles ; elle revint à elle, mais

en voyant à ses côtés le visage bouleversé de son
frère, elle ferma les yeux.

— Blanche ! Blanche ! répétait-il, c'est moi,
ma Blanche, c'est moi, ma sœur !

— Ah ! Jacques ! qui vous a prévenu ? Laissez-moi, je ne dois plus vous voir, je suis indigne de vous, laissez-moi !

— Vous seriez tombée, ma sœur, que vous
me trouveriez pour vous relever. Ayez donc
confiance.

— Vous ne me pardonnerez jamais, Jacques.

— Je vous ai pardonné déjà, mon enfant,
car vous avez dû bien souffrir pour vous décider à un pareil oubli de vous-même. Regardez-
moi, remettez-vous, je vous le répète, vous n'a-
vez plus rien à craindre, vous êtes sauvée.

Blanche se jeta dans ses bras et fondit en
larmes Suzanne s'était retirée, afin de ne pas
gêner leurs épanchements. Elle essayait quelques paroles de consolation à Roland, qui, pour
toute réponse, murmurait :

— Oh ! personne ne sait ce qu'elle était pour
moi !

— Jacques, vous me pardonnez ?

— Pauvre enfant !

— Mon frère, mon cher frère ! Mais qui vous a
prévenu ? Comment m'avez-vous trouvée si vite ?

— Vous sentez-vous mieux, Blanche? Êtes-vous en état de marcher seulement jusqu'à la voiture? Heureusement j'ai un fiacre!

— Vous voulez donc m'emmener? Où cela?

— Chez vous, Blanche, dans votre maison, que vous n'auriez pas dû quitter et où vous rentrerez avec votre frère. Il ne faut pas gêner plus longtemps M<sup>lle</sup> Devert.

— Ah! mon Dieu! vous avez raison; partons, partons sur-le-champ!

Elle pensa que Léonce allait arriver sans doute, que son frère et lui se rencontreraient, que des malheurs épouvantables en seraient probablement la suite. Elle était donc maintenant plus pressée que lui.

— Mon mari? demanda-t-elle timidement.

— Votre mari ignore tout, soyez tranquille, moi seul je suis instruit, moi seul et Roland, c'est comme moi, vous le savez. Prenez votre chapeau, baissez votre voile, mettez le manteau de M<sup>lle</sup> Devert, tâchez qu'on ne vous reconnaisse pas, ce maudit Terrebrune rôde par ici.

— Ah! mon Dieu!

— Je suis là, ajouta-t-il en l'aidant à s'habiller, et vous ne devez pas le craindre.

Lorsqu'elle fut prête il lui donna le bras, ils entrèrent ensemble dans le salon, Suzanne

Roland, par une exquise délicatesse, s'étaient
retirés. Ils passèrent au jardin serrés l'un contre
l'autre. Blanche à moitié mourante ; un bruit de
voix les arrêta, deux personnes s'avançaient vi-
vement au devant d'eux, et malgré l'obscurité
qui commençait à descendre, ils [reconnurent
promptement Terrebrune et Guérin.

## LES PREMIÈRES SUITES D'UNE FAUTE

— J'en étais sûr, c'est elle ! s'écria-t-il.

— Sur votre vie, Blanche, ayez du courage, soutenez-vous, et pas un mot ; laissez-moi faire, dit Jacques très-vite à sa sœur.

— A qui croyez-vous parler, monsieur Guérin, continua-t-il, et que signifie cette entrée de mélodrame ?

— Je parle à qui j'ai le droit de parler, Jacques, et madame...

— Madame est avec moi, madame est à mon bras, et n'importe qui elle soit, elle sera respectée, je vous le jure. Nul ne l'approchera, nul

ne la verra, nul ne lui parlera que je ne le
permette, et je vous le défends, entendez-vous ?

— N'importe, continua Guérin approchant
toujours, suivi de l'inévitable Terrebrune, je
veux voir... Ah ! Léopoldine !

Un très-faible rayon tombait sur cette fameuse robe dont il avait été question tant de
fois depuis le matin, et trompa la jalousie ou
peut-être le désir de M. Guérin, qui, dans ce
moment, oublia que Blanche en avait une semblable ; d'ailleurs, il avait vu Léopoldine sortir
le matin même avec cette robe, il avait appris
de Terrebrune qu'elle était venue rue de Babylone : son erreur était très-concevable et avait
une espèce de raison.

— Écartez-vous, Guérin, reprit le duc, et
remerciez Dieu des liens qui nous unissent, car
sans cela vous eussiez reçu une autre réponse.

Il passa devant lui la tête haute, traînant sa
sœur qui se soutenait à peine, arriva à la porte
sans presser le pas, fit ouvrir la voiture, y posa
M^me Guérin, monta après elle, et, ordonnant au
cocher de marcher, il quitta avec un grand bonheur cette maison dont il s'éloignait si tristement d'ordinaire.

Blanche ne pouvait ni parler ni faire un
mouvement, ces émotions l'avaient brisée.

— Du courage, lui dit son frère; votre position est perdue, si vous ne savez pas prendre sur vous et jouer votre rôle. Vous allez rentrer à la maison, seule ; vous vous empresserez de quitter votre robe et vous ne la porterez jamais. Tâchez de trouver Léopoldine et tenez-la près de vous, la pauvre enfant, si cruellement compromise et que je n'ai pas eu le courage de défendre. Nous lui devons notre appui, Blanche; maintenant que vous êtes hors de danger, songeons à elle avant toutes choses.

— Oui, mon frère, oui, répondit machinalement la jeune femme.

— Vous n'êtes pas en état de m'entendre; je ne sais ce que vous allez dire à ceux qui vous verront, et si je rentre avec vous, votre mari va tout deviner. Remettez-vous, au nom du ciel!

Blanche pleurait toujours, elle perdait la tête. Ce qu'elle avait éprouvé depuis la veille était au-dessus de ses forces. M. de Villecresne se vouait à tous les saints pour savoir où la déposer ; il pensa enfin au docteur, à cet ami sûr et discret, auquel il pouvait confier sa sœur et dont les soins intelligents l'aideraient à la rétablir.

Il la conduisit en effet chez M. Naverin; c'était l'heure de sa consultation. On introduisit Blanche par une entrée particulière ; sans raconter

absolument au docteur ce qui s'était passé, le
duc en dit assez pour lui faire comprendre la
nécessité du silence; il le pria de garder M^{me}
Guérin, de veiller sur elle pendant qu'il allait
retourner à l'hôtel savoir si Guérin y avait reparu, et parler à Léopoldine qu'un danger si
grand menaçait sans qu'elle s'en doutât.

M. Guérin n'était pas rentré, lui dit le suisse,
excepté un instant vers une heure, pendant que
tout le monde était sorti; quant à M^{lle} Léopoldine, elle était chez elle certainement.

Jacques y monta en courant, ignorant ce
qu'il allait lui dire, ce qu'il allait lui demander; tout était mystère, chaos autour de lui. Il
ne savait qu'une chose, la faute de sa sœur.
Quels en avaient été les précédents? Il ne s'en
doutait pas.

En entrant chez Léopoldine, il la trouva dans
son atelier, retouchant le portrait de Gaston;
lorsqu'elle l'aperçut, son visage s'illumina d'une
vive joie; elle se leva, courut à lui en lui disant:

— Quoi! c'est vous, monsieur le duc? Ah!
quel bonheur! mais qu'avez-vous? quelle agitation! quelle pâleur!

— Je n'ai pas le temps de m'expliquer ici,
Léopoldine; je vous en prie, mettez votre châle,
votre chapeau, et suivez-moi.

— Sur-le-champ, monsieur.

Elle ne fit ni questions ni observations et entra dans sa chambre pour s'habiller. Pendant ce temps, Jacques, à qui rien ne faisait oublier même ses plus petits devoirs, descendit près du maître-d'hôtel, le chargea de ses excuses pour sa grand'mère, et de la prévenir que ni lui, ni M^me Guérin, ni M^lle Millet, ne reviendraient dîner.

— Dites à M^me la duchesse que j'emmène ma sœur et M^lle Léopoldine, et que nous irons au spectacle.

— M^me la duchesse sera seule avec M. de Belmont alors, car M. le prince et M. Guérin dînent en ville, et M^lle Guérin se fait servir chez elle.

— Portez-lui mes excuses, entendez-vous ? je ne pouvais pas prévoir.... et maintenant tout est arrangé.

Léopoldine l'attendait déjà sur le perron ; ils remontèrent dans le fiacre qui les conduisit chez le docteur ; ils avaient maintenant toute la soirée à eux et ils pouvaient arrêter un plan quelconque.

— Ma chère Léopoldine, vous êtes étonnée de tout ceci, et vous devez l'être. Mais je le suis autant que vous, et rien ne peut vous rendre ce que je souffre.

— Vous souffrez, monsieur le duc ! s'écria la pauvre fille. Serais-je assez heureuse pour pouvoir vous être bonne à quelque chose ?

— Ma pauvre Léopoldine, vous ne savez pas ce que j'ai fait, vous me fendez le cœur.

— Vous ne pouvez rien faire que de grand et de noble, monsieur le duc.

— Chère enfant ! je vous ai laissé accuser devant moi, je vous ai à peine défendue de la calomnie, et je savais qu'on vous accusait faussement ; et vous êtes compromise, vous êtes perdue, peut-être. Oh ! je vous sauverai !

— Vous m'avez compromise, moi ! comment ?

— C'est ce que je vous expliquerai lorsque j'aurai revu ma sœur ; d'ici là je ne sais rien que de vague, elle seule peut nous éclairer. En ce moment, je vous emmène pour vous soustraire à la colère de Guérin, il se porterait à quelque excès peut-être, et vous, pauvre innocente, vous ne sauriez pas même pourquoi.

— Disposez de moi, monsieur. Je vous l'ai dit, et bien souvent : ma vie, mon honneur, tout ce que je possède est à vous. Le plus beau jour de ma vie sera celui où je pourrai vous donner quelque chose de tout cela.

Si M. de Villecresne n'eût pas été si violem-

ment préoccupé, il eût compris avec quelle émotion la jeune fille prononçait ces mots. Elle le
regardait, pendant qu'il ne la voyait pas, et ce
regard exprimait une admiration, une tendresse,
qu'elle ne songeait pas à cacher.

— Nous allons trouver Blanche chez le docteur,
reprit le duc ; j'espère qu'elle pourra nous entendre et nous parler. Ah ! chère Léopoldine,
quelle journée ! Nos craintes n'étaient que trop
fondées : la malheureuse jeune femme s'était
laissé entraîner.

— Par Léonce ?

— Tout me porte à le croire ; je n'en ai pas la
certitude, mais je l'aurai, il me la faut.

— Blanche ne l'avouera pas.

— Elle l'avouera, elle sera forcée de l'avouer
après ce qui s'est passé.

Il lui raconta les scènes du matin, et donna
pour prétexte à sa venue dans cette maison le
désir de voir son ouvrage dont Roland lui avait
parlé.

— Blanche n'a pas été soupçonnée, au moins ?

— Soupçonnée, si. Mais les soupçons se sont
détournés sur vous, à cause de cette robe, et
j'ai été assez lâche pour ne répondre qu'à moitié. Ah ! ma tendresse pour ma sœur m'a rendu
coupable d'une action infâme.

2.

— Monsieur, reprit Léopoldine rayonnante, croyez en ma parole, je vous la donne devant Dieu, si vous eussiez agi autrement, je ne vous l'aurais pas pardonné.

— Bonne Léopoldine !

— Ne vous tourmentez pas, monsieur, je n'ai rien à craindre de Guérin.

— Guérin ! vous ne le connaissez donc pas ! Il vous hait, il n'est pas de moyen qu'il n'emploie pour vous ruiner dans l'esprit de la duchesse, pour vous faire chasser de l'hôtel.

— Eh bien ! on me chassera.

— On vous chassera ! On me chassera aussi alors, car vous n'en sortirez qu'avec moi, qui en suis le maître, je vous le jure.

Léopoldine rougit encore à faire pitié.

— Monsieur le duc, reprit-elle en essayant un air dégagé, il faudrait me dire ce que je faisais chez M<sup>lle</sup> Devert, car je n'en sais rien, et là première chose serait de nous entendre. Il y aurait une excuse très-simple, ce portrait...

— Sans doute ! Pourtant vous ne vous seriez pas cachée, je ne vous aurais pas emmenée avec ce mystère et cette autorité-là, vous n'auriez pas pris ces précautions vis-à-vis de votre cousin surtout.

— C'est vrai.

— Vous y étiez pour un rendez-vous.

— Ah ! mon Dieu ! avec qui ?

— Jusqu'ici... c'est avec moi, ma pauvre Léopoldine.

— Oh ! ne dites pas cela, monsieur le duc, répliqua-t-elle, le cœur palpitant.

— Je vous ai perdue, je vous sauverai par tous les moyens possibles.

— Tous les moyens possibles, murmura la pauvre fille, qui n'en voyait qu'un.

On arrivait : le duc prit le bras de Léopoldine et monta chez le docteur, impatient de savoir comment il trouverait Blanche.

Elle était à demi couchée sur un canapé, un peu revenue à elle, et les yeux encore pleins de larmes ; le docteur cherchait à lui donner du courage et à la raisonner. En apercevant son frère, elle se jeta dans ses bras.

— Mon cher Jacques ! mon bien-aimé Jacques !

— Ma sœur chérie !

— Pauvres enfants ! murmura le docteur, la faute de leur père retombe sur eux.

— Docteur, ajouta le duc d'un ton qu'il voulait rendre gai, vous nous donnerez à dîner à tous les trois.

— De grand cœur.

— Et nous tiendrons conseil.

— Est-ce que j'en suis ?

— Vous, docteur, toujours. Nous avons besoin d'avis, nous n'en pouvons avoir de meilleurs que les vôtres.

— Vous avez donc beaucoup de choses à m'apprendre ?

— Ma foi ! mon cher docteur, je ne serai pas fâché, par la même occasion, qu'on me donne un peu le mot de l'énigme, il n'y a ici que Blanche qui sache la vérité.

— Blanche, chère Blanche, interrompit Léopoldine, disposez de moi, plus le fardeau sera lourd, plus je le porterai avec bonheur.

Blanche se mit à pleurer de nouveau, ses sanglots fendaient le cœur. Léopoldine s'approcha d'elle, la serra dans ses bras avec une tendresse que la conscience de son dévouement augmentait encore.

— Ma bien-aimée Blanche, avec un frère tel que celui-là, y a-t-il un chagrin, une douleur au monde qui ne se console pas ?

Le docteur pria qu'on fît une trève, afin de dîner tranquilles.

— Je ne vous demande que cela, mes enfants, je suis un vieux bonhomme qui a des habitudes : si on les dérange, je ne vaux plus rien. A votre âge on n'en a encore aucune, si ce n'est celle d'être jeune, et celle-là, je l'avoue, on a de la peine à s'en défaire.

La maison du docteur, confortable, bien organisée, était menée par sa gouvernante dans le haut style des vieux garçons et des médecins de l'ancien régime. L'argenterie, le service, la cuisine, tout était plutôt cossu qu'élégant. Il ne suivait pas la mode, il aimait ses aises, il aimait ses anciens plats et ne souffrait pas la moindre invasion étrangère dans ses ragoûts.

— Je pousse au dernier degré, disait-il, le patriotisme de l'estomac.

On dîna. M. Naverin mangea comme de coutume, ses convives ne touchèrent à rien. A peine Jacques grignota-t-il du bout des dents ; on rentra au salon, on essaya de parler encore de choses indifférentes ; enfin le duc alla se mettre à genoux devant sa sœur, lui prodigua les plus tendres caresses, et la conjura de faire un aveu complet.

Il lui promit, lui donna sa parole d'honneur de n'avoir ni haine, ni colère, de tout écouter avec patience, et de ne pas risquer la moindre démarche sans l'en avoir prévenue.

Blanche se décida péniblement ; enfin elle raconta petit à petit la séduction exercée sur elle, les lettres, les rendez-vous, ses combats, ses douleurs, le besoin impérieux qu'elle avait de fuir le supplice de sa maison ; elle avoua tout, jusqu'au refroidissement jeté par son amour dans sa tendresse pour son frère ; cependant elle ne nomma pas Léonce. Pour ne pas le désigner, même d'une façon trop claire elle passa sous silence l'impression reçue au théâtre. Il fallut avouer le roman fait à Suzanne, afin de la décider à la recevoir, il fallut dire qu'elle était venue seule, et que, depuis son départ de chez elle, *il* n'avait point paru.

— Ce monsieur est très-prudent, reprit le duc par manière de réflexion.

— Je comprends à présent ce qui n'était pas clair, pensa le docteur : Suzanne et lui avaient raison tous les deux.

Elle dit aussi les présents qu'il lui avait faits, le beau trousseau qu'elle avait entrevu dans les armoires. Son frère l'interrompit en s'écriant :

— Vous n'en avez pas pris une seule pièce, j'espère !

— Je n'avais emporté qu'une chose, Jacques, votre portrait, et les premiers souvenirs que j'ai reçus de vous.

Ces orphelins s'aimaient tendrement, ils pouvaient se tenir lieu mutuellement de bien des affections, ils ne l'avaient pas assez éprouvé encore.

— Et cet homme, poursuivit Jacques, cet homme, quel homme est-il ? il est indispensable que je le connaisse.

— Mon frère...

— Que craignez-vous, Blanche ? une querelle entre nous ? est-ce que je serais assez fou pour la provoquer, pour amener un éclat et vous compromettre alors que vous ne l'êtes point ? Soyez tranquille, reposez-vous sur ma prudence. De lui à moi, cet homme saura ce que je pense; mais tout finira sans bruit, je vous en donne encore ma parole d'honneur !

Blanche baissa la tête et se tut.

— Si je prononce ce nom, me direz-vous si je me trompe ?

— Oui, balbutia-t-elle.

— Eh bien ! cet homme, c'est Léonce de Selves ! s'écria impétueusement le duc.

M^me Guérin se jeta dans les bras de son frère, qui l'embrassa de nouveau et lui renouvela ses promesses.

— Maintenant, dit le duc, lorsqu'il eût essuyé les yeux de Blanche et qu'il l'eût remise à sa place, maintenant, docteur, nous sommes instruits, que faut-il faire ?

— Pour Madame... rien. Qu'elle rentre chez elle, qu'elle oublie l'homme indigne qui a voulu la conduire à sa perte ; si elle souffre, qu'elle accepte ses souffrances comme une expiation du mal qu'elle a fait à ceux qu'elle aime. Pardon ! ma belle Blanche, je suis sévère sans doute : que cette leçon vous serve, réfléchissez, portez courageusement votre croix, réfugiez-vous dans l'amitié de votre frère, et vous verrez que le poids s'allégera. Mon expérience vous le prédit.

— Vous avez grandement raison, docteur, ma sœur doit au ciel des actions de grâces pour la façon miraculeuse dont il l'a sauvée. Que serait-elle devenue aux mains d'un tel misérable !

Blanche n'était pas assez guérie pour partager cette opinion.

— Ce n'est donc pas M^{me} Guérin qui doit nous occuper, c'est cette innocente victime du hasard et de votre tendresse fraternelle, c'est elle qu'il faut défendre maintenant.

— Je suis prêt à tout.

— A tout, mon cher duc ?

— A tout absolument.

— Vous ne pensez pas à quoi vous vous engagez, monsieur, par ces paroles ; vous ne pensez pas à ce que vous devez à M^{lle} Léopoldine Millet.

— Ma reconnaissance, mon amitié...

— Vous lui devez plus encore.

— Je vais parler comme un homme d'hon-

neur à un homme d'honneur, Jacques ; laissez-
moi vous donner ce nom de votre enfance, moi
qui vous ai vu venir en ce monde. Quelle a dû
être la pensée de M. Guérin en trouvant Léopoldine à votre bras, voilée, tremblante, dans cette
maison écartée ?

— Il a dû croire que nous y étions l'un pour
l'autre.

— Quelle réparation devez-vous à une jeune
personne que vous avez compromise, monsieur
le duc de Villecresne,. et qui va passer pour
votre maîtresse ?

— Mon Dieu ! s'écria Léopoldine respirant à
peine.

Le duc resta interdit, il n'avait pas pensé à cela.

— Une seule réparation est possible lorsqu'il
s'agit d'une fille comme Léopoldine : non-seulement l'honneur vous l'a dicté, mais la conscience
vous en fait une loi.

— Cela est vrai ! murmura-t-il en baissant
la tête.

— Non, non, monsieur le duc, s'écria Léopoldine avec impétuosité, non, n'y pensez pas ;
laissez Agénor faire et dire tout ce qu'il voudra,
n'embarrassez pas votre vie d'une pauvre créature telle que moi. On m'accusera, qu'importe ?
Vous savez, ces amis savent que je suis inno-

3

cente, je sauverai Blanche en me perdant, c'est
encore moi qui serai la plus heureuse.

— Sublime enfant ! cria le docteur en lui prenant les mains, si j'avais trente ans, que je fusse
duc et pair avec des millions de rentes, je ne
voudrais pas d'autre femme que vous.

Le cœur de Jacques se fendait en mille pièces ;
sa générosité, son caractère si noble et si grand
ne lui permettaient pas d'hésiter. Il se demanda
ce que dirait Suzanne en face de cette nécessité
impérieuse, si elle ne le regarderait pas comme
le dernier des hommes d'abandonner une pauvre
fille qu'une fatalité misérable avait perdue, et si
elle ne se sacrifierait pas comme il allait le faire
lui-même à l'honneur de son amant. Certes
M^{lle} Devert était une grande nature, mais peut-
être n'aurait-elle pas le courage d'abandonner
ainsi le bonheur tant rêvé, acheté si cher, par
tant de privations !

— Mon Dieu ! ayez pitié de moi, murmura
mentalement le jeune homme, j'accomplirai mon
devoir.

— Mon frère ! s'écria Blanche en le voyant
pâlir, et en s'élançant vers lui pour l'embrasser.

— Hélas ! je lui suis donc bien odieuse, pensa
Léopoldine, que la seule pensée de s'unir à moi
le bouleverse ainsi !

Personne ne se doutait de ce que souffrait Jacques et du motif de sa souffrance. Il fit cependant un effort suprême, et se tournant vers Léopoldine avec un sourire brisé, mais plein d'affection :

— Pardonnez-moi, ma bonne Léopoldine, de vous offrir de cette manière un nom que nulle ne portera plus dignement que vous. C'est brusquer votre consentement et vous placer dans une nécessité cruelle ; ce n'est pas ma faute, vous le savez.

La jeune fille était si émue qu'elle ne pouvait dire un seul mot, car elle aussi avait son secret ; elle fit un geste de remercîment et se leva pour répondre :

— Un instant, murmura-t-elle, je ne puis.

Ce fut au tour de Blanche de la consoler : elle appuya sa tête sur l'épaule de M<sup>me</sup> Guérin et eut un moment de bonheur, d'enivrement, qu'elle ne croyait pas goûter en sa vie. En prononçant une seule syllabe, cet homme qu'elle aimait tant, qu'elle se contentait d'adorer de loin, en silence, cet homme lui appartiendrait : elle serait sa femme, sa femme ! Elle se donna le temps de savourer cette joie, puis la raison, puis la certitude de son indifférence, puis surtout le désir, le besoin de se dévouer pour lui, portèrent à ses lèvres un refus qui brisait son âme.

— Monsieur le duc, articula-t-elle faiblement, c'est pour moi un honneur trop grand, un honneur qui fera la gloire de ma vie, mais permettez-moi de le refuser. Je ne suis pas faite pour vous rendre heureux ; un pareil mariage n'est pas ce qui convient à votre nom, à votre rang : n'y songeons point. Vous avez plus que rempli votre devoir envers moi par cette proposition ; vous n'avez plus de reproches à vous faire, et ce qui pourra résulter de tout ceci ne saurait vous être impliqué. N'est-ce pas votre avis, docteur ?

— Mon avis est que vous méritez un trône et que M. de Villecresne sera un fou s'il accepte votre refus.

Léopoldine sourit tristement.

— Il faudra bien qu'il l'accepte cependant, car je ne le retirerai pas.

— Et Guérin ?

— S'il me parle de cette aventure, et il ne m'en parlera peut-être pas, je lui dirai que j'ai repoussé la main de M. de Villecresne et que c'est à moi seule qu'il doit s'en prendre.

— Vous oubliez, Léopoldine, que Jacques est le fiancé de Rosalba, qu'en ôtant un mari de cette importance à Rosalba, vous ôtez aussi à Guérin une grande partie de son importance à lui : il n'acceptera pas votre excuse.

— Je ne lui ôte pas un mari, puisque je le lui rends, au contraire, dit-elle en s'efforçant de sourire ; Agénor serait en vérité bien difficile, s'il n'était pas satisfait de toute la peine que nous nous donnons à cause de lui.

— Et c'est pour moi ! reprit Blanche désolée ; c'est moi, c'est ma folie qui sera cause de tout cela.

— C'est la volonté de Dieu, Blanche ; il nous éprouve, il nous punit, selon qu'il le juge convenable ; ce n'est pas à nous de nous révolter. Soumettons-nous.

Le duc se promenait par la chambre, cherchant un moyen de s'acquitter envers cet admirable enfant qui se dévouait avec tant de simplicité, tant d'affection, tant de bonheur même.

— Oh ! si je n'aimais pas Suzanne, comme je serais fier d'une pareille compagne ! Combien l'opinion du monde serait peu de chose pour moi en face de tant de vertus ! Mais Suzanne ! Suzanne !

Le docteur réfléchissait et admirait. Léopoldine souffrait cruellement ; néanmoins cette journée était la plus belle de sa vie ; elle avait pris maintenant une place dans le souvenir de Jacques, une place que nulle n'occuperait désormais. Que lui fallait-il de plus ?

Comme s'il devinait ses pensées, il s'assit auprès d'elle et lui prit la main.

— Ma jeune amie, vous êtes digne de toutes les adorations, de tous les hommages, et je vous dois au moins ma confiance, à défaut d'un sentiment plus tendre, qu'il ne dépend pas de moi de vous offrir.

— Parlez, monsieur le duc.

— Appelez-moi Jacques, je vous en conjure. Après ma sœur, vous serez ma meilleure amie; ne le voulez-vous pas ?

— Oh ! oui, je le veux ! répondit-elle avec expansion.

— Ne croyez pas qu'il s'agisse ici de l'intérêt de ma fortune au moins, ne croyez pas que j'hésite à l'abandonner immédiatement pour obtenir de Rosalba ma liberté. Non, ce n'est pas l'intérêt, c'est, c'est...

— C'est l'amour, vous aimez ! Soyez donc heureux l'un par l'autre, Jacques, et laissez-moi être heureuse de votre bonheur ; je ne demande que cela au ciel.

— Allons, interrompit le docteur, qui réfléchissait toujours, je crois avoir trouvé le moyen de tout arranger, si vous voulez m'entendre.

# III

## L'EXPÉDIENT

— Ah ! dites, docteur, dites vite, interrompit le duc.

— Oui, je crois que mon moyen peut concilier les intérêts de tous. Il dépend de Léopoldine de l'accepter ; peut-être ne le voudra-t-elle pas, ajouta-t-il en jetant sur la jeune fille un regard perçant.

— S'il est dans les intérêts de M. le duc et de Blanche, répliqua-t-elle, il est accepté d'avance, monsieur.

— Avez-vous de la répugnance pour le mariage ?

— Mais... cela dépend.

— Oui, cela dépend du mari.

Léopoldine essaya de sourire.

— Il est certain que M^me Guérin n'attendait pas son frère rue de Babylone ; elle en attendait un autre.

— Certainement.

— Eh bien, puisque ce n'était pas M^me Guérin, puisque c'était *vous* qui étiez rue de Babylone, vous attendiez cet autre et non pas le duc.

— Monsieur !

— Ne vous emportez pas, ne vous gendarmez pas, laissez-moi finir, vous répondrez après. Ce n'est donc pas le duc, c'est cet autre qui vous doit une réparation et qu'il faut contraindre à vous la donner.

— Mon Dieu ! murmura Blanche en cachant sa tête dans ses mains.

— Ma chère M^me Guérin, continua le docteur en s'approchant d'elle et la regardant avec pitié, voulez-vous me permettre de vous dire tout ce que je pense ? Vous vous consolerez. J'ai l'air d'être cruel, je ne suis que vrai. Je vais vous surprendre beaucoup : vous n'aimez pas Léonce ; vous avez pour lui un entraînement, un enivrement du cerveau et d'amour-propre, joint au vide de votre cœur, aux circonstances où vous

vous trouvez, et de tout cela vous avez composé une passion de tête qui vous a jetée dans un roman, et c'est, croyez-moi, la pire espèce de passion, celle qui nous entraîne aux sottises les plus lourdes et les plus irréparables.

— Ne me dites pas cela, docteur, et ne dites pas que je ne l'aime point. Quelle excuse me resterait-il alors? Vous m'épouvantez.

— Je vous éclaire ; j'arrache brusquement les langes dont votre plaie est enveloppée pour l'adoucir, et je vous la montre telle qu'elle est. C'est le devoir d'un ami, si ce n'est celui d'un médecin, et il est des maladies où les remèdes énergiques sont indispensables. Laissez-nous donc discuter d'abord et agir ensuite ; vous nous remercierez plus tard, soyez-en sûre.

— Terminez, mon cher docteur, développez votre idée qui me paraît susceptible de quelque succès.

— Elle est naturelle, mon idée. Le coupable en ceci, c'est Léonce, on ne peut le nier ; c'est lui, presque lui seul, n'est-il pas vrai? Il a indignement abusé de cette jeune malheureuse et l'aurait perdue à jamais, si vous ne l'aviez miraculeusement sauvée. Puisqu'il est le seul coupable, il doit une réparation ; il faut qu'il épouse Léopoldine, voilà tout.

3.

— Si Léopoldine veut bien l'épouser, ajouta le duc.

— Léopoldine réfléchira, elle est raisonnable.

— Vous avez dit, docteur, que M. de Selves était un misérable, il n'y a qu'un instant, et vous voulez que j'épouse un misérable!

— Un misérable, un misérable! sans doute, au point de vue des femmes ; mais celui qui se conduit mal à l'égard des *femmes* quand il est garçon, se conduit quelquefois admirablement avec la sienne. Léonce a du bon, au fond, je le connais. Écartez son orgueil, sa vanité, ses prétentions de poëte, sa tête un peu fêlée par les compliments et les flatteries, et vous retrouverez l'homme de race, je vous en réponds. Et puis Léonce est encore, et ceci est à considérer, un excellent parti. Il a une belle fortune, et il est en passe d'en gagner une autre ; d'ici à dix ans il sera fort riche ; à la première vacance il entrera à l'Académie ; il est déjà décoré de presque tous les ordres de l'Europe ; il est bon gentilhomme, ce qui, quoi qu'on en dise, ne gâte jamais rien, et sa femme occupera, il n'en faut pas douter, une place distinguée dans la société.

— Je n'aime pas M. de Selves, docteur.

— Qu'importe ! mon Dieu ! qu'importe, ma

chère enfant ! est-il besoin d'adorer son mari pour être heureuse ? A quoi sert l'amour dans le mariage ? Le mariage n'est pas un roman, c'est une position.

— Ne le croyez pas, Léopoldine, c'est là ce qu'on m'a dit pour me faire épouser M. Guérin, interrompit Blanche.

— Maintenant il s'agit de Léonce et de Léopoldine. La décision doit être prise ce soir. Guérin peut vous attendre ; lorsque vous rentrerez, il faut être préparé à tout.

Mme Guérin s'était cachée dans les coussins ; elle n'osait pleurer tout haut, dans la crainte d'être entendue et blâmée, mais les larmes coulaient silencieuses sur son rêve envolé.

— Léonce ne pense pas à Léopoldine, il croit ne rien devoir à Léopoldine, il n'épousera pas Léopoldine.

— Quant à cela, ma chère, je vous garantis qu'il vous épousera.

— Sans fortune ? Léonce n'est pas un homme à cela. Il a des écarts d'imagination dans ses drames et dans sa vie amoureuse, il n'en a pas dans sa bourse. Comme les jeunes gens de ce siècle, il est positif.

— Eh bien ! s'il refuse, je...

— Vous vous battrez avec lui, n'est-ce pas ? pour

moi, pour que l'on ne dise pas que Léopoldine
Millet a été trompée par Léonce de Selves, bruit
qui durerait quinze jours et qui tomberait après ;
c'est là ce que vous appelez l'honneur, pourquoi
vous risquez votre vie, messieurs, un peu de fu-
mée qui s'envole souvent avant que le feu soit
éteint.

— Non pas, ma chère enfant, vous voyez mal
la chose. Il faut une fin à cette aventure, une
fin qui satisfasse M. Guérin, le seul acteur principal en tout ceci, le seul qu'il importe de mé-
nager. Bien qu'il ne soit pas un Cicéron, Guérin
a assez d'intelligence pour comprendre le fond
de cette histoire, si on ne lui donne des preuves
palpables et certaines. Il vous voit au bras de
M. de Villecresne dans une situation évidemment
équivoque ; le duc vous offre de vous épouser ;
vous l'aimez, puisque vous avez accepté de lui
un rendez-vous (dans l'hypothèse de Guérin) et
vous refusez de devenir duchesse avec trois cent
mille livres de rentes, le tout par un dévouement
superbe, auquel Guérin ne croira pas, d'abord
parce qu'il en est incapable, et puis parce qu'il
n'est guère vraisemblable pour personne.

— Docteur, vous parlez en Guérin.

— Je parle en homme raisonnable. Au lieu
que si vous arrivez ce soir avec ce thème fait :

Léonce a compromis Léopoldine, le duc était là par un hasard qu'il sera facile de trouver, et Léonce doit épouser Léopoldine ; la chose est claire, très-convenable, elle ne laisse aucun doute dans l'esprit de personne, et Blanche est sauvée tout à fait.

— Ah ! vous avez raison, Blanche est tout à fait sauvée, répéta la jeune fille en retenant un sanglot.

C'était un grand et immense sacrifice à faire, mais depuis bien longtemps elle était préparée, depuis bien longtemps elle cherchait dans son cœur ce qu'elle pourrait accomplir pour être dans la vie de Jacques une personnalité, une exception, pour lui prouver que nulle ne pouvait l'aimer autant qu'elle. Ainsi que les natures passionnées et bonnes, Léopoldine avait la rage du dévouement ; elle se serait déchiré les chairs avec délices et en souriant, comme les martyrs, sous les yeux de celui qu'elle aimait, si ce supplice avait pu lui éviter une douleur, à lui. Elle éprouva tout cela dans l'espace de quelques secondes, son sang monta et descendit de sa tête à son cœur, avec une rapidité inouïe, et tendant la main au duc, elle lui dit :

— *Mon cher Jacques*, j'épouserai Léonce, je ferai ce que vous désirerez faire de moi ! Je suis une *chose* appartenant à vous et aux vôtres, disposez-en sans me consulter même, j'approuve d'avance ce que vous déciderez.

Blanche poussa un gémissement qu'elle ne put retenir.

— Ah ! pardonnez-moi, mon amie, vous savez bien qu'il ne m'aime pas et que je ne l'aimerai jamais.

Le docteur, malgré sa carapace de vieux praticien, sentit son œil se mouiller, il prit la main de Léopoldine et la secoua à lui rompre le bras. Quant à Jacques, il sentait trop profondément pour rien exprimer, il se contenta d'un regard, mais ce regard, Léopoldine ne pouvait *plus* l'oublier.

Cette décision prise, on causa plus tranquillement, bien qu'il fût impossible de parler d'autre chose.

— Ah ! disait le docteur, si on avait eu de la présence d'esprit, si on avait pensé à ce portrait de M^lle Devert, comme on eût facilement expliqué la présence de M^me Guérin et celle du duc, et quel embarras nous aurions de moins ! Une femme usagée n'y eût pas manqué.

Ceci est une grande vérité : aussi les femmes « usagées » ne se compromettent que quand elles le veulent bien. Parmi les femmes coupa-

bles les seules perdues sont celles qui valent
quelque chose ; les autres, c'est-à-dire les fausses,
les dévergondées, les méchantes même, trouvent
toujours le moyen de se sauver ; elles calculent,
elles se garantissent ; au besoin elles accusent
les autres pour se mettre à l'abri.

Combien en est-il que l'on estime, que l'on
fête, que l'on reçoit partout et qui ne doivent
ces procédés qu'à une usurpation hypocrite ?
Elles ont un amant qu'elles cachent, qu'elles
quittent pour en prendre un autre dès que le
plus léger soupçon s'attaque à celui-là. Ce n'est
pas *leur* amant qu'il leur faut, c'est *un* amant ;
besoin, désœuvrement, caprice, c'est un meuble
essentiel pour elles, et elles le choisissent de
leur mieux, au point de vue de la discrétion surtout. Elles ont un mari qu'elles abusent par une
tendresse apocryphe ; tout cela est bien ; elles
respectent le monde et les convenances. On n'en
demande pas plus. Ce qui, au point de vue du
cœur, de l'honneur véritable, doit les rendre
plus méprisables, est justement ce qui les excuse.
Elles trompent, donc elles sont approuvées. C'est
là une singulière logique. Ajoutez un vice à un
autre vice, et tous les deux se corrigent l'un par
l'autre.

Les mépris sont pour celle qui aime réellement, pour celle que le cœur et la passion emportent, qui dédaigne la fraude et qui dit loyalement :

— Je n'aime plus cet homme-là, je brise les liens qui nous unissent, je ne m'abaisserai pas à le tromper ; c'est assez d'une faute, je n'en joindrai pas une seconde, et je n'usurperai pas une affection que je ne mérite point.

Celle-là, on la chasse, on l'accable, on la maudit. Et plus tard, lorsque celui qu'elle aimait, à qui elle a tout sacrifié, a vengé le devoir méconnu, lorsqu'il l'a abandonnée et qu'il lui a fait expier par des années de larmes et de douleur une erreur passagère, lorsqu'elle se représente devant le monde et qu'elle lui dit :

— Pardonnez-moi, je m'en repens ; j'ai expié, j'ai tant souffert !

Le monde lui répond :

— Point de pitié, point de miséricorde ! Tu as dédaigné nos lois, tu t'es crue plus forte que nous, tu as voulu être honnête à ta manière, non pas à la nôtre. Souffre, expie, pleure, meurs si tu veux, cela ne nous regarde pas ; nous ne te pardonnerons point, nous ne t'admettrons plus dans nos rangs : tout est fini pour toi.

Et en même temps l'hypocrite, la trompeuse, est au pinacle, on l'encense.

Les indifférents, les sceptiques, en regardant ces deux femmes, disent de la première :

— La pauvre niaise !

Et ils passent.

Et de la seconde :

— C'est une femme habile !

Puis ils vont lui faire la révérence.

N'est-ce pas là le monde ? dites-le.

La soirée s'écoula plus tranquillement qu'elle n'avait commencé. Jacques et Léopoldine réunirent leurs efforts pour faire oublier à Blanche ce qui était arrivé, ou du moins pour diminuer ses souffrances et les adoucir. Elle les écoutait en silence, leur accordant parfois un faible et triste sourire et secouant mélancoliquement la tête lorsqu'on lui parlait de bonheur.

— Il n'y en a plus pour moi, disait-elle, je n'y puis compter, je ne puis compter que sur celui des autres que j'aime, mais moi !

— L'heure du départ sonna, on l'entoura de tout ce qui pouvait la rendre moins cruelle ; cependant il fallut partir, il fallut aller au devant d'une explication inévitable et dangereuse. Jacques devait se charger de cette tâche que lui seul pouvait remplir.

L'espoir secret de Léopoldine était que Léonce ne consentirait pas au mariage ; elle ne craignait pas que Guérin s'emportât jusqu'à vouloir l'y forcer, et, comme elle n'était pas la sœur de Jacques, comme aux yeux du monde il n'avait aucune raison plausible de défendre sa cause, elle se disait qu'après les efforts nécessaires à la conviction d'Agénor, il abandonnerait ce projet et ne s'en préoccuperait plus.

— Ainsi je serai délivrée ! pensait-elle, et il m'aimera mieux, et il saura combien je l'aime, puisque j'ai voulu tout donner pour lui et pour sa sœur.

Ces pensées lui prêtaient un courage que Blanche ne comprenait pas, elle le prenait pour de la joie, et elle la croyait charmée d'un mariage qu'elle semblait dédaigner.

On arriva à l'hôtel de Villecresne. Dès que le suisse aperçut Jacques, il lui dit que M. Guérin demandait à le voir aussitôt qu'il rentrerait ; il avait absolument besoin de lui parler le soir même.

— C'est bien, répondit le duc.

Il reconduisit d'abord Blanche dans cet appartement où elle ne croyait jamais revenir, puis il remonta chez Léopoldine qu'il remercia chaleureusement et qu'il assura d'une éternelle affection.

En rentrant chez lui il envoya son valet de chambre prévenir Guérin qu'il l'attendait, et se prépara à cette entrevue dont la difficulté se présenta de plus en plus grande à son esprit à mesure qu'elle approchait. Guérin salua froidement son beau-frère, qui lui montra un siége en s'asseyant. Le duc sentit qu'il devait parler le premier.

— Je suis tout à vous, Guérin, dit-il. J'ai une explication à vous donner, j'espère que vous m'entendrez tranquillement.

— Vous reconnaissez donc que je puis être agité ?

— Je reconnais du moins que vous l'avez été beaucoup et... inutilement.

— Inutilement, monsieur ! vous croyez-vous encore à cette époque où les grands seigneurs pouvaient tout se permettre, et où nous autres vilains nous étions trop heureux de les souffrir ?

— Ah ! vous voilà, armé des phrases toutes faites des journaux révolutionnaires, très-bien ; épargnez-vous ce soin, je les connais ; passez outre.

— Raillez, monsieur, c'est encore dans votre rôle. Cela est si naturel ! Vous devez épouser ma sœur, et, en attendant, vous déshonorez ma cousine.

— Les apparences m'accusent, et cependant, je vous en donne ma parole, je n'ai rien fait pour justifier cette accusation.

— Osez-vous chercher à m'abuser encore, quand je vous ai vu moi-même ayant au bras cette misérable..... qui sera chassée dès demain ! Ne me poussez pas à bout, monsieur, et puisque je suis condamné à discuter avec vous, laissez-moi l'illusion de croire que vous vous repentez.

— Si vous vouliez m'entendre, vous sauriez déjà que les choses ne sont point ce qu'elles paraissent.

— Faites votre histoire, je vous avertis seulement que j'en accepterai ce qu'il me plaira.

— Il est très-vrai que... qu'un homme était attendu aujourd'hui dans la maison où vous êtes venu, mais cet homme, ce n'était pas moi.

— Ce n'était pas vous ? et je vous ai vu...

— Vous m'avez vu, en effet ; mais un hasard tout à fait étranger m'avait conduit dans cette même maison, et j'y suis arrivé à temps pour sauver la victime.

— M. de Villecresne, en vérité, vous me prenez trop pour un imbécile, je vous en avertis.

— Je dis l'exacte vérité, et on vous la confirmera quand vous voudrez.

— Oui, votre complice : c'est une façon assez adroite de s'en tirer, vous rejetterez la faute sur un inconnu quelconque, on trouvera des excuses pour cette demoiselle, son séducteur l'aura abandonnée, il me faudra la plaindre et la doter peut-être, afin de cacher les résultats de cette belle œuvre, en la mariant à un mendiant facile.

— Ce n'est rien de tout cela, monsieur.

— Et qu'est-ce donc, alors ! Le moyen est bon, cependant, pour conserver les millions de ma sœur et pour continuer une intrigue ; si vous ne l'avez pas trouvé, je vous l'indique, profitez-en.

— Je ne tiens pas aux millions de votre sœur, vous le savez. Il me sera facile d'en trouver autant, d'en trouver plus encore lorsqu'il me conviendra de les chercher.

— Le duc répugnait tellement au mensonge qu'il ne pouvait se décider à attaquer directement la question, à accuser Léopoldine, ne fût-ce qu'une minute, Il lui en coûtait déjà trop de ne pas la défendre.

— Oui, répliqua Guérin, je sais que vous dédaignez Rosalba, que vous vous plaignez, comme votre sœur, de la nécessité imposée par le feu duc.

— Je payerai le dédit, répliqua le duc avec un amer dédain ; il y a longtemps que ce serait fait, si cette raison seule m'engageait à obéir à mon père.

Guérin sourit d'un méchant sourire.

— Oh ! je suis parfaitement tranquille, monsieur le duc ; je sais que vous ne laisserez pas ma sœur à votre volonté, et qu'avec deux mots il me sera facile de vous retenir ; ce n'est pas là ce qui m'inquiète. Que comptez-vous faire de Léopoldine.

— La marier.

— Avec qui ?

— Avec celui qu'on attendait hier, rue de Babylone.

— Qui est-il ?

— Léonce de Selves.

— Léonce de Selves ? est-il possible ?

— Je vous en donne ma parole d'honneur ?

Guérin savait que le duc ne la donnait pas en vain ; quelque extraordinaire que parût le fait, il n'en douta plus.

— Et vous la doterez sans doute, pour que rien n'y manque ?

— Je la doterai.

— Léonce de Selves n'est pas de ceux qui se contentent de petits morceaux.

— On donnera une bonne dot.

— Un million, peut-être! Irez-vous jusque-là?

— Vous êtes insensé, Guérin; de pareilles suppositions ne se font point.

— En attendant, monsieur le duc, M<sup>lle</sup> Léopoldine quittera la maison dès demain et ira négocier son mariage autre part. Je n'entends pas laisser ma femme et ma sœur en pareille société.

— Guérin, me regardez-vous comme un honnête homme?

— Jusqu'ici je n'ai pas supposé qu'il existât un homme plus honorable que vous.

— Pensez-le donc toujours, car, Dieu merci! cela est encore ainsi, mon frère. Je vous jure sur mon nom, sur la mémoire de mon père, que M<sup>lle</sup> Millet est parfaitement innocente, qu'elle n'a pas l'ombre d'un reproche à se faire, que dans tout ceci il n'y a qu'un seul coupable, c'est M. de Selves.

— Expliquez-vous davantage, si vous voulez que je vous croie.

— Je ne le puis, cela m'est défendu. Ce secret m'est confié, mais vous pouvez compter sur ce que je vous dis, Agénor; ce serait me faire la dernière injure que d'en douter.

— Très-bien; ma cousine est dans une petite

maison avec vous, je vous surprends, il n'y a
pas moyen de nier que vous n'y fussiez ensemble ; on me dit d'abord qu'elle n'y était pas
pour vous, il me faut croire cela, et puis il me
faut croire encore que cette demoiselle est la
vertu même, qu'elle n'a pas péché même en
pensée, et je n'ai qu'à me contenter de ces rai-
sons-là, qu'on ne m'expliquera jamais. Savez-
vous que c'est dérisoire ?

— Non, Guérin, cela est singulier, voilà tout.
N'avez-vous pas vu dans la vie mille événements
que l'on n'explique pas et qui sont réels cependant ?

— Je dois aller sans doute mettre M. de
Selves en demeure d'épouser sa victime, n'est-
ce pas ? C'est encore une jolie commission. Et
s'il me refuse, ce qui est fort posible, ces choses-
là se refusent habituellement aux filles vertueu-
ses comme Léopoldine, pensez-vous que je sois
d'humeur à me couper la gorge avec lui pour
l'y forcer ?

— On ne vous le demande pas, on ne vous
demande rien ; ne vous en mêlez que quand vous
en serez requis, je me charge de tout.

— Je ne dois pas paraître, je suis sensé ignorer... Mais Suzanne, mais Roland, mais Terrebrune surtout, croyez-vous qu'ils ne parleront

pas ? Croyez-vous qu'ils n'ont pas parlé déjà et que la moitié de Paris n'a pas appris, ce soir qu'on vous a surpris ensemble rue de Babylone, sans compter les commentaires qu'on y ajoutera?

— Je me charge aussi des commentaires et des faiseurs de commentaires.

— Il ne me reste donc qu'à me laver les mains de tout ceci, comme Pilate.

— Absolument.

— Eh bien, je trouve, moi, qu'il me reste autre chose à faire, et je le ferai. C'est de dire au duc de Villecresne : Il va se répandre des bruits, vrais ou faux, désagréables pour ma sœur : on croira que vous lui avez donné une rivale et que vous la dédaignez ; votre peu d'empressement rendra d'ailleurs ces bruits vraisemblables. Je viens vous sommer de tenir les engagements pris ; je viens vous sommer de fixer le jour où vous lui donnerez votre nom, pour prouver que Rosalba Guérin n'est pas une fille qu'on abandonne. M'entendez-vous, monsieur le duc ?

— Parfaitement, M Guérin.

— Et que répondez-vous ?

— Nous ne sommes pas si pressés que vous le dites. Il faut savoir avant toutes choses si M^lle Guérin est disposée à vous obéir.

— Elle fera ce que je voudrai, monsieur. J'ou-

4

bliais de vous dire qu'en outre des deux millions, argent de dot, j'ai à vous compter huit cent mille francs sur les revenus ; c'est un assez joli denier pour dorer les promesses téméraires de feu M. le duc.

— Je ne permettrai pas que M^{lle} votre sœur soit forcée en quelque manière que ce soit, je vous en avertis.

— Convenons donc que je la consulterai dès demain, et que si je la trouve, comme je n'en doute pas, toute prête à devenir duchesse, nous ferons la noce d'ici à un mois.

— Vous êtes impatient.

— Ce n'est pas moi, c'est le monde, c'est l'événement de ce matin. Nous en sommes tous fort innocents, à ce qu'il paraît, et nous devons pourtant en subir la conséquence. C'est un malheur. Seulement rappelez-vous ceci. Il est *nécessaire* à mes projets, à mon avenir, à ma fortune, que vous épousiez ma sœur, et *vous l'épouserez*, lors même que ni elle ni vous n'en auriez la volonté. Car, si l'un de vous s'y refusait, la conséquence serait celle-ci :

Vous... je vous déshonore.

Elle... je la ruine.

Réfléchissez-y maintenant, j'ai les moyens de faire tout cela.

# I V

## LES MILLIONS

.Il nous faut maintenant retourner en arrière
près de Léonce, que nous avons laissé en face de
Rosalba démasquée, et ne sachant ce qu'il allait
faire au milieu du chaos d'événements qui l'en-
touraient. Les millions étaient réels, ils étaient
là devant lui en chair et en os ; la dot de M<sup>lle</sup>
Guérin était de l'histoire, et jamais un homme
ne se trouva dans une position plus perplexe.

— Si seulement elle avait parlé hier ! se répétait-il. Que devenir à présent? et Blanche qui
m'attend là-bas !

— Vous voyez, monsieur de Selves, reprit l'héritière, jusqu'où va ma confiance: je suis *chez*

*vous*, je me découvre *à vous* ; il dépend de votre caprice de me refuser d'abord et de me perdre ensuite ; je sais à quoi je m'exposerais avec un autre que *vous*.

— Ah ! mademoiselle, qui pourrait être assez infâme pour abuser d'une pareille confiance ?

— Je ne me dissimule pas la témérité de ma démarche, mais je ne pouvais plus vivre ainsi. Après tout, je suis libre ; je dispose de ma main et de ma fortune. Le testament de mon père ne lie que M. de Villecresne : quant à moi, je puis refuser.

— Et vous refuseriez , mademoiselle? Quoi ! vous refuseriez pour moi, infime, pour moi, chétif, cette belle couronne de duchesse, présentée par la main de l'homme le plus parfait de France ! Ce n'est pas là ce que l'on disait, ce que vous m'avez dit vous même lorsque j'ai été assez hardi...

— Alors je n'avais pas vu votre triomphe, je n'avais pas compris votre gloire comme je la comprends aujourd'hui ; j'ignorais cette joie que j'ai entrevue de vous donner la fortune pour recevoir de vous la célébrité. J'ai ressenti tout cela au théâtre l'autre soir, c'est alors que je vous ai écrit, que je me suis décidée.

— Je dois remercier mon succès, puisqu'il

me vaudra le bonheur... Mon Dieu ! pensa Léonce, que je suis bête, et qu'une fille intelligente aurait bien vite assez de moi en me trouvant si loin de ce qu'elle me croyait !

— Je suis une folle, n'est-ce pas, monsieur de Selves, une fille impardonnable, je le sais, Vous me croirez romanesque, extravagante, vous n'aurez aucune confiance peut-être dans une femme qui vient s'offrir ainsi à vous. Mais je suis une orpheline, sans conseils, sans affections, personne ne m'aime et tout le monde me rebute à l'hôtel de Villecresne ; mon frère, ma belle-sœur, mon fiancé surtout Je ne sais où mettre mon cœur, et vous me l'avez pris ; ce n'est pas ma faute.

— Vous êtes adorable, répondit Léonce en lui baisant la main.

— Répondez-moi, redites-moi encore que vous ne méconnaissez pas la pauvre Rosalba, que vous ne la jugerez pas mal... que...

— Combien je suis heureux ! Je ne mérite point ce que vous daignez faire pour moi, mademoiselle, car je ne dois pas vous abuser : je suis un homme léger, étourdi, je suis un poëte aux volages amours. Il faut que vous sachiez d'avance et par moi tout ce que mes ennemis pourraient vous apprendre. Je ne veux pas qu'on puisse vous détourner et que vous m'accusiez de vous avoir trompée.

— C'est bien, c'est loyal, c'est digne de vous, monsieur de Selves : ne craignez rien, je n'écouterai que vous.

— Merci, toujours merci ! Jamais ma reconnaissance ne pourra m'acquitter.

Léonce ne pataugeait que de plus belle ; il eût voulu être à cent lieues de là, il ne pouvait cependant mettre Rosalba à la porte ; son désir était de gagner du temps, d'obtenir de la jeune fille, sans avoir l'air de le lui demander, que les choses traînassent en longueur. Cela ne semblait pas facile. Elle y vint d'elle-même et par un singulier raisonnement.

— Je ne suis guère digne de vous, reprit-elle ; je n'ai pas d'esprit, moi ; ma beauté est ordinaire, le nom de Guérin est bien bourgeois, mais ma fortune est magnifique. Nous pouvons l'augmenter de douze ou quinze cent mille francs ; je ne sais pourquoi nous nous refuserions ce plaisir.

— Sans doute. Par quels moyens ?

— M. de Villecresne doit m'épouser ou me payer cette somme.

— Oui, si c'est lui qui vous refuse, mais si c'est vous ?

— Aussi faut-il que ce soit lui et non pas moi.

« Oh ! oh ! pensa Léonce, pour une femme si amoureuse, elle raisonne joliment finances : quel intendant j'aurai là ! »

— Il faut que ce soit lui, et il le fera. Je n'ai qu'à le presser d'en finir, je suis certaine qu'il dira non.

— Il serait bien niais et bien à plaindre, alors.

— On croit que je ne vois rien, et je vois tout. Jacques a un amour quelque part. Où ? Je n'ai jamais pu le découvrir. Ses domestiques sont fidèles, mais il sort presque tous les jours à la même heure, avec l'air mystérieux ; il arrive des lettres sans cesse de la même écriture, qu'il cache soigneusement. On le demande en secret, toujours la même femme ; il porte un bracelet.

— Un bracelet !

— Un bracelet qu'il ne quitte jamais. C'est une grosse chaîne d'or très-forte et très-simple, fermée par un médaillon, qui doit renfermer un portrait ; le dessus en est fort remarquable : c'est une plaque émaillée bleu avec un chiffre entrelacé en petits diamants.

Léonce fit un mouvement.

— Vous êtes certaine que le bracelet est ainsi ?

— Je l'ai vu cent fois ; depuis trois ans je l'examine sans avoir l'air de rien, lorsque sa manche s'entr'ouvre. Un jour que nous étions seuls, je lui en ai parlé, il m'a répondu qu'il venait de sa mère.

— Ah ! reprit Léonce, vous me mettez sur la voie ; je connais le pareil. Serait-il donc possible que ce fût *lui* ?

— Qui donc a le pareil ? dites-le moi, je vous en prie.

— Que vous importe, si vous ne l'aimez pas ?

— Vous comprenez mieux alors que moi si nous pouvons espérer le dédit.

— Vous l'aurez, c'est hors de doute.

— Par conséquent, il faut user de ruse et le provoquer. Demain, je parlerai à mon frère. Adieu ! monsieur de Selves ; je ne sais pas comment j'ose lever les yeux devant vous après ce que je viens de faire. Une seule chose me rassure, c'est votre grand esprit, qui comprend tout et qui appréciera ma position à sa juste valeur. Si j'avais une mère, je me serais confiée à elle, mais je suis seule, seule au monde, sans un ami qui puisse me conseiller. Ne sortez pas, que votre domestique ne me voie pas avec vous. Restez là, je serai loin bien vite. Adieu ! Vous viendrez bientôt me voir, n'est-ce pas ?

Resté seul, Léonce entra dans son jardin, sa raison lui échappait; il était comme dans un tourbillon où s'englobait sa vie.

— Mon Dieu! dit-il, comment cela se terminera-t-il? Si je le devine, je veux bien que le diable m'emporte. Et Blanche qui m'attend chez Suzanne! Et Suzanne maintenant qui est la maîtresse de Jacques, car, je n'en doute pas, elle a le pareil bracelet. Jacques est le mystérieux inconnu; d'ailleurs, cela lui ressemble. J'ai placé ma colombe juste dans le nid du vautour. Et cette folle de Rosalba! ma foi! elle a plus de trois millions; après tout, il est permis d'être folle à ce prix-là. Et Guérin et Terrebrune qui errent rue de Babylone! C'est une cacophonie épouvantable, et comme j'ai bien fait de me tenir à l'écart!

La démarche de M<sup>lle</sup> Guérin peut sembler invraisemblable au lecteur; il pensera peut-être qu'il n'est pas de jeune fille assez hardie pour aller s'offrir ainsi d'elle-même à un homme qui pourrait la mépriser. Ce serait étrangement méconnaître les têtes exaltées et romanesques que de nier cette proposition. Les jeunes filles se montent l'imagination surtout pour ces hommes dont le prisme chatoyant les attire. J'en ai vu moi-même plusieurs exemples. J'ai

vu entre autres une jeune personne menacer un
de nos auteurs favoris de se tuer parce qu'il ne
l'épousait pas, après qu'elle eut été chez lui,
ainsi que Rosalba a été chez Léonce, et parce qu'il
avait renvoyé ses lettres à sa mère, ne voulant
pas, en honnête homme, perdre cette enfant qui
se confiait à lui, ni accepter une union dont les
conditions ne lui convenaient point, malgré une
immense fortune.

Oh ! si l'on fouillait bien certaines existences,
on y trouverait des aventures et des romans plus
étranges que ceux qu'on raconte et qu'on lit,
quelque invraisemblables qu'ils soient. Le plus
beau livre, le plus vrai est certainement celui
qu'on n'écrit pas.

Léonce se jeta dans le champ si vaste des suppositions et des conjectures. Il arrangea sa vie
avec les éléments que le sort lui présentait. Il se
vit l'époux de Rosalba, possédant deux-cent mille
livres de rente, ce qui est une auréole brillante
pour un romancier : il se vit le beau-frère de Blanche, de cette Blanche si belle et si adorable, qui
l'aimait, qu'il pouvait perdre, et qui le récompen-
serait de l'avoir sauvée. En laissant marcher les
circonstances, sans les aider même, tout cela
arriverait, car mille raisons maintenant déran-
geraient ce qui s'était préparé avec tant de soins.

Jacques, Guérin, Terrebrune, ces ennemis lancés après cette pauvre gazelle qu'il croyait avoir si bien garantie, devaient les séparer sans doute. Blanche lui échapperait selon toutes les probabilités, et il n'avait d'autre parti à prendre que de s'en donner les honneurs, tant aux yeux de la jeune femme qu'aux yeux des autres. Il attendait Terrebrune avant de se décider. Il s'en *rapportait* à lui pour colporter les nouvelles, et certes il ne serait pas oublié dans la distribution.

Plusieurs fois cependant il fut sur le point de se rendre rue de Babylone ; l'impatience le gagnait, il sortait, il rentrait, il regardait les pendules, essayait de travailler, sans pouvoir écrire un mot, prenait, reprenait sa plume qu'il jetait avec colère, en maugréant et en accablant le pauvre Collet de toutes les injures qui lui vinrent à l'esprit.

Enfin on sonna : c'était lui.

Terrebrune entra, son air conquérant annonçait un monde tout entier. Il se jeta sur un fauteuil, et s'essuyant le front :

— Ah ! il y en a de belles, allez ! J'en ai long à vous dire, et de curieuses aventures. Vous ne les soupçonneriez jamais. Il s'agit de... devinez.

— Comment voulez-vous que je devine ? M^{me} Guérin.

— Peuh ! M^{me} Guérin ! c'est mieux que cela.

— Ma foi ! je ne sais pas.

— Mieux que M^{me} Guérin, vous dis-je, quelque chose de mirobolant, de phénoménal, d'inédit, de complétement inédit ; mon cher, vous en avez l'étrenne.

— Je ne l'aurai pas vite à ce train-là, vous me la faites désirer.

— C'est pour imiter M^{me} de Sévigné, et c'est bien plus extraordinaire, car ce n'était qu'une demoiselle qui se mariait, grande ou petite ; cela n'a rien de rare, après tout.

— Quand il vous plaira, Terrebrune.

— Eh bien ! Léonce, nous avons, en effet, trouvé un nid d'amoureux.

— Ah bah !

— Mais ce n'était point cette abandonnée M^{me} Guérin, bien que son mari ait été superbe, qu'il ait encore jeté de l'or au jardinier, en forçant la porte avec ces mots : « J'entre de par la loi : je viens surprendre ma femme, et, si vous me refusez, j'appelle le commissaire, » comme Polichinelle.

— Depuis un quart d'heure nous en sommes au même point, Terrebrune.

— Vous ne savez pas qui c'était, mias vous savez qui ce n'était pas, c'est un point de gagné.

C'était le duc de Villecresne, le Platon, le Socrate de la génération actuelle, accompagné de...

— Oh ! que vous êtes terrible, terrible comme votre nom ! Achevez.

— Accompagné de Léopoldine.

— Le duc est l'amant de Léopoldine et ils se donnent des rendez-vous rue de Babylone !

— Oui.

— Je n'y comprends plus rien du tout.

— Ni moi non plus. La rue de Babylone, à ce qu'il paraît, est un vrai arbre à pipée, où chaque branche porte son nid ; le vôtre est mitoyen.

— Et Guérin, qu'a-t-il dit ?

— Il est resté stupéfait ; cependant, il préférait cela, bien que cette intrigue fût peu agréable pour sa sœur et même pour lui, à cause de sa cousine. Aussi il m'a prié de n'en rien dire ; je ne le dis qu'à vous, qui êtes mon ami.

— Et puis à tous vos autres amis, ce qui fait que ce soir la moitié de Paris le saura.

— Non, je n'ai encore rencontré que deux ou trois personnes, répliqua-t-il naïvement.

— Voilà qui me rassure. Et M^{me} Guérin, dans tout cela, qu'est-il advenu pour elle ?

— Rien du tout ; elle se promène peut-être aux Champs-Élysées avec *la vieille*. Ce que c'est que la jalousie ! Une femme qui ne pensait pas à mal !

5

— En effet ! Quelle injustice !

— Vous croyez que c'est tout ?

— Ma foi ! je ne vois pas ce qu'il y aurait à dire, à moins que vous n'ayez trouvé M$^{lle}$ Guérin avec M. de Belmont.

— Non, mais nous avons encore démoli une vertu.

— Laquelle ?

— Et une grande, et une célèbre, et une vertu à piquants, à fleurons, à tout ce que vous voudrez de mieux, la Lucrèce moderne.

— Vous êtes singulièrement antique aujourd'hui, Terrebrune !

— Je tiens à vous prouver que je sais aussi mon histoire, vous qui me traitez d'ignorant.

— Quelle est la Lucrèce moderne, s'il vous plaît ? je n'en connais pas en ce siècle-ci.

— Suzanne Devert, que nous avons attrapée dans une allée sombre, pendue au bras de Roland de Malagne, lequel a failli nous sauter aux yeux comme un coq en colère, en nous intimant l'ordre de nous retirer. Le fait est que cela ne nous regardait pas.

— Roland de Malagne ! murmura Léonce confondu.

— Il paraît que la maison est à Suzanne, qu'elle y recevait en secret son chaste soupi-

rant, et qu'on y donnait l'hospitalité à cet autre
parangon de chasteté, le duc de Villecresne,
ainsi qu'à la petite Léopoldine. Voilà pourquoi
je la rencontrais dans cette rue tous les matins,
elle allait y donner séance, disait-elle ; une séance,
en effet.

Et le fat se mit à rire aux éclats de son bon mot.

— C'est cela! pensa Léonce ; Blanche aura
entendu tout ce monde, et en femme d'esprit
elle se sera sauvée chez elle. Tout tourne pour le
mieux. Je l'ai juste assez enlevée pour qu'elle
ait envie de continuer le roman ; je ne parais
en rien que pour elle ; à présent le duc épousera
Léopoldine, c'est sûr, et refusera Rosalba, qui
me tombe entre les mains, comme une poire
mûre. Quant à Suzanne ! la pauvre fille est certaine de se voir déchiquetée par cet animal. J'en
suis un peu cause et je la défendrai.

— Vous voilà rêvant, Léonce, et vous ne me
parlez plus : je gage que je devine votre pensée !

— Je ne le crois pas.

— Oh! que si! Tenez, ce coffret noir est
encore vide ; cette tombe, comme vous l'appelez,
attend le cadavre de votre jeunesse. Voilà Rosalba
Guérin et ses millions à prendre, vous ne
seriez pas fâché de donner à votre jeunesse ce
linceul doré.

— Eh ! je ne dis pas ! Vous êtes un peu sorcier, Terrebrune.

— On me juge mal, mon cher, j'ai beaucoup d'esprit, beaucoup de nez. Je flaire surtout les idées à écus d'une lieue, et celle-là en est une fameuse.

— Celle-là peut être bonne, mais, avant tout, je veux vous prévenir d'une chose, et très-sérieusement.

— J'écoute très-sérieusement.

— J'aime beaucoup Suzanne ; cette chère fille tient à sa réputation et je crois qu'en ce moment cette histoire racontée lui ferait du tort. Les petits journaux s'en mêleraient ; on l'accablerait de plaisanteries ; ma pièce et elle sont coulées, malgré le talent et le mérite. Je vous préviens donc que si j'entends le moindre bruit, non-seulement je m'en prends à vous, vaillant Terrebrune, mais je vous lâche le farouche républicain Roland, qui vous hâchera menu, menu, comme chair à pâté.

Terrebrune devint tout pâle.

— Il n'y a pas que moi dans ce mystère, Léonce, et je ne suis pas la cause si les autres parlent.

— Il n'y a que vous ; les autres sont intéressés à se taire, et ils se tairont.

— Mai... mais... c'est que je ne savais pas.

J'ai rencontré des gens du club, en venant ici...,
j'ai trouvé l'histoire si jolie..., que, ma foi ! je
l'ai racontée.

Léonce comprit ce qui allait résulter de ce scan-
dale, ce qui pouvait arriver à Blanche, à Suzanne,
à lui, ce que Suzanne pourrait lui reprocher ; car
c'était pour lui avoir rendu service que la pauvre fille voyait son secret dévoilé.

— Que la peste soit du bavard ! murmura-t-il.

— Dame ! c'était si joli ! je n'y ai pas résisté ;
vous n'y auriez pas résisté non plus, si vous
aviez été à ma place et qu'il eût été question d'une
compagne de Suzanne qui ne fût pas Suzanne.

— Soyez franc jusqu'au bout, Terrebrune,
soyez franc, vous n'en serez pas plus battu pour
cela. Vous venez du club où vous avez raconté
l'histoire ?

Collet hésita.

— Allons, dites !

— Eh bien ! oui, j'en suis fâché maintenant, je
n'y ai pas pensé.

— Suzanne ne joue pas ce soir, mais demain,
quand elle entrera en scène, toute la salle intelligente saura que cette vertu n'était qu'un mas-
que et qu'elle s'est moquée du public. Je parie que
des vindicatifs et des envieuses la feront siffler.

— Cela se pourrait : il me semble que j'ai en-

tendu quelque chose comme cela. Il y a Lançay
qui parle même de lui donner un charivari.

— Et moi je vous dis, Terrebrune, que c'est
abominable. Cette fille est honnête. Je sais son
histoire, elle me l'avait confiée à moi seul. Depuis deux ans cela se cachait; c'était un roman
de Berquin, pur et chaste, ils devaient se marier ;
je ne sais quel obstacle les séparait ; les parents
de Roland, je crois, qu'il fallait amener à com-
position : maintenant, qui sait ce qui en résul-
tera? Ah ! tenez, c'est une mauvaise action.

— J'en suis désolé, désolé. Si j'avais pu prévoir...

— Et Roland, que va-t-il dire ? Je suis étonné
de ne l'avoir pas vu encore. J'ai envie d'aller
chez lui. Dans tous les cas je vais chez Suzanne
et de là au club où je vous préviens que vous
serez travaillé de main de maître.

— Ne m'abîmez pas, Léonce, je suis un peu
étourdi, mais bon garçon tout de même. Je ne
ferais pas de mal à une puce.

— Non, mais vous perdez une pauvre femme.

— Ah bah ! perdre... Qu'importe pour une
comédienne, après tout, un amant de plus ou de
moins ?

— Pour Suzanne c'est une question sérieuse,
c'est une question vitale.

— Vous vous faites des monstres et des chimères, Léonce ; votre pièce ira tout de même ; ce n'est pas pour une amourette qu'une pareille œuvre peut tomber.

— Allons, décidément, Terrebrune, vous n'avez qu'un gésier et pas de cœur. Je ne veux plus raisonner avec vous ; seulement je vous jure que vous me le payerez, et par votre endroit sensible... le gésier. Souvenez-vous d'aujourd'hui, enregistrez la date ; vous en verrez les fruits avant qu'il soit peu.

Or, voici ce qui s'était passé au club, après le départ de Terrebrune.

Les aimables et bonnes langues de ces messieurs, rendues meilleures encore par l'amour-propre et la vanité blessée, s'exercèrent sur le compte de Suzanne de façon à la rendre non-seulement coupable mais ridicule. Quelques-uns se mirent à bafouer son choix, et les principes rigides, la tenue sévère de Roland, ses mœurs si différentes de celles du terroir, devinrent l'objet de sarcasmes mordants. Jacques ne fut pas épargné. Jacques, ce gentilhomme, ce grand seigneur modèle dont la conduite était la censure de celle de ses détracteurs, Jacques, ayant séduit la cousine de sa fiancée, une jeune fille élevée sous le toit de sa grand'mère, près de sa sœur et de sa prétendue ! Oh ! horreur !

— Nous allons sans doute voir deux beaux hyménées, continua un des plus fougueux : Roland
épousera Suzanne, ceci va tout seul ; il n'y a point
de mésalliance à ses yeux, et une comédienne peut
s'appeler M^{me} de Malagne sans que cela change la
moindre des choses. Après, tout, un nom n'est
qu'un assemblage de lettres. Mais Villecresne, le
voilà affublé d'une artiste aussi, d'une artiste
sans le sou, et obligé de payer un dédit, comme
dans les comédies. M^{lle} Guérin reste à prendre,
messieurs, un friand morceau, qui en veut ?

M. de Cangé entrait en ce moment.

— Eh, parbleu ! interrompit un autre, il est
inutile de chercher. Ce sera celui-ci, il est tout
porté pour cela.

Un éclat de rire accueillit la plaisanterie. Le
prince, qui ignorait tout, demanda ce que cela
signifiait et pourquoi on lui riait au nez de cette
façon. Autrefois, lorsqu'on respectait les convenances, la famille, la réputation des femmes,
on se serait bien gardé de le lui apprendre, on
aurait craint de l'offenser, de le blesser même.
Mais à présent ! On savait, de reste, qu'il prendrait bien la chose et qu'il ferait sa partie dans
le concert. Toutes les voix lui racontèrent en
même temps ce qu'avait dit Terrebrune, sans en
omettre le moindre détail.

Il écouta jusqu'à la fin et puis il demanda à répondre.

— Ceci est un affreux fagot de cet affreux Terrebrune, à qui on aura montré des marionnettes habillées, des figures de Curtius, et qui les aura prises pour ce qu'on les lui a données.

.· Une clameur accueillit cette phrase : on n'aime pas à perdre le mal sur lequel on comptait vivre quelques heures ; ceux qui enlèvent un os à un chien hargneux sont généralement mordus.

— Criez tant qu'il vous plaira. Je ne sais ce qui en est de Suzanne Devert, mais quant à Léopoldine, à l'heure même où Terrebrune l'a vue rue de Babylone, j'étais dans son atelier ; elle retouchait mon portrait, qui est une fort belle chose, par parenthèse, et Villecresne n'y avait pas mis les pieds, je vous en donne ma parole d'honneur.

— Bravo ! dit un petit diplomate en se frottant les mains, voilà qui s'embrouille, voilà qui se complique, cela devient charmant.

— Mais Terrebrune ?

— Terrebrune est un sot ! vous le savez. Ce n'est pas que son histoire ne fût jolie et que mon cousin le puritain ne fût convenablement arrangé.

— Que dis-tu de Roland, Cangé ? le voilà pour te répondre.

5.

— Ma foi ! tu aurais dû arriver un peu plus
tard, tu m'aurais trouvé au beau milieu de ton
panégyrique et de ta défense, je manque une superbe occasion. Puisque te voilà, parle toi-même.

Il lui répéta ce qu'il avait appris, plus les commentaires et les suppositions ; il ajouta le dé-
menti qu'il avait donné, et la preuve fournie
par lui de l'innocence de Léopoldine. Roland
l'écouta avec une rage violente, qui ne tarda
pas à faire explosion.

— Oh ! dit-il, ce misérable Terrebrune en a
menti comme un chien. Suzanne Devert n'a jamais jeté un regard sur moi, je n'ai jamais pensé
à elle ; Cangé le sait bien, et tous mes amis connaissent ma vie et mes rêves, je n'ai rien à cacher. Quant à M$^{lle}$ Millet, à M. de Villecresne,
rien n'est plus pur que leurs relations. Ils ne
sont pas arrivés ensemble rue de Babylone, ils
s'y sont rencontrés par hasard. M$^{lle}$ Millet a terminé le portrait de Suzanne ; le duc, Suzanne
et moi, nous étions venus le voir ; la jeune artiste s'y est trouvée ; il a convenu à M. Guérin
et à ce sot animal de tomber comme des bombes
et de faire une scène sans queue ni tête, à laquelle personne n'a rien compris : voilà la vérité,
et ceux qui en douteraient par hasard me trou-
veront tout disposé à en donner la preuve.

En terminant ces mots, ses yeux se rencon-
trèrent avec ceux de Léonce, qui entrait à son
tour. Il devint pâle comme un linge, et toute sa
colère un instant dominée parut se ranimer.

— Roland, j'ai à vous parler, dit M. de Selves,
je vous cherche partout.

— Et moi aussi, répondit Roland, vous arrivez à propos.

Tous les témoins restèrent convaincus du récit de Roland, ils le racontèrent de cent façons,
et le lendemain, on aurait eu de la peine à en
reconnaître l'origine. Seulement Léopoldine et
Suzanne étaient toujours compromises; ces cho-
ses-là ne varient pas.

# V

## DÉSAPPOINTEMENT

Ces derniers mots s'étaient échangés assez bas pour ne pas être entendus. D'ailleurs l'attention n'osait pas trop se porter sur Roland, dont la contenance énergique montrait une résolution assez redoutable pour ôter l'envie de se mêler de ses affaires. Nous ne sommes plus au temps des *crânes* et des *tâteurs*; on se bat peu en France aujourd'hui, et je connais des gens qui se portent à merveille avec un joli soufflet donné en public. On ne s'émeut plus pour pareilles bagatelles, et l'on estime la vie à un prix trop supérieur pour la risquer en étourdi.

Les groupes se reformèrent donc en dehors des deux amis, et ils furent libres de s'entretenir seuls dans une des pièces les plus retirées. Cette solitude ne sembla pas encore assez complète cependant, car M. de Malagne dit à Léonce, d'un ton qu'il s'efforçait en vain de rendre calme :

— Ce n'est pas ici, Léonce, que je veux vous parler, il y a trop de monde : avez-vous votre voiture en bas ?

— Oui, et si cela vous est égal, nous irons ensuite chez Suzanne.

— Chez Suzanne, soit.

M. de Selves s'efforçait de paraître tranquille ; il trouvait pourtant dans cette affaire quelque chose d'obscur qui l'inquiétait quant à lui et à ses projets d'avenir. Il suivait Roland. Comme ils allaient franchir la dernière porte, le prince quitta le cercle où il pérorait pour courir après eux.

— Ah çà ! demanda-t-il en souriant, nous sommes seuls maintenant, Roland, qu'y a-t-il de vrai dans ce galimatias triple ? Tu ne vas pas faire le mystérieux avec moi, je suppose ?

— Il n'y a de vrai que ce que j'ai dit tout haut tout à l'heure.

— C'est bon pour les autres, mais moi !

— A toi et aux autres je ne puis dire que ce qui est, rien de plus, rien de moins.

— Quoi ! Suzanne... !

— Suzanne, c'est une honnête et sage créature qu'une trop grande bonté pour un faux ami va perdre peut-être.

— Là, bien vrai ?

— Mais tu m'impatientes, Cangé, bien vrai, parfaitement vrai, que trop vrai.

— Allons, pensa Léonce, tenons-nous sur nos gardes, on sait la vérité, Suzanne aura tout dit.

— Allons ! où vas-tu avec Léonce et cet air de chat en colère ? Qui comptes-tu pourfendre, et pourquoi ne m'emmènes-tu pas ?

— Je vais... je vais chercher Terrebrune et lui faire rentrer ses paroles misérables. Je crois que je l'écraserais sous mes pieds.

— Là ! là ! de la patience, mon fier Roland, tu es un vrai salpêtre. Ce pauvre gibier ne mérite pas tant de rage. Je vais avec vous pour assister à cette exécution.

— Non, cela ne se peut pas.

— J'en étais sûr ! On me cache quelque chose. Vous me prenez pour un enfant : il me semble que je suis de la famille et que tout ceci me regarde un peu.

— Je te jure, Cangé, que si tu ne me laisses pas sortir tout de suite, tu useras ma patience. Pour Dieu ! va-t'en !

— Croyez-moi, mon cher prince, ne l'arrêtez pas, il est exaspéré. Vous connaissez ses colères, et vous savez que rien ne le calme. Vous lui parlerez plus tard.

Roland était déjà loin, Léonce le rejoignit, après avoir serré la main de Gaston; ils montèrent ensemble dans son coupé, et M. de Malagne dit au cocher:

— Aux Champs-Élysées, Pierre, nous avons à causer.

La portière refermée, Léonce, qui s'était déjà composé un visage, parla le premier:

— Enfin, mon cher Roland, je ne crois pas être indiscret en vous faisant la même question que le prince; puisque vous m'emmenez avec vous, que signifie tout cela!

— Vous me demandez ce que cela signifie, vous, Léonce.

— Vous voulez rire, Roland. Je sors de chez moi, je n'ai vu que cet idiot de Terrebrune, il m'en a assez conté pour me donner de l'inquiétude; avant de rien faire, j'ai couru à la source, au club; je vous rencontre, vous m'emmenez, et voilà absolument où j'en suis de cette affaire ténébreuse.

— Écoutez, Léonce, je me contiens en songeant à dix ans d'amitié, je me contiens parce

que je veux espérer encore que vous n'êtes pas
un misérable, mais ne me forcez pas à le croire
malgré moi : soyez franc, avouez tout, avisons
ensemble aux moyens de réparer ce malheur,
ensuite nous aurons encore à nous débattre pour
ce qui me concerne pour le mal que vous m'avez
fait; ceci est à part, au plus pressé d'abord.

— Plus je vous écoute et moins je vous comprends, mon cher. Quel mal vous ai-je fait ! qu'ai-
je à réparer ! je ne suis l'amant ni de Suzanne ni
de Léopoldine, que je sache, et...

— Mon Dieu ! vous avez perdu M<sup>me</sup> Guérin !
s'écria Roland, qui n'était plus maître de lui,
et vous me demandez quel mal vous m'avez
fait !

— Qu'a donc M<sup>me</sup> Guérin à voir dans tout
ceci !

— J'étais là, j'ai tout vu, tout su, tout entendu.
Suzanne a raconté votre abominable manœuvre,
le duc et moi, nous n'ignorons rien. Comprenez-
vous, à présent ? Me demanderez-vous encore ce
que vous m'avez fait ?

Léonce ne se déconcerta pas, il s'attendait à
cette sortie et ne la retardait que pour s'y préparer; son parti était pris déjà.

— Ah ! Suzanne a parlé ! Elle a dit la vérité,
il n'y a pas moyen de la cacher alors. Mais

qu'est-ce que M^{me} Guérin vient faire dans tout ceci ?

Ce fut au tour de Roland de s'étonner.

— Est-ce que je deviens fou ? dit-il, est-ce de l'audace ? est-ce de l'innocence ? De Selves, je vous en conjure, ménagez-moi. N'aviez-vous pas prié Suzanne de recevoir votre fiancée, une orpheline, riche, que vous enleviez à son tuteur ?

— Oui.

— Eh bien, vous la trompiez ; c'était Blanche que vous enleviez à son mari.

Léonce se prit à sourire.

— Non, je ne la trompais pas, et je vous en donnerai la preuve quand il vous plaira.

— Mais Blanche est venue, je l'ai vue, entendez-vous ? Je l'ai entendue se plaindre de ce que vous n'arriviez pas : savez-vous que ces mensonges sont infâmes !

— Je ne sais pourquoi M^{me} Guérin est venue, mais ce n'était pas elle que j'attendais.

— Et qui donc ?

— Sa belle-sœur, M^{lle} Rosalba : n'est-ce pas une orpheline avec une grande fortune et un tuteur ?

— Rosalba ! Mais alors... Blanche...

— Ah ! voilà ; je n'y comprends plus rien.

— Non, non, c'est impossible, impossible ! elle

vous attendait, je l'ai entendue; j'en suis sûr,
vous me trompez.

Le coup était hardi, mais Léonce, embarqué
dans une mauvaise aventure, s'était décidé à le
risquer. Il n'avait que ce moyen d'en sortir, il fallait se hâter, la fortune et l'occasion se saisissent
aux cheveux. Il lui répugnait de mentir à ce point;
l'ignorance qu'il avait du caractère de Blanche,
de la générosité immense de son frère, lui ins-
pira l'idée qu'elle n'avait point fait d'aveu et
qu'elle s'en serait tirée par un mensonge quelconque, plus ou moins vraisemblable ; il se
fiait sur son adresse pour la deviner et la soutenir.

Il eut un petit déchirement à l'idée de la douleur qu'elle éprouverait ; le moyen choisi par lui
ne pouvait être approuvé par la jeune femme.
Mais il le fallait. Ce fameux mot devenu comique depuis ce pauvre Odry, à propos de la signature donnée aux Cabochards qui ne sont pas
*hureux*. Hélas ! combien de Cabochards et de
Bilboquets en ce monde ! Léonce tournait un peu
au Bilboquet en ce moment.

Il reprit les mêmes termes, assura Roland qu'il
ne le trompait point, et lorsqu'il le vit à moitié
ébranlé, il s'étendit sur le malheur de Suzanne,
sur l'appui qu'il lui prêterait certainement, se

montra désespéré d'être la cause involontaire de ce désastre, jura qu'il en ferait son affaire personnelle, que ces bruits tomberaient, ou qu'il s'en prendrait directement aux calomniateurs.

— Allons chez Suzanne, ajouta-t-il, allons-y sur-le-champ. Elle ignore peut-être le danger qu'elle court et les propos de Terrebrune. Je lui dois d'ailleurs une explication ; je la lui donnerai comme à vous.

Roland, bien que peu éclairé sur cette affaire, bien que sa raison et sa mémoire condamnassent en même temps une explication aussi étrange, Roland, par un reste d'amitié et de confiance, se laissa conduire chez Suzanne, espérant obtenir de nouvelles lumières et se former enfin une opinion véritable.

Ils trouvèrent la porte fermée à tout le monde ; à leurs noms ils furent introduits. Suzanne, en larmes, une lettre à la main, se leva et courut au devant d'eux.

— Ah ! venez, dit-elle, racontez-moi ce qui se passe. Est-il bien vrai que je sois perdue ?

— Jamais perdue tant que deux amis comme nous, vous soutiendront, répondit Léonce, et vous pouvez compter sur nous à la vie et à la mort.

— Sur vous, Léonce ! lui dit-elle avec l'accent

du reproche, sur vous qui m'avez jetée dans ce gouffre et qui m'avez trompée d'une manière aussi indigne ! Ah ! si j'avais su !

— Je ne vous ai pas trompée, je ne saurais trop le répéter.

— Vous enleviez une femme à son mari, et quelle femme ! et vous me rendiez complice d'une trahison... Je ne vous le pardonnerai jamais.

— Ma belle Suzanne, les apparences m'accusent, mais je ne suis pas coupable, du moins je ne le suis pas de ce que vous supposez...

— Comment ! après que j'ai vu M<sup>me</sup> Guérin, que je l'ai gardée une journée entière, vous osez nier !...

— Ce n'était pas M<sup>me</sup> Guérin que j'attendais.

— Mais elle est venue !

— Je ne dis pas le contraire, cependant ce n'était pas elle.

Et il répéta ce qu'il avait raconté à Roland.

— M<sup>lle</sup> Guérin ! Vous attendiez M<sup>lle</sup> Guérin ! et c'était chez moi ! Pourquoi sa belle-sœur, alors ?

— Que sais-je !

— Elle vous aime beaucoup, cette pauvre jeune femme.

Léonce se tut. M. de Malagne se leva, alla

vers lui, lui serra la main à la briser et lui demanda :

— Est-ce vrai ?

M. de Selves leva sur lui un œil de pitié et d'affection, sans lui répondre.

— Est-ce vrai ! vous aime-t-elle ? répéta l'amoureux, pâle comme un spectre.

— Que vous importe, Roland, puisqu'elle ne vous aime pas et que vous ne souhaitiez pas être aimé d'elle ?

— Je ne le souhaitais pas ! Ah ! mon Dieu ! ma vie, mille fois ma vie pour un quart d'heure de son amour ! Et elle vous aimerait ! Et vous en attendiez une autre, alors qu'elle vous aime ! Ah ! prenez garde, Léonce, il s'amasse contre vous des tempêtes dans mon cœur !

— Pauvre Roland !

Ces mots, prononcés avec un redoublement de cette pitié blessante d'un rival heureux, poussa l'exaspération jusqu'à son dernier paroxysme.

— Tenez, s'écria t-il, si cela est vrai, vous ne mourrez que de ma main.

— Oh ! reprit Léonce en souriant d'un air tranquille, ceci est un peu grave.

Plus M. de Malagne s'excitait, plus son adversaire affectait le calme, plus il semblait sûr de son fait et de sa puissance.

— Roland n'est donc rien pour vous, Suzanne!

— Vous voilà comme cette infâme lettre, vous allez m'accuser aussi, vous!

M<sup>lle</sup> Devert prit les mains de Roland, elle essaya de le consoler avec cette voix adorable qui faisait battre tant de cœurs et verser tant de larmes ; elle trouva pour lui des accents qui ressemblaient à des caresses, elle le magnétisa, elle le charma, pour ainsi dire, et il l'écoutait avec une tendresse, une émotion qui bientôt amena des larmes dans ses yeux. Tout rude que fût Roland, il y avait en lui beaucoup de l'enfant et du poëte, comme dans les natures d'élite.

— Ah ! Suzanne, je suis bien malheureux! murmura-t-il en soupirant.

—Et moi donc ! murmura-t-elle.

— Je suis un ingrat, un misérable, je vous oublie, et c'est à vous qu'il faut penser en ce moment. Quant à lui, nous avons le temps de nous revoir et de nous entendre.

— Léonce, reprit Suzanne, est-il vrai, est-il bien vrai que M<sup>lle</sup> Guérin vous aime et soit prête à vous épouser? Donnez-m'en votre parole d'honneur.

— Je ferai mieux, je vous en fournirai la preuve à l'instant.

Il s'approcha du bureau et écrivit :

« Chère et adorée Rosalba,

» Notre entrevue de ce matin m'a rendu si heureux que je voudrais vous voir encore ; tout peut s'arranger si nous nous rencontrons. Ce soir, donnez-moi, je vous en supplie, quelques minutes, *au même endroit*, et j'espère vous convaincre que notre bonheur est plus proche que vous ne croyez. J'attends votre réponse comme la vie ou la mort.

» LÉONCE. »

— Tenez, lisez, ajouta-t-il en leur tendant la lettre. Je suis stupide avec cette fille-là, mais je lui chanterais une scie d'atelier du matin au soir qu'elle prendrait cela pour du lyrisme. Envoyez votre femme de chambre porter ceci, Suzanne, comme si c'était quelque couturière. M^{lle} Guérin est fort peu surveillée, elle répondra, et vous verrez si j'ai menti.

La lettre fut expédiée, la femme de chambre prit la voiture de Léonce. Elle fut promptement de retour. Pendant son absence on parla peu, Suzanne pensait malgré elle que cette réponse déciderait de son sort ; Léonce mûrissait son plan, et Roland dévorait sa rage en la nourrissant pour qu'elle éclatât mieux.

— Voici la lettre, dit la cameriste en la remettant à sa maîtresse, qui voulut la rendre à Léonce.

— Décachetez et lisez, dit celui-ci, vous verrez-vous-même.

Suzanne brisa l'enveloppe en tremblant; elle lut tout haut :

« Je vais sortir à l'instant et vous attendre *où vous savez*; si vous n'y êtes pas déjà, venez m'y joindre, vous me trouverez disposée à tout.

» ROSALBA. »

Le billet tomba des mains de Suzanne, qui eut un éblouissement; elle passa la main sur ses yeux et tâcha de rappeler ses esprits. Roland poussa un gémissement; Léonce ne fit qu'un geste, mais il disait tout.

Ils restèrent un instant en silence. Puis M. de Selves se leva et dit à Suzanne :

— Dans deux heures, au plus tard, je reviendrai, et nous causerons de vos affaires. Vous me croirez? Et vous aussi, Roland? ajouta-t-il en tendant à son ancien ami une main qu'il ne prit pas.

Léonce se hâta de monter en voiture, de courir chez lui. Un fiacre était déjà à sa porte, il donna ordre à ses gens de rester dans la rue et rentra vite à l'aide de sa petite clef. Son valet de cham-

6

bre, dressé à ce manège, lui dit seulement :

— On attend Monsieur.

Il alla droit à son cabinet, y trouva M^lle Guérin masquée.

— Merci, chère Rosalba, merci ! Le temps presse et, si vous m'aimez, si vous voulez notre union, il faut nous décider sur-le-champ.

— Et qu'est-il donc arrivé depuis ce matin, Léonce ?

— Il est arrivé de grands, d'immenses événements dans votre famille, et les circonstances sont changées. Demain vous devez me suivre, ou nous sommes séparés à jamais.

— Ah ! mon Dieu ! Vous suivre ! Un enlèvement !

— Oui, un enlèvement. Quoi de plus simple dans notre position ? D'ailleurs je vous aime trop pour retarder. Eh ! que m'importent les millions, c'est vous que je veux, c'est vous que je choisirais, même si vous étiez pauvre. Attendre que le duc se décide pour augmenter votre fortune ! Non, non, je n'en aurais pas le courage.

Et, se laissant aller à sa verve, il improvisa des phrases admirables, il se monta lui-même l'imagination, il fut entraînant, persuasif, il fit passer dans le cœur, dans la tête de la pauvre Rosalba, mille pensées qu'elle ne soupçonnait pas, il la décida enfin à lui abandonner sa vie, à se confier entièrement à lui. Ce fut la même comédie, les mêmes termes qu'avec Blanche.

— Demain! à dater de midi, je ne puis vous fixer d'heure, mais aussitôt que je serai libre, je viendrai ici, et nous nous en irons où vous voudrez. Je me laisse guider par vous, je me remets entre vos mains, et vous serez mon maître. A présent, pour ne pas donner de soupçons, je pars. Nul ne m'a vue sortir. Ma petite Augustine m'a fait passer par la cour des cuisines; les domestiques sont à table, on me croit malade ou endormie, je ne suis pas descendue, tout est pour le mieux. A demain, Léonce. Vous saurez que je vous aime à présent.

M. de Selves se jetait tête baissée dans un gouffre sans regarder derrière lui. Il ne voulait pas comprendre ce qui lui semblait trop évident et repoussait la lumière. Il allait enlever Rosalba et ses millions : dès lors elle était compromise, il fallait qu'il l'épousât ; dès lors il s'abritait de toutes les rancunes des Villecresne et des Guérin derrière ce bouclier, derrière cette jeune fille qu'il déshonorait et à qui il devait son nom. Le souvenir de Blanche lui donnait en même temps des remords et des regrets, mais il le chassait comme un fantôme de mauvais augure. Au lieu d'enlever l'une, il enlevait l'autre.

— Je ne puis faire autrement, se disait-il, c'est une fatalité ; elle me pousse à ma perte peut-être, je suis dans la pente et je tomberai jusqu'au fond sans pouvoir me retenir.

Il retournait chez Suzanne accompagné de ces pressentiments , et , lorsqu'il entra dans sa chambre, il la trouva avec Roland, l'un à un bout, l'autre à l'autre, ne se parlant pas, absorbés et bien loin sans doute de ce qui se passait autour d'eux. En apercevant Léonce, ils levèrent la tête, et Suzanne lui dit d'un ton d'étonnement :

— Déjà!

— Oui, me voilà tout à vous désormais. Causons de vous, ma belle reine ; je vous ai prouvé ma véracité, vous ne pouvez plus m'accuser maintenant, et vous me permettrez de me mettre à votre disposition. Vos ennemis sont les miens, nous les combattrons et nous les vaincrons ; d'abord, quant à Terrebrune, la première cause de tout ceci, je vous garantis qu'il recevra sa leçon.

— Il en aura deux alors, car je me charge de lui.

— Mon pauvre Roland, ne vous tourmentez pas de cette affaire. Songeons d'abord à Suzanne, vous nous aiderez au moins, vous qui passez pour son amant dans ce roman sans issue.

— Je vous remercie, Léonce, je n'ai besoin de personne.

— Comment ? reprit-il surpris, tout à l'heure vous sembliez tremblante, vous m'accusiez de vous avoir perdue, et tout à coup il vous est venu un courage...

— Oui, en effet, un courage inattendu...

— Mais, ma chère amie, tout le club est furieux, ils vont vous mettre en pièces : non-seulement on vous donnera Roland, mais on vous donnera la terre entière.

— Qu'importe ! Le seul être dont je veuille être estimée me connaît bien et me juge.

— Le public saura ces sottises, vous perdrez votre popularité, les journaux vous lanceront des épigrammes, et vos rivales, c'est-à-dire vos envieuses, vous feront siffler quelque beau jour.

— Comme il leur plaira.

— Et vous ne voulez pas qu'on vous défende ?

— Non.

— Vous faites le sacrifice de votre art, de votre talent ?

— Tout à fait.

— Vous êtes aussi malade que Roland, ma

6.

pauvre Suzanne ! que Dieu vous bénisse et vous le pardonne ! Vous changez promptement.

— Je ne le nie pas.

— Je ne vous suis utile à rien, je puis laisser dire...

— Tout ce que vous voudrez, je vous remercie de vos soins, ils sont superflus.

— Vous m'effrayez, Suzanne ! et notre pièce ? Jouez-vous demain ?

— Je ne crois pas.

— Après-demain au moins ?

— Cela n'est pas probable.

— Vous n'êtes pas malade cependant, et permettez-moi de vous dire qu'on n'interrompt pas un succès pour une amourette. Votre théâtre vous le fera bien voir.

— Une menace, Léonce ! Vous vous fâchez ! cela m'afflige, j'aurais voulu nous séparer bons amis.

— Nous ne nous séparons pas, je vous reverrai demain.

— Qui sait ?

— Alors, puisque je ne vous suis bon à rien, Suzanne, je vous laisse ; il est probable que je vous gêne, je ne connais pas de milieu en ces circonstances-là.

Elle ne le retint point, elle avait besoin d'être

seule, de regarder en face l'avenir qui l'attendait ; ce bonheur tant rêvé et si loin encore deux
heures auparavant, elle le tenait. Cette lettre,
cette bienheureuse lettre que Léonce, dans son
indifférence, ne lui avait pas même reprise, elle
l'avait là dans sa main, elle la montrerait à Jacques, lorsqu'il viendrait triste et dolent chercher
des consolations près d'elle.

Elle ignorait ce qui se passait à cette même
heure, cette discussion où son bonheur était en
jeu, où elle avait failli perdre ce bonheur qu'elle
regardait comme certain, puisqu'un mot de Léopoldine le lui enlevait.

Elle eut dix fois la main à la sonnette pour envoyer chercher M. de Villecresne. Le sentiment
de sa dignité la retint ; elle ne devait pas se jeter
au milieu de graves intérêts de famille, il valait
mieux attendre au lendemain ; le duc lui saurait
gré de cette délicatesse.

— Ne l'arrachons pas à sa sœur, pensa-t-elle.
Il m'est impossible de rien comprendre à ce
qui se passe.

M. de Malagne l'avait quittée presque en
même temps que Léonce. Il ne la gênait pas ;
elle pensait tout haut avec lui.

— Restez ! lui dit-elle, où allez-vous ?

— A l'hôtel de Villecresne.

— Pourquoi ?

— Je la verrai peut-être. Je verrai Jacques, du moins, je saurai de ses nouvelles. Ah ! Suzanne, le désespoir est dans mon cœur.

— Ne dites rien à Jacques, je veux tout lui apprendre moi-même.

— Non, soyez tranquille, je n'y pensais plus.

Magnifique égoïsme de l'amour qui, hors de lui, ne voit rien !

Roland ne trouva personne, on le sait, si ce n'est la duchesse, qu'il ne voulut pas voir. Rosalba seule était rentrée, comme elle était sortie, sans être aperçue, le cœur joyeux et léger, ne prévoyant guère, la pauvre fille, quel épouvantable réveil l'attendait.

# VI

## UN AUTRE MALHEUR

Ce même soir, M. de Cangé, qui avait dîné au club, regardait une partie de whist intéressante entre quatre fameux joueurs et à laquelle il avait un grave intérêt de paris. Il oubliait les incidents de la soirée, et tout ce qui n'était pas la dame de carreau ou le roi de trèfle, les honneurs, le point ou la partie, ne l'occupait guère. Il entendait souvent néanmoins le nom de Roland, celui de Jacques ; quelques-uns même de ses plus familiers lui frappaient sur l'épaule à mesure qu'ils arrivaient, en lui disant :

— Eh bien ! Cangé, que diable y a-t-il donc

eu rue de Babylone? Voilà Guérin qui vous
tend ses lingots, ne les prenez-vous pas?

— Laissez-moi tranquille, répondait-il, j'ai
bien autre chose à penser.

Il en fut ainsi jusqu'à ce qu'il eut tout perdu
et que son sort se décidât par une catastrophe.
Les plus habiles, pour lesquels il était, eurent
une chance mauvaise et furent battus par les
autres.

— Allons! dit Gaston, je suis décidément en
déveine, et je ferais mieux d'y renoncer.

— C'est le moment de te marier, répliqua le
petit Listenay.

— Me marier! et avec qui, je te prie?

— Tout le monde te le dit ce soir, avec ce
coffre-fort que ton cousin dédaigne.

— Ah! la Rosalba Guérin!

— Parbleu!

— C'est une idée, cela.

— Et une bonne. Elle sera furieuse de se
voir préférer un rapin en jupons et se hâtera de
se faire princesse pour se consoler de ne pas
être duchesse; il n'y aura que la couronne à
changer.

— J'ai, ma foi! envie d'en parler à ma grand'
mère.

— Ta grand'mère! elle te refusera. elle hait

les Guérin. Elle est même superbe sur ce chapi-
tre-là.

— Ma grand'mère criera, mais elle entendra
la raison. Elle ne veut que me voir marier.
Elle se persuade qu'en prenant une femme, je
changerai de vie et je laisserai tous mes défauts
de côté.

— C'était la mode autrefois.

— A présent on n'est plus si niais. On les cache un peu pendant les accordailles, on les met
en réserve, on leur dit un petit mot d'espoir en
passant, puis, la chose faite, vous démasquez les
batteries : comment tiendrait-on tête à sa femme,
si on était désarmé ?

— La théorie est bonne, conserve-la et songe
à cette petite Guérin.

— J'y songerai, tu me donnes un bon conseil.

— Elle prendra le premier qui se présentera
dans le moment de sa colère. Si elle est prévenue, il est peut-être déjà trop tard.

— Eh bien, demain. Ce soir elle est couchée
et ma grand'mère fait son reversis avec M. de
Belmont, la baronne et je ne sais quel autre
siècle. Elle me l'a dit ce matin. Moi je soupe au
café Anglais, mais je te promets de rentrer à l'hôtel et de voir la duchesse dès qu'elle sera éveillée.

— C'est-à-dire dès que tu le seras, vers les

deux heures, et Rosalba aura déjà jeté sa bourse à quelque prétendant; à ta place j'irais tout de suite, j'endoctrinerais la duchesse et puis je souperais tranquillement après.

— Que diable! est-ce que cela te fait? Tu t'intéresses bien à moi aujourd'hui.

— Je vais te le dire tout franchement. Je t'envoie un ballon d'essai.

— Vraiment!

— Si tu réussis, rien de mieux, c'est presque ton droit, il n'y a pas à lutter; cette fille-là doit t'appartenir, puisque ton cousin est assez niais pour lui préférer une jolie figure. Mais si tu ne réussis pas, alors je me mettrai sur les rangs, et le premier. Nous sommes parents, vous serez tous pour moi, et j'ai des chances.

— De sorte que tu travailles pour toi en me poussant ainsi.

— Sans doute. Autrement...

— Oui, autrement qu'est-ce que cela te ferait? Je conçois. Aussi je me disais: — Il y a un intérêt dans cette insistance. Je ne te supposais pas courtier en hyménées. Eh bien, mon cher, merci de l'idée, elle est bonne et j'en profiterai. Le sort en est jeté! Je vais passer une heure à l'hôtel de Villecresne, et comme tu le dis, après je souperai tranquille.

— Je serai des vôtres, tu me donneras la réponse.

— Après moi, s'il en reste ! je t'en préviens.

Le prince quitta le club, il était dix heures du soir ; il se fit conduire rue Saint-Dominique.

Gaston alla droit à la bibliothèque, où il trouva sa grand'mère aux prises avec ses joueurs habituels, défendant quinola de toutes ses forces en se battant toutes épigrammes hors. En l'apercevant, elle fit un cri de surprise :

— Ah ! mon prince ! d'où vient donc votre bonne volonté pour mon salon ce soir ? lui demanda-t-elle en riant. Est-ce que vous venez me demander de l'argent, par hasard ? Vous tombez mal. Je perds et je suis d'une humeur de carlin, ce qui n'est pas peu dire.

M. de Cangé savait par expérience qu'en faisant quitter son jeu à sa grand'mère il n'en obtiendrait rien. Il savait aussi qu'il pouvait parler sans crainte devant ces vieux amis de sa famille. M. de Belmont se tairait par attachement, M. de Meslay se tairait par savoir-vivre, M<sup>me</sup> de Vermont par indifférence. Il trouverait sans doute en eux des auxiliaires ; dans tous les cas ils se garderaient de lui nuire. Il alla donc tout droit au but :

— Ma grand'mère, je ne viens pas vous de-

7

mander de l'argent *à vous*, mais je viens tâcher d'en obtenir *par vous*.

— Me prenez-vous pour un huissier ou pour
un prêteur sur gages?

— Vous n'y êtes pas! Je suis sûr que vous
allez m'embrasser et me complimenter sur toutes les tailles.

— Parce que vous avez besoin d'argent?

— Non pas pour cela, le compliment durerait toute l'année. Pour la nouvelle que je vous
apporte.

— Il y a une nouvelle! dites-la donc tout de
suite et ne nous faites pas languir; voilà le vicomte qui frétille déjà.

— Madame la duchesse, je veux me marier!

Les cartes tombèrent des mains des quatre
joueurs.

— Vous êtes amoureux? reprit la baronne,
montrant par un sourire de formidables chevaux de frise insolemment postés dans sa bou-
che en façon de dents.

— Non, non, baronne, ce temps-ci n'est pas
le vôtre; on ne se marie pas par amour.

— Cela vous a pris comme un coup de foudre, Gaston; vous n'y pensiez pas ce matin.
Je me défie des coups de foudre en amour, mais
en mariage surtout.

— Eh! eh! reprit le vicomte en écartant son quinola, la foudre est couleur d'or.

— C'est vous qui l'avez dit, vicomte, il y a beaucoup d'or dans cette foudre-là.

— Je ne comprends pas à demi-mot, Gaston, expliquez-vous.

La difficulté de l'entreprise apparut à M. de Caugé pour la première fois. Sa grand'mère ignorait ce qui s'était passé, il le voyait de reste, personne ne s'en doutait autour de lui. Il fallait donc, pour expliquer sa demande, raconter ce qu'il ne savait pas lui-même et dénoncer son cousin à ce tribunal redoutable. Il connaissait trop la duchesse pour compter sur son indulgence, et surtout pour excuser ce qu'elle appellerait une mauvaise action de sa part.

— Eh bien! vous restez en chemin après un si beau début?

— C'est que je ne sais comment m'y prendre pour commencer.

— Voulez-vous un exorde mythologique? M. de Belmont vous le fournira. Il ne parle que de Vénus et des Grâces aujourd'hui.

— Madame la duchesse...

— Laissez-nous entendre le prince, mon cher monsieur, vous continuerez après.

— Eh bien ! ma grand'mère, il va vaquer...

— Une place ! une place sous ce gouverne-ment-ci ! fût-ce celle de premier ministre, je vous maudis, si vous l'acceptez.

— Non, ce n'est pas une place qui vaque, c'est une héritière.

— Ah ! c'est différent.

— Une héritière que vous connaissez, que vous pouvez demander pour moi, et qui *fume-rait admirablement mes terres* en ce moment.

— Je n'aime guère cette manière de les boni-fier, vous le savez ; cependant, voyons ?

— Des circonstances que je ne puis vous ap-prendre, attendu que je n'en suis pas instruit, vont forcer M. de Villecresne à renoncer à M<sup>lle</sup> Guérin, et alors...

— Jacques va renoncer à M<sup>lle</sup> Guérin, et je l'apprends par vous ?

— Jacques seul pourra tout vous expliquer, attendu, je vous le répète, que je ne sais qu'im-parfaitement...

— Et vous voulez épouser à sa place ?

— Oui, ma mère.

— Un grand seigneur se débarrasse d'un guê-pier, il s'en trouve vite un autre qui le vise. Je désirerais cependant que Jacques me rendît compte... Où avez-vous appris cela ?

— Au club.

— Ah ! oui, c'est le bureau des renseignements, des méchancetés et aussi des mensonges. Si vous prenez cela pour une autorité...

— Le fait est certain, ma mère.

— Et tout le monde le sait, excepté moi ?

— C'est que...

— Vous êtes bien pressé, dans tous les cas, Gaston, et il me semble que vous pouviez laisser au moins à votre cousin le temps de défaire ses affaires lui-même.

— Vous comprenez que M^{lle} Guérin, dans le premier moment de sa colère, choisira promptement. J'ai voulu prendre le premier rang de date.

— Bonne précaution ! dit le vicomte.

— Vous attendrez cependant, à moins que vous n'envoyiez un autre ambassadeur, ou que vous n'alliez soupirer tout à l'heure, une guitare à la main, sous les fenêtres de votre belle. Je ne réfléchirai même à la convenance de cette affaire qu'après avoir entendu M. de Villecresne, après avoir appris de lui pourquoi il y renonce. Vous deviez le penser et ne pas m'en rompre la tête ce soir comme s'il s'agissait d'une belle trouvaille.

— Plus de deux millions, ma grand-mère !

— Fi ! vous avez l'air d'un maltôtier, monsieur le prince de Cangé ! Ces paroles-là sentent le fumier de tout à l'heure. Baronne, vous renoncez à pique ?

— Oui, madame.

— Ah ! c'est toujours comme cela. Vous gagnerez encore cette partie et pourtant vous jouez mal.

La duchesse avait de ces coups de boutoir auxquels il fallait s'attendre et qu'il fallait supporter si on désirait vivre avec elle. A l'abri de son âge, de son rang, elle disait la vérité aux puissants comme aux faibles. M$^{me}$ de Vermont y était faite, et d'ailleurs elle ne se fût pas fâchée avec la table, avec la bonne compagnie de l'hôtel de Villecresne. Le vicomte seul se mit à rire de la leçon ; il y répondit par une plaisanterie, et la baronne se laissa adroitement forcer quinola par M$^{me}$ de Villecresne, laquelle était trop fine pour ne pas s'en apercevoir.

— Merci ! baronne, dit-elle, je ne suis pas une ingrate, moi, je n'oublierai pas le plaisir que vous m'avez donné.

Le prince, un peu embarrassé de sa contenance, se mit à regarder le jeu de M. de Belmont et à lui donner de fort mauvais conseils.

— Gaston vous vous ennuyez, allez-vous en,

je vous en prie, je déteste les gens qui s'ennuient
avec moi. Mon vieux jeu, bien français, le reversis...

— Pardon ! madame, interrompit le vicomte,
il est espagnol ; il fut apporté par Anne d'Autriche, lors de son mariage.

— Convenez qu'alors il a droit de cité, vicomte. C'était d'ailleurs le jeu de Louis XVI ;
je l'ai vu. C'est un jeu spirituel, amusant, qui
n'empêche pas de causer ; il a du piquant, il
est malin, on y est toujours occupé, même avec
de mauvaises cartes. Mais il a dû tomber devant le whist, ce jeu anglais, sérieux, bête,
hargneux, méchant, qui transforme les hommes en machines à calcul et qui interdit jusqu'à la galerie. Je comprends que les Français
d'aujourd'hui le préfèrent ; cela leur ressemble
bien plus.

— Ma grand'mère, je mettrai le reversis à la
mode au club.

— Je vous en défie, votre club est trop composé de la jeunesse d'à-présent. Au premier quinola gorgé ils se jetteraient les cartes à la tête.
Allez-vous en donc, vous dis-je, vous êtes en-
nuyé et ennuyeux, mon cher prince ; heureusement que c'est votre grand'mère qui vous le
dit. Lorsque votre cousin m'aura parlé, nous

verrons ce qu'il y a à faire de votre idée. Elle me sourit peu, je l'avoue ; je déteste cette race-là.

Gaston ne se le fit pas répéter ; il partit, non pour le club, mais pour le souper du café Anglais, où il devait retrouver son confident.

Bon petit cœur !

# VII

## LES CLAUSES SECRÈTES

Le lendemain, dès huit heures du matin, Agénor frappait chez sa sœur, qui dormait ou qui en faisait semblant, mais elle n'avait pas sonné encore.

La femme de chambre hésitait à l'éveiller. M. Guérin insista, finit par ouvrir la porte lui-même, il fut tout étonné de la voir levée.

— Que chantait donc cette Augustine, que tu étais malade et que tu reposais, dit-il en entrant, te voilà trottant comme une souris.

— Elle le croyait, je ne l'ai pas appelée. Qui t'amène à une pareille heure?

7.

— Le besoin de causer avec toi, ma sœur, de causer sérieusement et sans que l'on nous dérange. Tu as dix-neuf ans sonnés, Rosalba : est-ce que tu ne penses pas à te marier ?

— Oh ! si, mon frère, j'y pense.

— Alors, ma chère, tu ne seras pas étonnée si je te dis que le moment en est venu.

Rosalba rougit beaucoup plus et ne répondit pas.

— Tu n'en as pas l'air très-convaincu ?

— Je le suis tout à fait, Agénor.

— Ainsi, nous sommes d'accord, Rosalba, et je n'ai qu'à prévenir le duc, afin qu'il s'entende avec toi pour le jour du contrat.

— Est-ce que le duc t'en a parlé ?

— Hier au soir, ma petite sœur. Ses irrésolutions ont pris fin, il brûle de te faire duchesse ?

— Vraiment ! C'est que je suis devenue irrésolue à mon tour, et je ne sais pas si j'y consentirai.

— Tiens ! tiens ! tiens ! voici du nouveau. Tu ne veux plus être duchesse ?

— M. de Villecresne m'a tant marchandée que je me lasse de cette humiliation. Je ne lui plais pas, il ne me plaît pas davantage, et nous sommes quittes.

— Tu crois cela, toi?

— Sans doute.

— Ma pauvre petite sœur, j'en suis bien fâché, mais tu épouseras M. de Villecresne,
cependant.

— Malgré moi?

— Je ne sais si ce sera malgré toi, mais je
sais que tu l'épouseras.

— Ceci est un peu fort. Tu serais mon père
que tu ne m'y forcerais pas.

— Je suis ton frère et je t'y forcerai.

— Je n'ai pas vingt et un ans, cela est vrai.
Tu peux m'empêcher de me marier avec un
autre jusqu'à ma majorité, je ne dis pas le
contraire ; mais me le faire épouser de force,
non !

— Ma chère Rosalba, tu seras duchesse de
Villecresne ou bien tu resteras fille.

Rosalba se mit à rire pour toute réponse.

— Écoute, ma chère enfant, je dois t'éclairer
sur ta position, ce que je n'ai pas fait jusqu'ici,
parce que je ne l'ai pas jugé nécessaire ; tu
me semblais très-pressée d'obéir aux volontés
de ton père et tu n'avais aucune idée de révolte.
*Maintenant,* je te crois courtisée par quelque
coureur de dot ; et je te dirai la vérité, c'est
essentiel.

— Voyons cette vérité.

— Tu te crois bien riche, n'est-ce pas ?

— Mon père m'a laissé deux millions, plus les économies de ma majorité qui sont de huit cent mille francs. C'est toi qui me l'as dit.

— Cela monte même à tout près d'un million à présent. Il est vrai que cette fortune est là toute préparée pour la duchesse de Villecresne ; encore y pourrait-on ajouter cinq cent mille francs environ de legs pris sur ta part et qu'on distribuera lorsque besoin en sera, l'argent est prêt.

— Il me semble que cela fait une assez jolie fortune.

— Tout cela est écus sonnants, en bons au porteur, en titres de rentes, mais pas un pouce de terre.

— Qu'est-ce que cela fait !

— Cela fait plus que tu ne crois. Je vais te faire lire le testament de mon père, car tu ne le connais pas, ma pauvre Rosalba. Écoute bien :

« Je laisse à mes deux enfants, Agénor et » Rosalba, par portions égales, la fortune que » je tiens de mon père et la dot que leur mère » m'a apportée en mariage. Le tout se monte à » deux cent cinquante mille francs, en terres » dans la Picardie. »

— Tu comprends ?

— Oui, après ?

« Quant à l'argent comptant, si j'en laisse au
» jour de mon décès, mon fils seul en a connais-
» sance et en fera l'usage que je lui ai indiqué.»

— Cela est très-vague, n'est-ce pas ? Voici
l'explication : c'est une lettre de mon père adressée à moi, et qui devait, selon sa volonté, t'être
montrée à toi seule, si tu refusais de m'obéir.
Tu peux la lire toi-même, viens.

Il ne la lui donna pas, il la conserva dans sa
main et la fit lire de loin. Après beaucoup de
conseils et de détails M. Guérin ajoutait :

« Ma volonté expresse est que Rosalba épouse
» le duc de Villecresne, c'est le rêve de toute
» ma vie ; à cette condition seule elle jouira de
» la dot immense que je lui ai amassée dans
» cet unique but ; si elle refusait, elle n'aurait
» rien à prétendre que la moitié des deux cent
» cinquante mille francs dont mon testament
» fait mention. Je te défends expressément de
» jamais lui donner un sou, quel que soit le
» mari qu'elle choisisse, et je t'ordonne de lui
» faire connaître ma volonté absolue. »

Rosalba baissa la tête et resta anéantie.

— Ainsi, ma sœur, tu le vois, il n'y a pas
moyen de faire autrement. Tu n'es ni assez belle,

ni assez spirituelle, ni assez aimable, pour être épousée gratis. Par conséquent...

— Agénor, il doit y avoir quelque clause secrète que tu ne me dis pas, je suis étonnée que tu me pousses à ce mariage, ce n'est pas un avantage pour toi. Si je ne me marie pas, les millions te resteront, et il me semble que c'est une chose assez utile.

— Tu as raison. Aussi... Aussi il me faut un obstacle, mis par mon père, doublement entends-tu ? un obstacle invincible. Cet argent n'est pas entre mes mains et ne peut y venir. J'en ai l'administration à la condition de rendre des comptes au dépositaire, sans lequel je ne puis rien. Ces millions, enfin, ne doivent être remis qu'à la duchesse de Villecresne, sur la signature de son mari. Ah ! mon père était homme de précaution. Que deviendront-ils, si tu ne te maries pas ? C'est ce que nous saurons plus tard.

— Mais mon père était fou, Agénor.

— Il n'était point fou, ma sœur ; il était ambitieux. Il pensait qu'avec un grand nom et une grande fortune, pour peu qu'on ait de l'intelligence, on remuerait le monde. Il aimait la maison de Villecresne, il aimait surtout ses terres, et il voulait que ses petits-enfants en héritassent, puisqu'il n'avait pu les conserver.

— Et qu'importe une terre ou une autre ?

— Cela importe à ceux qui réfléchissent, Rosalba. Maintenant tu sais tout, décide-toi.

— Je suis toute décidée.

— A la bonne heure !

— Je n'épouserai pas M. de Villecresne.

— Et tu resteras avec cent trente mille francs pour toute fortune ?

— C'est mon affaire.

— Prends garde, tu t'en repentiras cruellement un jour.

— Je ne m'en repentirai point.

— Je ne te prends pas au mot, ma chère amie, le duc ne saura pas que je t'ai parlé; tu peux recevoir telle leçon qui te fasse changer d'avis, et je te laisse la porte ouverte. Adieu ! Rosalba, je te plains, ma pauvre fille, tu vas retomber de l'empirée, et je t'attends d'ici à trois jours. Tu apprendras à connaître le monde à tes dépens.

Il l'embrassa sur le front et sortit en tirant doucement la porte, comme un homme satisfait de ce qu'il vient de faire, et passa chez sa femme, très-souffrante depuis la veille. La femme de chambre lui refusa l'entrée en ajoutant qu'elle était restée presque toute la nuit près de sa maîtresse qui reposait maintenant, et qu'il y aurait une vraie barbarie à la réveiller.

Rosalba, après le départ de son frère, demeura à la même place, sans paroles, sans pensées presque, absorbée dans son malheur et tellement étourdie de ce qu'elle avait entendu, que le monde semblait s'écrouler sur sa tête. Pour la première fois de sa vie elle entrevoyait la douleur. Au moment où elle allait jouir de sa fortune, de sa liberté, fortune et liberté, elle perdait tout.

— Et Léonce ! et Léonce ! se répétait-elle.

Léonce, qu'elle voulait faire si riche et si grand, en récompense de l'amour qu'il avait pour elle, il faudrait donc aller à lui pauvre et dénuée de tout. L'aimerait-il malgré cela ? La voudrait-il encore ? Elle se révolta à cette question et se mit à se défendre contre elle-même. Que disait-il la veille encore ?

« Vous êtes une riche héritière, ma Rosalba, » et c'est mon seul regret. Je voudrais que vous » fussiez sans bien pour vous tout donner, car je » suis riche aussi. Je n'ai pas besoin de vos mil-» lions pour vivre selon mes goûts: jugez donc » si j'en ai besoin pour vous aimer ! »

Elle arriverait à lui embellie de ce sacrifice qu'elle allait lui faire ; elle en serait plus précieuse à ses yeux. Il prévoyait cet orage lors-

qu'il la pressait de hâter leur union. Il voulait
le lui cacher sans doute et la rendre heureuse
à son insu. Cher Léonce ! c'était digne de sa
grande âme !

— Oh! bien, se dit-elle, j'irai, j'irai à l'heure
convenue, à l'heure où il m'attend, et son
amour me dédommagera de mon sacrifice. Je
n'aurais jamais cru qu'il fût si doux de tout
donner.

De fort bon matin également, M. de Villecresne vit entrer Roland dans sa chambre ; il
n'avait point dormi et ne s'était pas même cou-
ché. Le sentiment qu'il portait à M^{me} Guérin, ce
sentiment ou plutôt ce rêve était pour lui une
de ces préoccupations constantes qui tiennent
de la folie. Il n'avait jamais aimé qu'elle, depuis
que son cœur avait battu pour elle la première
fois. Jamais une autre femme ne lui avait paru
belle. Il l'avait vue grandir, embellir à côté de
lui, et, comme dès cette époque l'espérance lui
fut interdite, il s'accoutuma à ne la regarder que
comme le païen amoureux de Junon embrassant
la nuée, comme une impossibilité, une chimère,
une déesse. Il lui éleva un autel aussi haut que
le ciel même, il la plaça dans une atmosphère
dont il fit sa propre gloire et se mit à l'adorer à
genoux.

La sévérité de ses mœurs et de ses principes, la direction qu'il donna à son esprit et à ses études, son genre de vie sérieux, concentrèrent sur cette illusion toutes les pensées, toutes les illusions de son cœur. Il eût préféré mourir que de porter atteinte même par un regard à cette immaculée, que son malheur lui rendait en même temps plus sacrée et plus chère. Il se nourrissait d'utopies et de systèmes, c'était un de ces êtres déplacés en ce monde, où ils cherchent toujours le bien qui n'y est pas et qu'ils s'obstinent à y voir et à y introduire, lorsque l'évidence leur en prouve trop clairement l'impossibilité. Roland avait deux folies, deux folies sublimes et généreuses : le bonheur et la régénération du genre humain et son amour pour Blanche.

Il attendait toujours la réalisation de l'une ; quant à l'autre, il venait de la voir s'écrouler sous ses pieds.

Aussi la haine qu'il nourrissait pour l'auteur de ces déceptions prenait des proportions effrayantes.

Ce fut dans ces dispositions qu'il arriva chez M. de Villecresne ; il le trouva s'habillant, fort pressé de sortir, et le pria, d'une voix brisée, de renvoyer son valet de chambre.

— J'ai à vous parler tout de suite, Jacques, c'est fort important.

— Cela ne peut-il se remettre, Roland? J'ai reçu un petit mot de notre amie, qui veut me voir sur-le-champ. Ou bien, accompagnez-moi, nous causerons en route.

— Donnez-moi un quart d'heure, mon cher Jacques, elle attendra bien un quart d'heure, surtout en apprenant ce dont il s'agit. Elle est bonne et raisonnable, vous le savez; c'est l'affaire la plus importante de votre vie, vous vous repentiriez de ne pas m'avoir écouté.

— S'il en est ainsi, je vous écoute, Roland.

Dès qu'ils furent seuls, Roland prit la main de son ami et, la serrant de toutes ses forces :

— Jacques, vous savez tout, vous avez tout vu et vous êtes là? Et vous ne m'avez pas déjà envoyé chez *lui?*

M. de Malagne ignorait ce qui s'était passé la veille. Il ignorait les aveux de Blanche; il ignorait les dispositions prises et les sacrifices de Léopoldine, à laquelle il n'avait pas pensé une seule fois, selon l'égoïsme de l'amour. Son imagination avait marché toute la nuit sur ses propres idées, et maintenant il se trouvait bien loin de la vérité!

Le duc le regarda tout étonné :

— A qui donc vous aurais-je envoyé, Roland ?

— A qui ? A Léonce, apparemment. Il doit s'attendre à ma visite de votre part.

— Soyez tranquille, dit le duc avec un étrange sourire, j'irai moi-même.

— Vous ! mais c'est contre toutes les habitudes.

— Vous croyez donc que je vais provoquer Léonce, mon cher ?

— Pouvez-vous songer à faire autrement ?

— Pouvez-vous songer à me conseiller un duel, Roland, vous, mon ami, celui de ma famille ? Ce serait perdre ma sœur sans résultat.

— Et vous ne la vengerez pas ?

— Je la vengerai, répliqua Jacques avec la même expression.

— Qu'allez-vous faire alors ? Laisserez-vous cet homme jouir en paix du fruit de son crime ? Le laisserez-vous à la fois ravir votre sœur et votre fortune ?

— Ma fortune ?

— Ah ! je perds la tête. Il est vrai, vous ignorez... ce n'est pas à moi de vous l'apprendre, je l'ai promis. Allez voir Suzanne...

Jacques leva sur son ami son beau regard calme et fier ; il lui tendit la main, prit celle de Roland, qui ne la lui donnait pas, et ajouta :

— Roland ! allons chez Suzanne, mais auparavant, écoutez. Je verrai aujourd'hui M. de Selves, et je sais ce qui doit se passer entre nous.
Il s'agit de l'honneur, du bonheur de Blanche,
et l'on peut s'en rapporter à moi pour le défendre. Vous allez me donner votre parole d'honnête homme et de gentilhomme que d'ici à
vingt-quatre heures vous ne chercherez pas
Léonce et que vous ne ferez absolument rién
contre lui.

— Et si je le trouve sans le chercher?

— Vous vous tairez, vous l'éviterez, promet-
tez-le moi.

— Eh bien ! je m'y engage, mais si demain à
pareille heure vous ne m'avez pas donné d'explication satisfaisante, je serai libre, n'est-ce pas ?

Le duc prit son chapeau et quitta son appartement; Roland le suivait, continuant ses exclamations. M. de Villecresne voyait plus clair que
lui dans sa colère. Il rencontrait sous sa *désil-
lusion* l'amour-propre froissé, cet amour-propre
qui paraît toujours au fond de nos sentiments.
On connaissait la passion de Roland ; on savait
quelle idolâtrie et quel respect il avait pour cette
femme qu'il supposait si pure et qu'il n'eût pas
ternie par un aveu. Et pendant ce temps-là un
autre..... On devait rire de lui, évidemment,

de lui qui n'avait pas caché *ce culte de latrie*, et dont cet homme et cette femme s'étaient si cruellement joués. Certes Roland lui-même ne se doutait guère qu'il eût ces pensées, on l'eût fort surpris en le lui disant, et le duc se garda de flétrir sa douleur en lui donnant un pareil motif. Il lui laissa son erreur, et le quittant à la porte de l'hôtel :

— Venez me voir ce soir, Roland ; venez me prendre, nous dînerons ensemble et nous causerons à cœur ouvert.

— Je le veux bien, Jacques, et d'ici là je vais me renfermer chez moi.

Le duc monta en voiture et partit pour la rue de Babylone, où Suzanne l'attendait déjà sans doute, la tête pleine de ces événements et le cœur palpitant d'un espoir dont il ne se rendait pas compte, que rien ne motivait que la lettre énigmatique de sa bien-aimée. Elle lui annonçait la fin de leurs maux et la réalisation de leurs espérances, sans s'expliquer davantage, le suppliant d'accourir, qu'elle lui dirait tout.

Aussitôt qu'il sonna elle vint au devant de lui, le visage rayonnant :

— Mon Jacques ! mon cher Jacques ! Ah ! je vous attends depuis si longtemps ! Comme vous vous en repentirez tout à l'heure !

Elle l'entraîna en riant vers ce même salon où s'était passée la terrible scène, pendant qu'elle cherchait dans sa poche et en retirait le bien-heureux billet.

— Voici l'acte de votre délivrance en bonne forme, mon beau duc : connaissez-vous cette écriture ?

— Oui, c'est celle de M^{lle} Guérin.

— Lisez.

Il lut tout bas.

— A qui ceci est-il adressé ?

— A qui cela pouvait-il être adressé, si ce n'est au héros de la grande journée d'hier, à celui que toutes ces pauvres folles s'arrachent, à Léonce ?

—A Léonce, mon Dieu ! répéta le duc en pâlissant.

— Votre sœur était la chimère, la fleur de la vie, le délassement de l'imagination, la poésie, enfin tout ce qu'il vous plaira ; M^{lle} Guérin est le pot-au-feu dont il se moquait tant, un petit positif de deux ou trois millions, afin de se mieux consoler de la chaîne du mariage. Mais cela se voit tous les jours.

— Il y a cependant quelque chose d'inexplicable en tout ceci. Comment avez-vous cette lettre ? Que s'est-il passé ? Contez-le moi.

Suzanne raconta tout, l'entrevue de la veille,
l'épreuve proposée par Léonce, dont il était sorti triomphant, les soupçons de Roland et les
siens dissipés par la lettre de Rosalba. De son
côté le duc raconta aussi à son tour la soirée
passée chez le docteur, les aveux arrachés à
Blanche, qui démentaient toute son histoire à
elle et qui prouvaient jusqu'à l'évidence que M^{me}
Guérin était bien attendue par Léonce rue de
Babylone, qu'il avait abusé Suzanne par un roman à peu près vraisemblable. Les deux récits,
vrais tous les deux, se contredisaient manifes-
tement. Pourtant la lettre de la jeune fille était
là et Jacques avait entendu sa sœur, qui certainement ne s'accusait pas auprès de lui pour le
plaisir de le faire.

— Nous ne savons pas tout, Suzanne : il faudra que cela s'explique. Évidemment il ne les
attendait pas en même temps et au même lieu ;
c'est une complication inextricable.

Léonce avait prévu tout cela, mais il comptait qu'on se débrouillerait sans lui et qu'il serait d'abord nanti de la pièce officielle, c'est-à-
dire Rosalba, qu'on serait forcé de lui donner
après un éclat, et qui d'ailleurs était assez éprise
pour lui jeter sa fortune à la tête malgré tout le
monde. Il avait compté, ainsi que cela nous

arrive souvent, sans l'inconnu et sans l'imprévu
surtout.

— Mais, reprit Suzanne, car c'était là ce qui
l'intéressait le plus, mais, Jacques, vous ne
semblez pas heureux, et pourtant vous êtes libre : auriez-vous des regrets de perdre M<sup>lle</sup> Guérin ? Ses trésors vous tiendraient-ils au cœur
de façon à empêcher ma voix d'y parvenir ?

— Je ne suis pas libre, Suzanne, répliqua-t-il
en secouant tristement la tête.

— Qui donc vous empêche maintenant ?

— Léonce n'épousera pas M<sup>lle</sup> Guérin ; Suzanne, je ne puis pas le permettre. Et Léopoldine que vous oubliez ! Léopoldine, la seule
innocente en tout ceci et la plus compromise ?

— Léopoldine refusera Léonce, et bien vite,
lorsqu'elle connaîtra ses engagements avec sa
cousine. C'est une fille d'un grand esprit et d'un
grand cœur que Léopoldine. Elle n'aime pas
Léonce, songez-y, elle n'a consenti à ce que
vous avez proposé que pour ne pas laisser in-
complète son œuvre de dévouement, mais si
elle peut échapper, elle échappera... Et puis... je
connais mieux Léopoldine que vous.

— Je vous étonnerais bien, si je vous disais
ce que vous pensez.

— Je ne le crois pas, vous ne pouvez pas me le dire.

8

— Léopoldine m'aime, murmura le duc en rougissant comme une jeune fille. Comment ne m'en serais-je pas aperçu hier? Au moment où je lui ai demandé sa main et où elle m'a refusé, cette pauvre enfant, si elle ne m'avait pas aimé avec son bon et noble cœur, ne m'aurait-elle pas accepté sur-le-champ? Il fallait le dévouement de cet ange pour se sacrifier elle-même à mon avenir et à ma fortune. Je ne m'en étais pas douté jusqu'à ce moment, mais alors j'ai tout compris.

— Ah! répondit Suzanne, depuis le premier jour où elle a commencé mon portrait, je l'avais deviné.

Au milieu de ces conflits de sentiments, de ces événements qui se croisaient, Jacques ne savait plus ce qu'il avait à faire, il ne connaissait plus son devoir. Suzanne, Blanche, Léopoldine, Rosalba, laquelle fallait-il sauver la première? A qui se devait-il d'abord! Qu'exiger de Léonce? Jusqu'à quel point avait-il porté le désordre dans la maison? Qu'avait-il à réparer vis-à-vis de M<sup>lle</sup> Guérin? Et c'était à M. de Selves qu'il devait cette perplexité!

— Ah! s'écria-t-il, Roland a raison; il faut que cet homme nous paye tout cela!

# VIII

## COMPLICATION

Suzanne trembla en entendant ces mots qui lui laissaient tout craindre. Elle ne les releva pas; elle savait par expérience qu'il ne faut pas contredire un homme dans le moment de l'exaltation, c'est l'exalter davantage; elle dévora un soupir, et mettant la main sur la tête de Jacques, qui se replongeait dans ses réflexions, elle lui demanda ce qu'il allait faire.

— Je ne sais.

— Préviendrez-vous M. Guérin?

— Je ne le crois pas; Guérin n'est pas un homme à comprendre les choses comme moi: nous aurions maille à partir ensemble, et cela

reculerait la solution au lieu de l'avancer. Il
vaut mieux peut-être parler à Rosalba.

— Et Léopoldine?

— Léopoldine doit tout savoir la première,
c'est certain. Avant que d'aller chez Léonce, je
veux être sûr de la vérité.

— Et moi, Jacques? dit Suzanne, les larmes
aux yeux, moi qui étais si heureuse depuis hier,
moi qui nous croyais unis pour la vie et qui
apprends, hélas! que je ne suis rien pour vous
en face de vos intérêts de famille ; me quitterez-
vous ainsi, sans me rassurer, sans me laisser
une parole d'espérance?

— Vous, Suzanne, vous, ma bien-aimée, une
parole d'espérance! Vous, tout mon bonheur!
Oh! je vous le répète et je vous le jure, si la
voix inflexible de l'honneur ne me sépare de
vous, si je ne suis pas forcé par un devoir que je
ne puis méconnaître à sacrifier mon existence,
vous serez ma femme, je mettrai à vos pieds mon
nom et ma fortune, heureux et fier que vous
daigniez les accepter et ne croyant jamais trop
faire pour vous en prouver ma reconnaissance.

Mlle Devert était trop heureuse, elle ne trouva
que des larmes. La joie s'exprime comme la
douleur, ici-bas, les larmes sont le dernier mot
de toutes nos impressions.

Ils restèrent longtemps l'un près de l'autre, causant de leur amour, oubliant le reste. Le temps passa bien vite ! lorsqu'ils se séparèrent Suzanne n'avait plus de craintes, elle se sentait si aimée ! Le duc avait repris près d'elle du courage pour les épreuves qui l'attendaient. Il lui promit de revenir le soir lui rendre compte de sa journée.

— Je reste ici, lui dit-elle, j'y dînerai, venez-y dîner avec moi, je vous attendrai aussi tard que vous le voudrez, ne vous gênez pas.

— J'ai Roland, ce pauvre Roland. Il me fait pitié et il me fait peur. Je vous l'amènerai donc.

— Amenez-le, personne ne sait mieux le consoler que moi. Depuis tant d'années j'écoute ses confidences ; je le connais si bien ! Soyez tranquille, il entendra la raison, si toutefois il est possible à la passion de l'entendre. Ah ! que je le plains !

M<sup>lle</sup> Devert conduisit le duc jusqu'à sa voiture, sans songer presque à se cacher cette fois ; elle savait pourtant qu'elle avait tout à craindre, mais elle était trop heureuse ; elle ne craignait plus.

M. de Villecresne revint à l'hôtel, il y revint avec l'intention de voir Rosalba, de s'expliquer

8.

avec elle et de lui proposer son intervention
pour décider son mariage. Il espérait la trouver
plus facile que Guérin, dont la colère lui déplai-
sait et dont les menaces lui revenaient à la
mémoire, sans qu'il pût les chasser. Avant tout,
il fallait encore voir Léopoldine, frapper sur ce
cœur dévoué, pour en obtenir un dévouement
de plus.

— Pauvre fille! pensa-t-il, elle décidera; ce
que son affection lui dictera sera le mieux, j'en
suis sûr. Essayons.

Il monta l'escalier lentement, car sa démarche
lui coûtait beaucoup. Avant il voulut entrer
chez sa sœur qu'il craignait de voir pourtant:
devait-il lui apprendre la nouvelle conduite de
Léonce, pour le lui faire connaître, pour essayer
de la guérir? Et était-ce réellement le moyen;
et ne se trompe-t-on pas lorsqu'on croit arracher
l'amour d'un cœur épris en lui prouvant que
l'objet en est indigne? L'estime est-elle la compagne inséparable de l'amour? Je ne le crois
pas. On n'aime pas son amant parce qu'il est
vertueux, parce qu'il est beau, parce qu'il est
bon, parce qu'il a de l'esprit ou qu'il est aimable;
on l'aime parce qu'on l'aime. Cette raison-là
est la seule et la meilleure; par conséquent on
l'aimera toujours, tant que cette raison subsis-

tera, et rien ne la fera céder; plus elle est invraisemblable et plus elle est puissante. La passion vit de cela.

Blanche venait de se lever, elle s'était jetée
dans un fauteuil, sans avoir la force de s'habiller. Elle se sentait découragée de vivre et ne
savait à quelle branche se rattraper pour
retrouver une espérance. En apercevant Jacques elle devint rouge, d'une rougeur bien faible, ses joues étaient si pâles !

— Ma chère Blanche, lui dit-il, il ne faut
pas vous laisser abattre ainsi, il faut penser que
votre mari...

— Mon mari ! interrompit-elle, mon mari !
Jacques ! Quelque chose peut-il me toucher à
présent ? Vous l'avez vu ? demanda-t-elle en hé-
sitant.

— Non.

Elle tressaillit.

— Ah ! ménagez-le, mon frère, ne le contraignez pas, ne contraignez pas Léopoldine à
ce mariage. Ce serait leur malheur à l'un et à
l'autre ; que je n'en sois pas la cause, au moins.
C'est assez de moi !

— Je ne sais encore ce qui arrivera, Blanche. Pourtant, Guérin doit être considéré en
ceci. Si les soupçons se portaient sur vous !

— Nous nous séparerons, et je resterai près de vous, mon frère. Tôt ou tard cela arrivera ainsi. Pourquoi ne pas saisir cette occasion? Cela nous éviterait bien des peines.

— Vous ne savez pas ce que c'est qu'un ménage brisé, vous ne savez pas quelle est la position d'une femme que son mari ne protège plus. Elle est méprisée, repoussée ; fût-elle même innocente, on l'accuse. Une conduite exemplaire ne la garantit pas de la calomnie. Vous n'en arriverez-là, je le jure, que quand je ne pourrai plus l'empêcher.

— Ah ! mon frère, je suis déjà si malheureuse, qu'un peu plus de malheur, avec un peu de repos, me semblerait un bienfait.

— J'aurai encore beaucoup à vous apprendre sur cette triste affaire. Aussitôt que je serai complètement instruit moi-même, je vous le dirai. D'ici-là, recueillez vos forces, pensez à Dieu, pensez à moi. Si vous avez aimé un homme indigne de vous, il vous reste des affections qui vous guériront de celle-là, et qui vous dédommageront de vos chagrins, qui vous aideront au repentir. Je vous quitte, ma chère Blanche, ma tâche est loin d'être achevée et je dois encore faire bien des choses aujourd'hui. Je vous reverrai cependant; si vous aviez besoin de moi, faites-moi chercher sur-le-champ, où que je sois j'accourrai. Embrassez-moi, ma sœur.

Blanche l'embrassa, mais froidement; elle ne sentait pas son cœur en ce moment, elle n'aimait rien, sa vie lui semblait suspendue.

— Je ne croyais pas qu'on pût tant souffrir à mon âge, dit-elle; la jeunesse devrait nous garantir de tous ces maux.

Hélas! la jeunesse est, au contraire, la saison des douleurs, puisqu'elle est celle des passions.

En entrant chez Léopoldine, le duc fut reçu par elle comme un hôte attendu. Elle était aussi pâle et changée, pourtant sa physionomie restait sereine, sa conscience reflétait ses purs rayons sur ce visage doux et pur.

— Comment va Blanche, monsieur le duc?

— Toujours de même, Léopoldine, toujours plus déraisonnable et abattue. Ah! que je lui souhaiterais votre résignation, votre raison surtout! Il est arrivé bien des choses depuis hier. Asseyez-vous, mon amie, et écoutez-moi.

Certes M. de Villecresne aimait Suzanne pardessus toutes choses, la pensée même d'une infidélité était bien loin de lui. Cependant il ne pouvait se défendre d'un mouvement d'amour-propre et d'un très-grand entraînement vers une si charmante et si aimable

fille, dont l'amour lui était connu, et bien qu'il
ne le partageât pas, il était peut-être heureux
de l'inspirer.

Il lui raconta ce que Suzanne lui avait dit. Il
lui montra la lettre de Rosalba, et lui demanda
franchement ce qu'il devait faire. Léopoldine
l'écouta sans l'interrompre, sérieusement, tranquillement, elle réfléchissait sur chacune de ses
paroles, et son cœur battit de joie lorsqu'il lui
rendit sa promesse au sujet de Léonce et qu'il
la laissa maîtresse de son sort.

— Je n'ose plus vous engager à épouser cet
homme, Léopoldine, car vous ne lui devez
rien et il ne vous doit rien non plus que vis-à-vis
d'Agénor. Par le fait, vous êtes libres tous les
deux ; Rosalba a droit, au contraire, à une réparation effective. Tout cela est fort embarras-
sant. Notre mensonge pouvait s'excuser par
son motif et les suites en devenaient salutai-
res, puisqu'elles fixaient votre avenir ; à présent, il n'en est plus ainsi, et c'est à vous de
prononcer.

— Mon choix n'est pas difficile, monsieur.
J'ai un motif plausible de m'écarter et je
m'écarte devant ma cousine. Agénor me blâ-
mera, il m'accusera, il me tourmentera même,
s'il veut, je suis chez vous, il ne pourra pas

m'en chasser. Que Rosalba épouse M. de Selves, la pauvre folle! puisqu'elle est assez aveugle pour le préférer. J'étais décidée avant de vous voir à vous redemander ma parole. Léonce m'aurait refusée, d'ailleurs, et vous n'auriez pas pu l'y contraindre. Ce n'est point un lâche, il ne se fût pas laissé imposer une obligation qu'il n'avait point provoquée; vous eussiez voulu la soutenir, et Dieu sait quelles suites! je frémis en y pensant. Je ne comprends pas comment j'avais pu hier accepter un pareil projet. J'étais folle, je crois!

— Non, vous étiez dévouée, et vous consentiez à tous les sacrifices. Soyez tranquille, ils vous seront comptés.

— Ce ne sont point des sacrifices, et je ne veux pas qu'on les compte, monsieur.

— Il vous faudra affronter M. Guérin.

— Eh bien, répliqua-t-elle presque gaiement, je l'affronterai.

— Que lui direz-vous?

— Je n'en sais rien. Mais je ne nuirai à personne.

— Préparez-vous à des assauts terribles.

— M. le duc...

— Dites, Jacques, c'est convenu

— Eh bien, Jacques, depuis l'âge de cinq ans,

je suis accoutumée à ces assauts-là. Vous ne
vous êtes jamais aperçu des scènes effroyables
dont ma petite chambre a été le témoin. Il en
sera de même cette fois. J'ai bien souffert des
emportements d'Agénor. Il m'a fait payer mille
fois le pain que je dois à la charité de son père,
et je l'ai supporté néanmoins, lors même qu'il
ne s'agissait que de moi. Jugez donc aujour-
d'hui que j'ai une si belle cause à défendre!

— Priez Dieu pour moi, Léopoldine, je monte
à l'assaut.

— Mon ami, monsieur le duc, reprit-elle,
songez à ceux qui vous aiment et n'allez pas
trop loin. Vous voilà heureux désormais, ne
compromettez pas ce bonheur.

— Ah! si Dieu voulait exaucer mes prières!
Ah! si je pouvais!... Que l'avenir m'apporte ce
que j'espère, et vous verrez.

— Savez-vous ce que je souhaite, moi, monsieur? savez-vous quels sont mes beaux châteaux? Avez-vous le temps de les écouter?

— J'ai toujours le temps de vous entendre,
ma chère enfant.

— Eh bien! je voudrais garder toute ma vie
cet appartement que je dois à votre bonté; continuer à faire de la peinture, parce que c'est
mon goût, et puis parce que l'on est heureux

de ne rien demander à ses amis que de l'amitié.

— C'est mal, cela, Léopoldine.

— Non, c'est bien. Ne me marier jamais ; *vivre au milieu* de ces belles fleurs que j'adore ; soigner assidûment les derniers jours de madame la duchesse ; rester l'amie de Blanche, devenir celle de la jeune duchesse que vous nous donnerez ; élever vos enfants, les aimer plus que les miens, si j'en avais eu ; vous prouver à chaque instant de ma vie ma reconnaissance, et ne vous quitter que pour le paradis où Dieu voudra bien m'admettre, afin que je reste encore avec vous : voilà mes désirs, monsieur le duc.

Jacques prit la main de la jeune fille et la baisa. Peut-être la belle Suzanne n'eût-elle pas été tout à fait satisfaite du regard qui accompagnait ce baiser et de la pensée qui l'avait inspiré.

Il lui fallait maintenant aborder la grande difficulté, c'est-à-dire Rosalba d'abord, et Léonce ensuite. Il frappa à la porte de M^lle Guérin, et demanda si elle pouvait le recevoir.

— Mademoiselle est sortie depuis une demi-heure, répondit Augustine qui n'osait pas mentir au duc.

— Sortie ! Et avec qui ?

— Elle est sortie seule.

9

— Restera-t-elle longtemps dehors? l'a-t-elle
dit?

— Mademoiselle m'a annoncé qu'elle ne rentrerait pas avant deux heures d'ici et que si,
pour le dîner, elle n'avait point reparu, il faudrait remettre à M. Guérin une lettre qu'elle
m'a laissée.

— Où est cette lettre?

— La voici, monsieur le duc.

Jacques la prit, l'examina et lui trouva une
allure suspecte. Il ne se permit point de l'ouvrir, néanmoins. Il recommanda seulement à
la femme de chambre d'exécuter de point en
point les ordres de sa maîtresse, et se retira
fort préoccupé de ce nouvel incident.

Un soupçon de la vérité lui traversa la pensée.

— Mon Dieu! s'il l'avait enlevée pour se tirer
d'embarras! Vite chez M. de Selves! cria-t-il à
son cocher.

La route lui parut longue, car pour cette âme
généreuse la crainte du malheur des autres
était une souffrance.

Le domestique de Léonce lui répondit que
son maître n'y était pas. Jacques fit alors plusieurs questions assez vives auxquelles on sa-
tisfit avec la réserve des laquais de bonnes maisons. Il n'apprit rien.

— Enfin, M. de Selves rentrera?

— Je le suppose, monsieur le duc, mais je ne sais à quelle heure.

— Je vais l'attendre.

— Monsieur le duc attendra peut-être long-temps. Si Monsieur est à quelque répétition ou en collaboration chez un de ses amis, il ne reviendra sans doute que fort tard. Souvent même il ne rentre pas, il envoie chercher sa toilette.

Il était évident pour le duc que Léonce était chez lui, qu'on n'osait pas lui refuser la porte et qu'on avait grande envie de le voir s'en aller, ce qu'il ne voulait point faire.

— N'importe! répliqua-t-il, j'attendrai.

Le valet de chambre le conduisit dans la salle à manger, la pièce la plus éloignée du fumoir et du cabinet de Léonce, ce que M. de Ville-cresne ne manqua pas de remarquer. On lui donna des journaux, des cigares, et on le laissa seul; il entendit pousser un verrou doucement à la porte du salon, et comprit qu'on se mettait à l'abri d'une invasion de sa part. C'était le méconnaître; un homme comme M. de Ville-cresne n'entrait pas chez les gens malgré eux. Il se promena d'abord, examinant les fameux bahuts de M. de Belmont, pour se donner une contenance, mais par le fait écoutant jusqu'au moindre bruit et cherchant à reconnaître ceux qu'il entendait.

Rien ne paraissait, il attendit une heure.

Au bout de ce temps, le valet de chambre entra comme pour chercher n'importe quoi dans une armoire, mais son regard disait au duc:

— Vous voyez que rien n'arrive.

Le duc ne fit pas semblant de comprendre, il eut l'air de continuer à lire son journal, et prit les airs d'un homme établi qui ne se lasserait pas. Le domestique était intelligent; il en fit son profit, sans doute, sans qu'il y parut.

Une demi-heure se passa encore. Le laquais rentra.

— M. le duc ne veut rien prendre?

— Je vous remercie.

— C'est l'heure du déjeuner : si M. le duc n'avait pas déjeuné encore, j'aurais l'honneur de lui servir ce qui lui conviendrait; le déjeuner de Monsieur est disposé, ce serait l'affaire de cinq minutes.

— Je vous remercie encore une fois, je n'ai besoin de rien.

— Dans tous les cas, je crois que Monsieur ne tardera pas à rentrer.

— Je le crois aussi. Je ne suis pas pressé, j'attends.

Cette seconde tentative annonçait une amélioration évidente, le valet reculait devant le parti bien pris de Jacques. Et cependant, sans un incident imprévu, pendant que M. de Villecresne restait tranquille à un bout de la maison, Léonce fût sorti par l'autre enlevant sa fiancée pour ainsi dire sous ses yeux.

Elle était là, cette malheureuse Rosalba; elle était venue, selon sa promesse, et M. de Selves l'attendait impatiemment. Il la reçut avec un respect, avec des égards dont elle ne comprit pas toute la portée; son intelligence n'avait pas assez de fine délicatesse pour cela. Elle était radieuse, cependant, parée à ses yeux de son immense sacrifice, elle s'en préparait une grande joie. Son instinct de femme lui dicta une petite comédie dont le dénoûment ne lui paraissait pas douteux. Elle s'assit d'abord, car elle était fort émue. Léonce voulut dénouer son triple voile et son chapeau afin de lui donner de l'air.

— Non, dit-elle, laissez, je vais retourner chez moi : je ne suis venue que pour un instant.

— Mon Dieu! Vous vous repentez donc? Vous ne voulez plus, vous allez me quitter!

— Je ne me repens pas. Dieu m'est témoin que si les choses étaient encore dans le même état qu'hier, vous m'eussiez vue heureuse et charmée, la main étendue vers vous. Mais il n'en est pas ainsi, hélas!

— Vous me faites trembler.

— Le duc a pressé mon frère de conclure notre mariage.

— Je savais que cela allait arriver, voilà pourquoi je vous avais conjuré de partir ce matin.

— Vous le saviez! Ah! je m'en doutais.

— Qu'avez-vous répondu?

— Ce que vous pouvez penser. Et qu'ai-je appris alors!

— On veut vous contraindre, on veut vous forcer à attendre votre majorité?

— Non, c'est bien pis que cela.

— Pourtant... votre fortune est à vous.

— Non, et c'est justement le malheur. Mon cher Léonce, je n'ai pas de fortune.

— Allons donc!

— Ou plutôt je n'ai de la fortune qu'à la condition d'épouser le duc de Villecresne; tout autre mari n'aura de moi que cent vingt-cinq mille francs, en bonnes terres sises en Picardie.

Une cheminée tombant sur la tête de Léonce ne l'eût pas accablé davantage. Il eut comme un éblouissement, mais cette fois ce n'était pas un mirage doré, c'étaient des ténèbres.

— Vous ne voudrez plus de moi, continua Rosalba en l'épiant du regard.

— Pouvez-vous penser, mon Dieu!

Il dit ces mots avec un accent faux, comme un homme qui cherche sa phrase afin de ne pas se compromettre et de ne pas manquer son effet.

On frappa à la porte juste en cet instant.

— Monsieur, souffla le domestique à travers la serrure, c'est M. le duc de Villecresne.

Rosalba jeta un cri.

— Ne craignez rien, chère amie. Je n'y suis pas!

— C'est ce que j'ai répondu à M. le duc, mais il a annoncé qu'il attendrait jusqu'à ce que Monsieur rentrât et il s'est établi dans la salle à manger.

— Diable! Eh bien, qu'il attende! Il s'en lassera avant moi peut-être. Fermez le salon, et laissez-moi.

L'ordre fut exécuté, on l'a vu.

Ce peu de minutes suffit à Léonce, malgré la complication qui s'annonçait, pour entrevoir un plan de conduite. Il ne crut pas à cette histoire. Les millions de M<sup>lle</sup> Guérin étaient connus comme ceux de Rothschild, ils étaient authentiques et certains. Évidemment, Rosalba l'é-

prouvait, elle voulait, comme les princes, être
aimée et enlevée pour elle-même ; il serait un
niais de donner dans cette fable et il fallait
prouver, au contraire, à cette héritière susceptible, qu'un poëte ne reculait pas devant une
chaumière et son cœur.

D'ailleurs, pensa-t-il, avant de partir définitivement, je la ferai déjeuner, *le champagne et
l'amour* lui délieront la langue, elle se vendra
au dessert. Elle avouera sa prouesse et célébrera
mon dévouement par quelques larmes et par un
coup de théâtre qui ramènera les millions. Cette
tête de linotte, un peu excitée surtout, n'est pas
assez forte pour se refuser une pareille jouissance. Il sera encore temps de revenir alors.

Cette décision prise, il paraphrasa le discours
de Sénèque sur le mépris des richesses et lâcha
un dithyrambe qui lui eût fait honneur dans
une académie. Rosalba l'écoutait heureuse et
craintive en même temps. La présence de Jacques dans la maison l'effrayait. Elle se demandait ce qu'il y venait faire, elle craignait quelque
malentendu, quelque indiscrétion, et la lettre
laissée à Augustine lui revenait à l'esprit. Peut-
être l'avait-elle donnée trop tôt et allait-elle voir
accourir aussi son frère.

— Vous êtes pauvre, continuait Léonce avec

un accent dramatique, ah! tant mieux! Je pourrai donc vous prouver mon amour, je pourrai donc accepter mon bonheur sans que mon cœur en murmure!

— La voiture est-elle prête?

— Elle viendra à midi. Vous tiendrez tout de moi, vous me devrez tout, chère Rosalba, nous vivrons l'un pour l'autre.

— Si l'on pouvait renvoyer M. de Villecresne.

— Il est dans la salle à manger, il ne voit ni n'entend rien. Comprenez-vous une existence plus douce et plus délicieuse que la nôtre? Seuls au monde, dans un pays adorable, dans cette belle Italie, la terre des amants et des heureux, *nous coulerons des jours sans nuages.* — Allons! pensa-t-il, voilà que je parle comme un opéra-comique. à présent. Cette fille-là *m'hébète.*

— Mon Dieu! Quelle heure est-il?

La situation, fort sérieuse par elle-même cependant, devenait si comique par la façon dont ils l'interprétaient l'un et l'autre, que Léonce eut peine à s'empêcher de rire. Les idées les plus bouffonnes lui passaient dans l'esprit; il eût donné bien des choses pour pouvoir les dire et pour inculquer à Rosalba un peu de cet esprit singulier, apanage des artistes en général, qui rient de tout, que rien n'alarme et que rien

9.

n'étonne. Sa physionomie inquiète n'exprimait en ce moment que l'agitation et la peur. Il le remarqua fort bien.

« Elle ne m'aime pas, se dit-il, elle fait son drame. Je suis sûr qu'elle s'attend à autre chose. »

— Léonce, reprit la désolée, ne nous en allons pas. Si mon frère arrivait!

— Eh bien, ma chère, il ne me trouverait pas un trop mauvais parti pour une fille sans dot, et tout s'arrangerait à merveille.

Le domestique frappa de nouveau, ce qui fit faire un saut de trois pieds à la pauvre Rosalba.

# IX

## LA BOITE AUX LETTRES

Pendant cette matinée, si féconde en événements et en pourparlers, la douairière de Ville-cresne resta dans son lit, selon son habitude, et se fit lire les journaux par Alison, à défaut de son lecteur habituel, son valet de chambre, qu'elle avait envoyé faire des commissions pressées.

Alison s'acquittait fort mal de cette tâche, ce qui mettait la bonne dame dans une de ces humeurs dangereuses que redoutaient ses ennemis.

— Mam'zelle Alison, vous lisez comme un âne bâté, je ne comprends pas un mot de ce que vous

dites, vous écorchez tous les noms. Qu'est-ce
que ce monsieur qui arrive en ambassade de la
part de l'empereur d'Autriche ? Je le connais
peut-être, mais comment voulez-vous que je le
devine ? Donnez-moi mes lunettes et le journal,
je verrai cela moi-même. C'est bien la peine
d'avoir une lectrice, s'il faut se servir de ses
yeux.

L'entrée du maître-d'hôtel, qui frappait respectueusement depuis cinq minutes, mit fin à
ce discours.

— Que voulez-vous, Darville ? Vous voilà
planté devant moi avec une figure patibulaire.
Ce n'est pas l'heure du déjeuner, je pense. Je
ne déjeunerai pas dans mon lit, d'ailleurs.

— Ce n'est pas cela, madame la duchesse.

— Eh bien ! qu'est-ce que c'est ?

— Madame la duchesse a du monde à dîner ?

— Oui, cinq ou six personnes, je vous l'ai dit
hier au soir, et vous m'avez envoyé le menu ce
matin ; c'est très-bien.

— Mais c'est que, madame la duchesse, personne ne dîne à l'hôtel. M. le duc a fait dire
qu'il ne rentrait pas, M., M^{me} et M^{lle} Guérin,
M^{lle} Millet, dînent en ville également : alors
madame la duchesse se trouvera seule avec son
monde ; il lui conviendra peut-être d'inviter

d'autres personnes. Je viens prendre ses ordres
à cet égard.

— Voilà qui est agréable, et qui est poli surtout ! Ils savent bien tous pourtant que j'ai le
comte de Saint-Julien et trois ou quatre autres,
sans compter cette jeune M^me de Belgrade que
j'ai priée pour ces demoiselles. Qu'en ferai-je,
à présent?

Les deux domestiques se regardèrent; ils ne
se seraient pas permis un conseil.

— Allons! vous enverrez chez M. de Belmont,
chez la baronne de Vermont, elle viendra,
celle-là! Chez le docteur; je serai bien aise de
le voir. Ah! passez aussi chez M. de Selves, je
voudrais qu'il acceptât, cela ferait enrager mes
déserteurs. Darville, mettez-vous-là, écrivez
sous ma dictée.

« Je vous somme de venir dîner chez moi,
monsieur, je ne vous invite plus; les invitations
des vieilles femmes sont trop dédaignées par le
temps qui court, et vous ne trouverez que moi
pour vous faire les honneurs. Mais je vous promets, en revanche, de ce vin de Jurançon
d'Henri IV que vous aimez, et je vous donnerai encore une vieille histoire pour que vous
en fassiez une neuve. On assure que vous n'en
inventez pas d'autres à présent.

« A propos: Je veux vous marier. Qu'en dites-
vous ? Qu'en dira votre femme dans dix ans
d'ici, et qu'en dira le monde avant six mois ? A
ce soir !

« LISTENAY VILLECRESNE. »

La duchesse prenait bien son temps pour
marier un homme si disposé à se marier tout
seul.

Lorsqu'elle eut signé, elle fit cacheter la lettre, renvoya le maître-d'hôtel, chuchota encore
contre Alison quelques instants et se décida à
se lever.

Elle se fit habiller, descendit au jardin, fit le
tour des serres, écouta sonner le déjeuner et entra dans la salle à manger, où elle trouva deux
couverts seulement et Léopoldine qui l'attendait.

— Ah ! le déjeuner en est aussi ? Il paraît
qu'on doit me laisser seule toute la journée. Il
n'y a que vous, Léopoldine, qui ne m'abandon-
niez pas.

— Blanche est malade, madame; Agénor a
toutes les affaires de la France sur les bras, M.
de Cangé est plus occupé que le premier ministre, M. de Villecresne est allé voir M. de Mallagne, fort souffrant aussi, Rosalba court les
marchands pour commander son trousseau.

— Son trousseau ! et qui épouse-t-elle ?

— Ah ! quant à cela, je n'en sais rien.

— Cela me rappelle le sot conte que m'a fait Gaston hier au soir, je m'étais empressée de l'oublier. J'ai fait demander le duc ce matin pour m'enquérir de tout cela, il était déjà parti ; de sorte que moi, la mère de cette volée d'étourdis, je ne suis pas plus instruite, moins peut-être, que le dernier de leurs laquais. Est-il vrai que M. de Villecresne n'épouse plus M<sup>le</sup> ma filleule ?

— On me l'a dit.

— Et pour quelle raison perd-il de gaieté de cœur quatorze ou quinze cent mille francs ? A-t-il trouvé la poule aux œufs d'or ? A-t-il découvert une Montmorency ou une Rohan avec cinq ou six millions ?

— Je l'ignore.

— Léopoldine, vous êtes désespérante, ma chère ; vous voilà presque aussi bête qu'eux tous, avec vos « Je ne sais pas, — on me l'a dit, — je l'ignore. » Vous faites la discrète, la sucrée. Me prend-on ici pour un mannequin, parce que je suis vieille ! Ah ! bon, une lettre, à présent !

Un domestique lui présenta en effet une lettre, en lui disant qu'on n'en attendait pas la réponse. Elle prit son lorgnon à sa ceinture et lut :

« Madame la duchesse,

» Si vous voulez éviter un malheur entre M. le duc de Villecresne et M. de Selves, hâtez-vous de les empêcher de se voir. La personne qui vous donne cet avis est une âme dévouée; elle n'ose pas se nommer, parce que vous ne la croiriez peut-être pas, mais hâtez-vous, le temps presse. »

L'écriture était assez bonne, bien que tremblée et indécise, elle semblait contrefaite, ou plutôt étudiée ; l'orthographe n'était pas irréprochable. La duchesse n'y regarda pas de si près. Aussitôt qu'elle eût parcouru le billet elle le jeta à Léopoldine.

— Tenez, mon enfant, dit-elle, lisez-moi cela, je me trompe certainement, je suis si troublée que je n'y vois pas.

Léopoldine lut la lettre tout haut en pâlissant.

— Ah ! madame ! madame ! cela doit être vrai. Je vous en conjure, hâtez-vous ! Ils vont se battre, mon Dieu ! Il va se passer quelque chose d'horrible ! Allons ! allons !

— Mais où ?

— Chez M. de Selves. Le duc y est.

— Vous le savez donc ?

— Oui, madame, oui, je le sais.

— Et que ne le disiez-vous, alors! Mes chevaux! vite mes chevaux! Auparavant, Léopoldine, je veux, je dois tout savoir; je ne suis ni
insensée, ni idiote, mon conseil peut être bon.
Dans tous les temps la duchesse de Villecresne a assez compté dans le monde et chez
elle pour qu'on la consulte en ce qui touche
l'honneur de sa maison. Je vous écoute, mademoiselle.

La duchesse prenait alors un si grand air,
qu'on ne pouvait méconnaître la femme de
race et de sang défendant ses droits de mère
et de maîtresse de maison, devenue chef de
famille par son âge et par la mort de tous les
autres. Léopoldine se trouva fort embarrassée :
que dire? que raconter? Trahir les secrets con-
fiés, elle ne pouvait s'y résoudre. Refuser à la
duchesse de l'instruire, c'était impossible également. Elle prit le parti de la franchise.

—. Pardonnez-moi, madame la duchesse, je
ne puis parler sans manquer à mes promesses ;
d'ailleurs, ce que je sais est trop peu de chose
pour vous éclairer suffisamment. M. de Selves a
des torts immenses envers M. de Villecresne ;
M. de Villecresne en aura sans doute réclamé la
réparation, qui lui aura été refusée. et de là sans

doute quelque querelle, que votre présence pourra arrêter ou prévenir.

— Je ne vous blâme pas de vous taire, Léopoldine, mais je trouve souverainement injurieux qu'on ne m'ait point prévenue de ce qui se passe chez moi, et que vous, une jeune fille, vous soyez plus instruite. J'en dirai vertement mon avis à mes petits-enfants. Je vais prendre un chapeau et un mantelet, et nous partirons.

Léopoldine ne se le fit pas répéter ; elle se hâta de s'apprêter aussi, le cœur palpitant d'inquiétude, et redescendit chez la duchesse, qui fut également bientôt disposée. Elle retrouvait l'activité de sa jeunesse lorsque son affection la conduisait. Comme elles allaient monter en voiture, la sonnette de la loge se fit entendre, et elles aperçurent M^{me} de Vermont qui traversait la cour.

— Ne nous arrêtons pas, dit la duchesse. Baronne, je suis forcée de sortir à l'instant, on m'attend, ou plutôt on ne m'attend pas, et c'est justement ce qui me presse.

La baronne fit signe que c'était bien et continua sa route.

— Elle va sans doute chez Blanche, reprit Léopoldine. Tant mieux ! elle trouvera le temps moins long et ne me fera pas chercher. Pourvu qu'elle ne se doute de rien !

La baronne montait en effet chez M^me Guérin, dont elle força à peu près la porte. La jeune affligée voulait être seule, ainsi que toutes les grandes affligées. Elle reçut M^me de Vermont comme un inconvénient. Celle-ci était assez accoutumée à un pareil effet, elle ne s'en préoccupa donc que très-peu et poursuivit le but de sa visite.

— Ma chère petite, je vous gêne peut-être, mais j'ai absolument besoin de vous parler, c'est essentiel.

— Madame, j'ai placé vos billets de loterie, en voici l'argent.

— Merci ! mais ce n'est pas de moi qu'il s'agit, c'est de vous.

— De moi ?

— Oui. Voilà pourquoi je suis venue si tôt, moi qui ne sors jamais avant deux heures. Mais j'aime tant mes amis, je leur suis si dévouée, que rien ne me coûte pour le leur prouver, ni peines, ni démarches. Ma santé en souffre souvent. On ne se refait pas, et lorsqu'on est née avec cette sotte manie de se sacrifier pour les autres, on ne peut pas s'en débarrasser. C'est grave, c'est très-grave ! J'ai reçu une lettre que je vais vous montrer.

Elle releva sa robe, car elle conservait les poches de nos grand'mères par-dessous, ce qui lui donnait les airs les plus étranges du monde, avec sa taille de travers et sa maigre échine.

La baronne retira donc un papier de ce gouffre, où sonnaient les clefs de sa réserve, et le présenta à M^me Guérin, qui le prit sans un grand intérêt.

— Lisez, Blanche, vous verrez ce que c'est, et de quelle importance est ce message.

Blanche lut :

« Madame la baronne,

» Vous êtes l'amie de la famille de Villecresne. Je vous ai souvent entendu parler de la jeune M^me Guérin avec tout l'intérêt que lui porte votre excellent cœur : je crois donc vous être agréable en vous mettant à même de lui rendre un service. Cette dame ignore probablement ce qui se passe à l'état de la fortune de son mari. Il a perdu des sommes immenses, et il doit beaucoup d'argent à un M. Collet, qui se fait appeler de Terrebrune, et qui se vante partout qu'il le ruinera, s'il ne se hâte de s'acquitter envers lui. Il est grandement temps que cette jeune femme et sa famille mettent ordre à tout cela, car si on n'y prend garde, le mari et la femme seront dans la misère dans bien peu d'années d'ici. Recommandez surtout à M^me Guérin de ne pas donner sa signature, qu'elle ne la donne à aucun prix, car il est question d'un emprunt sur ses propriétés personnelles, et son mari assure qu'il a des moyens de l'y forcer si elle s'y refuse.

» Voilà, Madame la baronne, les renseignements que je crois devoir vous adresser, pour aider une personne intéressante et qui vous est chère. Je ne signe pas ma lettre, mais vous me connaissez et vous savez que l'on peut avoir toute confiance en moi. »

» Daignez agréer, etc.... »

Blanche referma la lettre et la rendit à M<sup>me</sup> de Vermont, tout étonnée de sa tranquillité.

— Quoi! lui dit-elle, vous n'êtes pas plus émue que cela d'une pareille nouvelle?

— Et qu'est-ce que cela me fait, madame? il m'en restera toujours assez. Si vous saviez combien l'argent m'intéresse peu !

— L'argent!

Rien ne peut rendre l'expression avec laquelle M<sup>me</sup> de Vermont prononça ce mot: l'argent! il faudrait l'avoir entendu. Ses yeux brillaient comme des escarboucles. Un tendre amant parlant de sa maîtresse n'eût pas mis plus de sentiment, plus de feu.

— Cela vous étonne, madame! Oh ! c'est

que vous n'avez jamais eu de peines de cœur, de douleur réelle, sans quoi ces vétilles de pièces de cent sous ne vous inquièteraient guère.

— Je n'ai jamais eu de peines de cœur, moi! et elle leva les yeux au ciel. Je ne vous souhaite pas, Blanche, de passer une vie aussi malheureuse que la mienne, une vie dévouée à un ingrat et terminée par ce qu'il y a de plus cruel : l'isolement et la misère.

— Pauvre baronne ! répliqua Blanche, dont le cœur tremblant était accessible à toutes les pitiés.

— Oui, pauvre baronne méconnue, foulée aux pieds ! N'aimez jamais comme moi, mon enfant, ne donnez pas votre existence à un homme, pour découvrir au bout de dix-huit ans qu'il ne vous méritait pas, vous en seriez trop cruellement punie.

— Et qui vous a séparés donc?

— Son infidélité; il m'a abandonnée pour une autre sans se souvenir de ce que j'avais fait pour lui pendant tant d'années.

» Aussi je ne l'aime plus. Dieu m'a fait cette grâce, il m'est indifférent, ce que je n'aurais jamais pu croire.

La baronne ne disait point que son amant, un des hommes les meilleurs et les plus spiri-

tuels de son temps, et dont elle était l'erreur,
n'avait eu pour elle pendant ces dix-huit années,
qu'une vive amitié et de profonds égards. Elle ne
disait pas que cette infidélité lui eût été facilement pardonnée, ainsi que les précédentes, mais
qu'elle n'avait pu se résoudre à oublier une petite affaire d'intérêt, dans laquelle elle se crut
lésée, et dans laquelle la justice de son amant
lui suggéra une autre opinion. Ce fut une question de chiffres qui la sépara de son seul amour.

M. de Cangé disait d'elle :

— A la place du cœur, la baronne a une table de multiplication.

Combien d'autres sont dans le même cas !

M$^{me}$ de Vermont se levait pour se retirer, lorsque la femme de chambre entra et remit une
lettre dont Blanche reconnut l'écriture avant de
l'avoir prise. Elle reçut une impression tellement
forte qu'elle ne put la dissimuler. Balbutiant
quelques excuses, elle rompit le cachet et lut.

La baronne l'observait ; elle pâlissait, elle devenait rouge ; ses mains tremblaient ; une larme
roulait de ses longues paupières, enfin un sanglot sortit de sa poitrine et éclata malgré elle.

— Ma pauvre Blanche ! s'écria M$^{me}$ de Vermont en approchant. Est-ce donc déjà la confir-
mation de ce que je vous apporte ?

— Madame, reprit la jeune femme, pouvant
à peine parler, laissez-moi, je vous en conjure ;
j'ai besoin d'être seule, et, si vous avez quelque
amitié pour moi, ne parlez à personne de cette
lettre ni de l'état où vous m'avez vue.

— Soyez tranquille, je vous le promets. Il
faut donc que je m'en aille ?

— Oui, oui, je vous en prie. Dites aussi, en
sortant, que je n'y suis pour personne. Je vous
demande pardon.

— Je vous reverrai ce soir, je dîne ici.

Jamais le dîner ne s'oubliait ni ne pouvait
s'oublier, quoi qu'il arrivât.

Restée seule, M<sup>me</sup> Guérin s'enferma et relut
cette lettre qui lui brisait le cœur, mais qui la
consolait en même temps :

« Ma Blanche adorée, enfin je puis vous envoyer sûrement un mot. Quelle journée ! que
j'ai souffert et que vous avez dû souffrir ! Et que
de douleurs nous attendent encore ! Mais à tout
prix il faut vous sauver, il faut détourner les
soupçons et vous rendre au moins le seul bien
de votre vie, votre réputation et votre honneur.
Pour cela rien ne me coûtera. J'accepte tous les
sacrifices. Une erreur salutaire m'en impose un
bien cruel, le plus cruel de tous. Pour vous
préserver, ma bien-aimée, j'irai peut-être jus=

qu'à en épouser une autre, jusqu'à jurer à la
face de tous que j'en aime une autre, lorsque c'est
vous seule que j'aime et à qui je me dévoue.
Ah ! qu'il faut de courage et d'amour pour
cela !

« Je tâcherai de vous voir, vous, mon seul bien ;
cependant, je crains que cela ne soit impossible.
Je vous supplie, ma Blanche, je vous demande
à genoux, quoi qu'il arrive, quoi qu'on vous
dise, quoi que vous voyez même, de ne jamais
douter de moi. Je vous aimerai jusqu'à mon
dernier soupir ; rien ne m'arrachera cette
passion, la seule de ma vie, la seule qui puisse
satisfaire une âme telle que la mienne. Soyez-en
sûre et ne m'accusez jamais, quand même toute
la terre, quand même les apparences m'accuse-
raient. Je compte assez sur vous pour espérer
aussi une confiance sans bornes ; s'il en est autrement, c'est que vous ne m'aimez pas comme
je vous aime. Espérez malgré tout, et, croyez-
moi, il nous viendra de meilleurs jours. A vous,
mon ange aimé, à vous tant que je serai moi ! »

Blanche, en lisant cette lettre, crut sans hésiter que le mariage de Léopoldine allait se conclure immédiatement. Elle crut que son frère
l'avait exigé, qu'il l'avait imposé à Léonce, et
que Léonce, pour pas la perdre, avait consenti.

10

Elle crut enfin ce que Léonce avait voulu lui faire croire.

Elle l'en aima davantage, bien entendu, et ce fut sur sa rivale que se porta sa colère.

C'est toujours ce fameux mot de cet immortel livre de Jules Sandeau, *Marianne*.

— Ah ! que j'ai dû ennuyer ce pauvre Bussy !

La peine du talion en amour est sans cesse appliquée; seulement ce n'est jamais à celui qui l'a méritée qu'on l'inflige. Chacun de nous est à son tour victime et bourreau. Nous rendons à un innocent ce que nous a fait souffrir un coupable, et nous sommes coupables à notre tour, nous méritons les malédictions que nous avons données, et ces malédictions se réalisent, car nous aussi nous devenons insensibles ; à force d'avoir souffert, nous ne souffrons plus. C'est le dernier châtiment que Dieu nous garde.

Cependant la duchesse et Léopoldine couraient au grand trot de deux vieux carrossiers, fort étonnés de cette allure inusitée, vers la rue de Clichy, où l'on était loin de les attendre. M^me de Villecresne, dans son inquiétude extrême, tirait à chaque instant le cordon pour presser le cocher, lequel ne comprenait rien à un emportement oublié par lui, par sa maîtresse et par son attelage, depuis tant d'années.

— Pourvu que nous arrivions à temps ! répétait-elle à chaque minute.

Léopoldine ne disait rien, mais elle le désirait plus qu'elle encore.

La montée de la rue de Clichy est rude. La duchesse pétillait.

— Plus vite ! plus vite ! s'écriait-elle sans cesse.

Les coursiers trop gras n'en pouvaient plus, et la voiture était lourde.

— Quelle fantaisie a donc M\ᵐᵉ la duchesse, grommelait le cocher, de venir dans ces quartiers neufs et de grimper ces échelles ? Mes bêtes et moi nous ne connaissons pas cela, et au trot encore !

La voiture s'arrêta à la porte de Léonce. La première personne que la duchesse aperçut en regardant par la portière à travers la grille, ce fut un valet de pied parlementant avec le valet de chambre de Léonce, pour lui remettre une lettre et en obtenir la réponse.

— Ah ! bien, dit-elle, la maison nous est défendue, à ce qu'il paraît.

Elle envoya un autre de ses laquais à la quête de celui qui y était déjà, et fit dire au domestique de Léonce de venir à son marchepied.

— M. de Selves ?

— Il est sorti, madame la duchesse.

— Vous mentez fort bien, mon cher, mais je sais qu'il est chez lui, et j'entrerai.

— Madame la duchesse entrera si elle veut, elle ne trouvera pas mon maître.

— Eh bien, j'y verrai moi-même. Mon petit-fils est venu ?

— M. le duc est encore ici, il attend M. de Selves inutilement, ainsi que Madame la duchesse veut l'attendre.

— A-t-il vu votre maître ?

— Non, madame, mon maître est sorti depuis ce matin.

— Eh ! que ne le disiez-vous tout de suite ! Antoine, allez vite avec ce garçon prévenir M. de Villecresne que je viens le chercher.

Au bout de cinq minutes, Jacques était auprès de la voiture, manifestant sa surprise et s'informant auprès de sa grand'mère du motif qui la conduisait à cette heure si loin de chez elle.

— Je suis venue vous prendre, montez vite.

— Pardon ! chère grand'mère, c'est impossible, il faut que je reste ici.

— Oui, je sais, mais c'est ce que je ne veux pas. Allons, dépêchez-vous, je suis pressée.

— J'ai une affaire indispensable à traiter avec

M. de Selves, chère maman ; je vous en prie, n'insistez pas.

— Je connais cette affaire, et je l'empêcherai d'aller plus loin.

Le duc regarda Léopoldine, qui lui fit un signe d'impuissance. Il hésitait : en demeurant à cette porte, il se donnait en spectacle aux laquais et aux passants ; en suivant la duchesse, il perdait une occasion qu'il ne retrouverait peut-être plus, même s'il revenait sur ses pas. L'intérêt était trop puissant :

— Je reste, dit-il très-fermement ; pardonnez-moi, madame la duchesse.

— Antoine, ouvrez la portière : je reste aussi, alors, je resterai plutôt jusqu'au jugement dernier.

— Mais, madame...

— Vous restez, je reste, tout est pour le mieux.

Elle descendit fort lestement et traversa le jardin, suivie du duc et de Léopoldine, heureuse d'une intervention qu'elle se défendait d'avoir provoquée néanmoins. Elle n'eût pas osé le faire, mais elle bénissait la main inconnue qui servait ses plus chers désirs.

En entrant dans le vestibule, la duchesse allait droit au salon ; le valet de chambre l'arrêta respectueusement.

10.

— Pardon ! madame, c'est par ici, dit-il en lui montrant la salle à manger.

— Ah ! c'est bien, répliqua-t-elle. Jacques et Léopoldine, passez. Je veux causer avec ce jeune homme, qui me paraît tout à fait agréable.

Dès qu'ils furent seuls, elle mit la main à sa poche.

— Écoutez, mon ami, votre maître est là, vous défendez l'entrée, c'est bien, c'est votre métier, je vous loue, bien loin de vous blâmer. Allez-vous en lui dire que la douairière de Villecresne est ici, qu'elle veut entrer et qu'elle fera la revue de la maison avant d'en sortir. Il me connaît, cela lui suffira. S'il a quelque Dulcinée, qu'il la cache et qu'il me reçoive, ce ne sera pas long. Faites bien votre ambassade, et vous vous souviendrez de moi.

Le domestique savait combien la duchesse était généreuse ; il se décida à frapper de nouveau chez son maître, comme nous l'avons vu.

# X

## CELA SE COMPLIQUE

— Qu'est-ce qu'il y a encore ? demanda Léonce impatienté. Ne peut-on me laisser tranquille aujourd'hui ?

— Monsieur, répondit le domestique, c'est M$^{me}$ la duchesse de Villecresne ; elle veut absólument entrer malgré moi ; je ne puis la mettre à la porte, et je ne sais comment faire.

— La duchesse ! s'écria Rosalba en devenant bleue. Ah ! mon Dieu ! on sait tout. Elle vient me chercher.

M. de Selves ne perdait pas si facilement la tête.

— Un instant, un instant, ma toute belle, nous allons voir cela. La duchesse ! c'est grave, j'en conviens, on ne s'en défera pas comme on voudra ; elle est capable d'entrer par la fenêtre ! Tout cela est une vraie fatalité. Qu'est-ce que je disais ! La voilà dans le jardin là-bas, elle va certainement venir par ici. Alors, les grands remèdes, suivez-moi vite.

Il ouvrit une porte cachée sous la tapisserie et la fit entrer dans un petit boudoir mystérieux, où sans doute plus d'un secret de ce genre s'était abrité déjà. Il tâcha de prendre l'air d'un homme qu'on dérange dans un travail de tête et qui descend des nuages pour arriver sur la terre, et alla au devant de M^me de Villecresne : elle s'approchait, en effet, par le jardin, et la saluant avec le plus profond respect, il lui fit ses excuses de l'avoir fait attendre et de la recevoir ainsi en habit de travail.

— Vous êtes fort élégant, monsieur, lui répondit-elle, votre habit de travail est votre habit de triomphe ; que pourrait-on demander de mieux ? D'ailleurs, ce n'est pas de cela qu'il s'agit. Entrons, je vous prie, et souffrez que j'appelle mon petit-fils.

— Je veux vous disputer ce plaisir, madame, permettez ! — C'est décidément un conseil de

famille, pensa-t-il, tenons-nous bien. Pour laquelle viennent-ils ?

Il conduisit la duchesse au salon, et voulut
l'y installer ; mais l'obstinée vieille femme avait
mis dans sa tête qu'elle entrerait au *sanctum
sanctorum*.

— Nous sommes très-bien ici, répondit-elle
en s'asseyant dans le cabinet, on y causera
mieux. Appelez Jacques.

Le duc et Léopoldine arrivèrent bientôt ; la
jeune artiste avait rapidement conté à Jacques
l'incident de la lettre et le reste, de sorte qu'il
était prévenu. Léonce affecta de recevoir le duc
avec une bonne grâce, une aisance, une affection même, qui firent mieux ressortir la froideur de celui-ci. Il se contenta de saluer et
de prendre une chaise à côté de sa grand'-
mère.

La présence de la duchesse rendait sa position délicate, il le sentait. Il ne pouvait s'expliquer devant elle ; elle allait certainement les
interroger, et que dire ? Il connaissait son
obstination ; rien ne la ferait changer d'idée,
elle voudrait savoir et elle était assez adroite
pour y parvenir.

— Eh bien ! maintenant, expliquez-vous, dit-
elle.

— Je ne demande pas mieux, répliqua Léonce, et j'attends.

Tout le monde était gêné, hors la douairière, qui ne se gênait de rien et qui allait toujours directement à son but. Léonce avait de plus la crainte d'être entendu par Rosalba et de lui apprendre ainsi ce qu'elle devait ignorer. Les tapisseries assourdissaient la pièce ; cependant, si la jeune fille écoutait, et elle écouterait, peut-être en saisirait-elle assez pour l'éclairer sur son sort.

— A la grâce de Dieu ! pensa-t-il.

— Jacques, reprit la duchesse, vous êtes chez M. de Selves depuis deux heures ; vous avez forcé sa porte, vous l'attendez, il doit y avoir une raison pour cela, dites-la sur-le-champ.

— Ma mère...

— Je ne suis pas de trop, je suppose ; ce n'est pas la douairière de Villecresne à qui on refusera les secrets de son petit-fils. Je puis tout entendre ; parlez.

— Ma chère mère, reprit le duc en essayant de se composer un sourire, il est certains sujets, il en est beaucoup même, qu'on ne peut traiter devant une femme, devant son aïeule surtout.

— Eh ! qu'est-ce que cela me fait ? Un vieil homme et une vieille femme, n'est-ce pas la

même chose ? Voilà où en est la véritable égalité
que l'on cherche tant en ce siècle-ci : elle est
devant la vieillesse et devant la mort.

— Je connais votre esprit supérieur, votre
grande âme ; pourtant...

— Des compliments et de sottes excuses !
monsieur de Villecresne, ce n'est pas là ce que
je vous demande. Encore une fois, j'attends ;
parlez !

Le duc commençait à s'impatienter. Les heures qu'il avait passées chez Léonce, l'obstacle
qu'il rencontrait, les réflexions qui l'assiégaient,
irritaient son caractère ; lui si calme et si maître
de lui ordinairement, il sentait l'orage s'avancer et son sang bouillir dans ses veines. Il se
leva brusquement, incapable de se contenir davantage.

— Il est vrai, ma mère, j'ai à entretenir
M. de Selves d'affaires sérieuses ; vous me permettrez d'attendre que je sois seul avec lui pour
m'en occuper.

— Ah ! bien. Léopoldine, mon enfant, allez
dans le jardin, s'il vous plaît, ou remontez
dans la voiture, cela vaudra encore mieux. Ne
vous offensez pas ; à votre âge on ne peut pas
tout entendre. C'est un beau défaut, vous vous
en corrigerez.

Léopoldine se leva sans rien dire ; son émotion et ses craintes étaient bien vives, cependant elle obéit ; l'idée de la résistance ne lui vint
même pas. Lorsqu'elle eut fermé la porte, la
duchesse se retourna vers les deux jeunes gens
avec une dignité si noble, si grave, si véritable,
qu'ils en demeurèrent frappés.

— Nous ne sommes plus que des Villecresne
ici devant leur adversaire. Si c'est une querelle,
j'ai le droit de la connaître. S'il s'agit de l'honneur de la famille, qui peut mieux que moi en
décider et le défendre ? J'exige donc que vous
passiez outre, messieurs. Je suis d'une époque
où les femmes armaient elles-mêmes leurs dé-
fenseurs, et je ne déchoirai ni de mon temps
ni de ma race.

— M. de Villecresne, je ne sais pas ce que je
puis avoir fait, répliqua Léonce, comprenant qu'il
devait intervenir ; j'ignore quelle est mon offense,
mais pour ma part, je ne refuse pas de vous
entendre devant madame la duchesse.

— Je comprends, monsieur, répondit vive-
ment le duc ; vous pensez que je ne dirai pas
tout. C'est un bouclier. Vous vous trompez cependant. Si j'entame la question, je la viderai jusqu'au bout, je vous en préviens. Si je brave la
présence de M^{me} de Villecresne, je la traiterai,

ainsi qu'elle le désire, en brave et loyal esprit ; je ne lui cacherai rien. D'ailleurs il faudra bien qu'elle l'apprenne, après tout.

— Dites, dites, monsieur le duc, je suis tout disposé à vous écouter, n'en doutez pas.

— Jacques, parlez, continua la duchesse, je vous l'ordonne. Aussi bien vous ne pouvez rien me cacher à présent. C'est quelques affaires de femme, je le devine.

— Oui, ma mère.

— M. de Selves vous enlève votre fiancée, c'est là ce que disait hier mon petit-fils, sans doute. Si ce n'est que cela, le malheur n'est pas grand. Abandonnez-lui cette sotte fille; épousez une personne de votre rang, dont la fortune sera moindre peut-être, mais dont la famille sera digne de vous. Il n'y a pas de quoi se fâcher. Cangé me laissera tranquille aussi, ce sera une sûreté de plus.

Le duc ne demanda pas l'explication de ces paroles, en présence de l'homme qui avait voulu perdre l'avenir de sa sœur, et qui l'avait si indignement trompée ; il ne fut plus maître de son indignation, et, se tournant vers la duchesse :

— Vous voulez tout savoir, ma mère, vous saurez tout. Écoutez.

Léonce se composa une contenance d'innocent sérieux et tranquille; il lui fallut une force extrême pour commander à son émotion, car toute sa vie allait se jouer en ce moment. Que dirait le duc ? Rosalba l'entendrait-elle? Cette incertitude était si terrible qu'il préférait la vérité, quelque dangereuse qu'elle fût. Il leva les yeux sur son adversaire et ne les baissa pas devant ses regards irrités. C'était un superbe comédien que M. de Selves.

— Ma mère, vous voyez cet homme, cet homme que vous et moi avons reçu chez nous avec confiance, avec amitié : il nous a récompensés par la trahison, il a voulu nous enlever ce que nous avons de plus cher, de plus précieux au monde, il a voulu perdre et déshonorer ma sœur !

— Blanche !

— Oui, Blanche, la pauvre chère créature, elle s'est laissé entraîner par son malheur vers la séduction si puissante de ce poëte, de cet homme de génie. Elle l'a aimée de tout son amour, elle a cherché un refuge près de lui contre le sort auquel mon père l'a condamnée, il lui a persuadé de tout quitter pour lui, de fuir sa maison, son mari, son frère ! Son frère ! répéta-t-il avec des larmes dans la voix. Elle l'a cru, elle est partie.

— Blanche ! interrompit la duchesse épouvantée, où est-elle ? Il nous la faut, monsieur !

— Rassurez-vous, ma mère, je l'ai retrouvée, jel'ai reconquise, je l'ai ramenée chez elle, et je l'ai arrachée à un malheur certain. Nous n'avons plus rien à craindre de ce côté.

— Ce n'en est pas moins une action infâme.

— Oh ! ce n'est pas tout ! Monsieur avait d'autres projets. Le même jour, à la même heure où je rendais ma sœur à sa famille, au moment où cette malheureuse enfant sacrifiait tout à l'amour de cet homme, il attendait et recevait M^{lle} Guérin dans un autre refuge, il lui proposait de l'enlever, il lui promettait le mariage, et, satisfait d'avoir obtenu de Blanche cette preuve de son empire sur elle, il l'abandonnait avec le mépris d'un sultan, à qui son esclave a cessé de plaire, pour choisir les millions de sa belle-sœur. Ainsi, il me prenait à la fois l'honneur, le bonheur de Blanche et M^{lle} Guérin, ma fiancée. Voilà, madame, ce que je voulais dire à M. de Selves, et vous, qui vous êtes érigée en tribunal, que dois-je faire à présent ? je vous le demande.

La duchesse avait écouté ces paroles avec un frémissement, avec une émotion qu'elle domina pourtant. Lorsque Jacques eut fini de parler, elle regarda Léonce, et levant la main vers lui comme pour l'adjurer :

— Cela est-il vrai, monsieur ?

La position de M. de Selves était terrible ; le mensonge devenait impossible ; désormais, le duc savait tout, il avait des preuves sans doute, Blanche avait parlé, elle avait livré ses lettres, elle s'était amèrement plainte, Rosalba avait fait quelque niaiserie de petite fille, il était pris des deux côtés, et les excuses n'étaient pas faciles à trouver, surtout avec la circonstance d'avoir derrière lui M<sup>lle</sup> Guérin, qui pouvait tout entendre. Il songea d'abord à écarter cet obstacle-là.

— Madame la duchesse, lorsque vous êtes entrée, je n'étais pas seul. Il y a ici une personne de trop ; si vous le voulez bien, nous passerons dans la pièce à côté.

— Ah ! je comprends, dit amèrement la duchesse ; c'est beaucoup, monsieur.

« Rosalba est ici, pensa le duc. Si cela est, il faut que le mariage se décide à l'instant. Voyons d'abord jusqu'où il osera aller. »

Il ne fit aucune difficulté, ils entrèrent dans le salon et Léonce referma soigneusement la porte sur eux. C'était un instant de plus pour se remettre et pour prendre un parti.

— Eh bien ! monsieur ?

— Eh bien ! madame, je ne chercherai pas à nier ce que M. le duc vient de dire. Si tout n'est pas vrai, il y a trop de vrai néanmoins pour que je puisse repousser entièrement cette accusation.

— Vous l'entendez, ma mère ?

— Je m'excuserai néanmoins...

— Vous y essayerez peut-être, mais...

— Et j'y parviendrai en partie, si vous daignez m'écouter sans colère.

— C'est difficile, monsieur.

— Oui, pour tout le monde, mais non pour le duc de Villecresne, le juste des justes, non pour l'esprit droit et ferme de madame la duchesse.

— Pas de flatteries, monsieur.

Léonce s'inclina.

— J'aime M^me Guérin, cela est vrai, et comment aurais-je pu m'en défendre ? Une charmante et malheureuse femme n'est-elle pas digne de toutes les adorations ?

— Si vous l'aimiez réellement, monsieur, si vous n'aviez cédé qu'à l'entraînement de votre cœur, on vous excuserait peut-être. Mais la tromper ! mais la trahir ! mais la mépriser !

— Je ne l'ai trahie, ni trompée, ni méprisée, monsieur. Je me suis sacrifié pour la sauver ; voilà tout.

— Sacrifié !

— Oui, sacrifié, monsieur, et plus que vous ne pouvez le croire, et, pour détourner les soupçons de son mari, pour la mettre à l'abri de sa colère, j'épouse sa belle-sœur, je l'épouse sans fortune.

— Sans fortune ! deux ou trois millions !

— Deux ou trois millions pour vous, oui, monsieur le duc ; pour moi, rien !

— Est-ce que vous espérez nous abuser par des romans incroyables ?

— Ce ne sont pas des romans, monsieur, c'est la vérité, la vérité tout entière. M. Guérin a déclaré ce matin à M^{lle} sa sœur, que, d'après le testament de son père, elle n'était riche qu'à la condition de devenir duchesse de Villecresne ; les millions ne peuvent être livrés que sur votre signature.

— Impossible !

Cependant Jacques pensait à la menace de Guérin.

— Demandez-le à M^{lle} Guérin, monsieur le duc, et demandez-lui aussi ma réponse ; vous apprendrez à me mieux connaître ensuite. J'ai eu un tort, je l'avoue, mais ce tort, d'après nos mœurs, n'est pas irrémissible : j'ai aimé M^{me} Guérin, je l'aime comme un fou ; j'ai voulu l'ar-

racher à son malheur, je l'ai respectée du moins ;
elle est pure comme les anges ; cet amour était
trop grand pour accepter un partage, elle ne devait m'appartenir qu'en m'appartenant tout à
fait. Lorsque j'ai vu ce projet s'écrouler, lorsque
des circonstances hors de toutes prévisions eurent
renversé mes plans et détruit mes espérances,
je ne songeai qu'à sauver celle que j'aimais tant.
Il se présentait une ancre de salut, je la saisis
d'autant plus ardemment qu'on ne pouvait m'accuser d'intérêt personnel, ce mariage ruinait
l'héritière. Demandez à M^{me} Guérin la lettre
qu'elle a reçue de moi ce matin même, vous
verrez si je mens en ce moment-ci, vous verrez
si tout cela n'est pas d'une exactitude incontestable, je m'en rapporte à elle seule.

Il y eut un moment de silence.

Le duc se leva ensuite, et alla vers sa grand'-
mère, placée à l'autre bout du salon.

— Madame, que dois-je faire ? demanda-t-il.

— Ce que votre cœur vous dictera, Jacques,
ce que votre conscience et votre honneur ordon-
neront.

— Monsieur, c'est moi qui refuse d'épouser
M^{lle} Guérin, entendez-vous ? J'ai donc quinze
cent mille francs de dédit à vous remettre. M^{lle}
Guérin ne vous viendra pas sans une dot.

— C'est bien ! répliqua la duchesse, c'est agir en homme de cœur et en grand seigneur ; mon fils, je n'en attendais pas moins de vous.

« Cet homme est véritablement grand, il est magnifique, pensa Léonce, je ne sais comment j'égalerai cela. Il *m'aplatit.* »

— Monsieur le duc..., dit-il tout haut.

Il s'inclina en prononçant ces mots, sans rien ajouter.

— Vous m'autorisez à parler en votre nom à M. Guérin ?

— Je suis confus de vos bontés, monsieur.

— Je ne doute pas que ce mariage ne s'arrange facilement et je vous souhaite le bonheur que vous désirez

Léonce était sûr que Rosalba l'avait éprouvé, il en était plus sûr que jamais ; la duchesse et surtout le duc devaient tout savoir. Guérin n'aurait pas gardé ce secret pour lui seul ; aussi triomphait-il en lui-même ; l'argent lui pleuvait de toutes parts. Jacques, même en découvrant la supercherie de la jeune fille, ne retirait pas sa parole, il en était incapable ; les quinze cent mille francs lui étaient donc assurés en outre de la fameuse dot contestée. Il n'osait ni ne pouvait montrer sa satisfaction, pourtant il triomphait en lui-même d'avoir si admirablement joué sa partie et se croyait sorti du plus horrible embarras où un homme puisse se trouver.

— Nous n'avons plus rien à faire ici, dit le duc, dont le sangfroid et la sévère dignité ne s'étaient pas démentis un instant : si vous le voulez bien, ma mère, nous rentrerons chez vous. Il n'est pas besoin de vous prier, monsieur, d'oublier désormais vos anciennes relations avec ma sœur, vous avez une trop haute intelligence pour qu'on ait à vous tracer votre conduite à son égard. Aussitôt votre mariage conclu, vous quitterez la France sur-le-champ, en sortant de l'autel ; vous resterez plusieurs années absent, et ensuite... nous nous reverrons.

La façon dont le duc prononça ces derniers mots annonça une arrière-pensée que Léonce comprit à merveille et qui promettait pour l'avenir des orages, écartés en ce moment par la prudence. La duchesse le comprit comme lui, elle se garda d'en faire semblant, et se leva pour partir.

— J'aurai l'honneur de vous apporter demain le consentement de M. Guérin avec celui de M<sup>lle</sup> sa sœur. Tout se terminera le plus vite possible ; en pareille occasion on ne saurait trop se hâter. D'ici à son mariage M<sup>lle</sup> Guérin entrera au couvent, c'est là que vous pourrez la voir, ni vous ni elle ne devez rentrer chez moi.

11.

Il salua avec une hauteur polie, marcha vers la porte, avança la main pour l'ouvrir, lorsqu'elle s'ouvrit toute seule, et il aperçut Rosalba, tout en larmes, qui, à son aspect et à celui de la duchesse, cacha son visage dans ses mains, éclata en sanglots et resta immobile sur le seuil.

— Qu'est-ce que cela ? s'écria la duchesse ; qui avons-nous ici ? Rosalba Guérin !

— Non, madame, répliqua le duc en essayant de lui prendre la main pour la faire entrer, c'est M$^{me}$ de Selves.

La duchesse fit un mouvement en arrière.

— Ma mère ! reprit Jacques d'un accent suppliant, ma mère !

— Oui, n'avez-vous pas pardonné, vous, mon cher et adorable fils ? Venez donc ici, madame de Selves, puisqu'il le faut, et ne pleurez point, tout est arrangé.

— Non, non ! s'écria Rosalba avec énergie, non, je n'épouserai pas ce misérable ! J'ai tout entendu.

— Ce misérable, Rosalba ! prenez garde à ce que vous dites ; ménagez l'homme dont vous devez porter le nom et que vous ne pouvez plus refuser, à présent moins que jamais ; songez où vous êtes, où nous nous trouvons.

— Qu'importe, madame la duchesse ; j'ai fait

une grande faute, une grande étourderie, j'en conviens, mais je ne suis rien à cet homme, mais je m'appartiens encore, grâce à Dieu, et si vous me rencontrez chez lui, c'est que nous devions partir ensemble, c'est que cette voiture que vous allez rencontrer à la porte devait nous emmener; je ne suis pas une fille perdue, croyez-le, et je n'eusse jamais oublié mes devoirs.

Léonce eût voulu être à cent pieds sous terre. Sa fortune croulait comme un château de cartes. Il maudissait la curiosité de Rosalba, qu'il espérait avoir trompée; mais la curiosité, surtout lorsqu'il s'agit du bonheur de toute la vie, ne se décourage pas si vite. Elle avait quitté sa cachette, elle était entrée dans le fumoir, de là, dans l'antichambre, et, en collant son oreille à la porte, elle avait entendu la conversation tout entière. Elle savait qu'elle n'était point aimée, elle savait qu'elle était choisie comme pis aller, et bien qu'elle ne fût pas douée d'une intelligence très-vive, elle devina la vérité.

L'amour a ceci de particulier qu'il ôte l'esprit à ceux qui en ont et qu'il en prête à ceux qui n'en ont point.

Dès lors son ressentiment ne connut plus de bornes : l'amour-propre froissé n'a point de pardon. Elle voulut sur l'heure confondre le coupa-

ble, et il fallait que ce sentiment fût bien fort
pour lui faire oublier la crainte de la duchesse et
la honte de paraître devant Jacques en semblable posture.

— Mademoiselle, essaya de dire M. de Selves,
vous m'accablez.

— Je ne vous accable pas, je vous démasque;
M. de Villecresne saura toute la vérité; il agira
ensuite selon sa justice.

— Ma chère Rosalba, reprit la duchesse, ne
vaudrait-il pas mieux retourner chez nous et
nous expliquer en famille? Ce n'est ici désormais la place d'aucun de nous; votre position
est grave, vous l'oubliez.

— Ma position est perdue, madame, je le
sais bien. Il ne me reste plus que la pitié de
mon frère, votre générosité et celle de M. le
duc, autrement je ne suis qu'une pauvre orpheline déshéritée, sans amis, sans protecteur sur
la terre, et grâce à cet homme!

— Du calme, mademoiselle, je vous en prie;
sortons, vous nous raconterez tout... et... je me
charge du reste.

— Je ne sortirai pas sans avoir tout dévoilé
en sa présence, monsieur le duc. Il me répondra
s'il le peut, s'il l'ose. Vous aviez dit vrai, il a
méprisé votre sœur, il l'a abandonnée parce

que je suis venue *hier matin*, vous entendez
bien, hier matin, m'offrir à lui avec ma dot. Il
était midi à peu près, un peu plus peut-être ;
c'était juste l'heure à laquelle Blanche quittait
pour lui son mari et sa famille. Qu'il me dé-
mente !

Léonce prit l'air impassible et moqueur de
M<sup>lle</sup> Mars dans la dernière scène du *Misanthrope*,
alors que chacun l'accuse, qu'elle ne veut pas
se donner la peine de se défendre, et qu'elle
montre à tous, par son silence hautain, le peu
de cas qu'elle fait de leurs reproches. Il ne
pouvait se renfermer que dans ce cercle, il avait
épuisé tous les autres.

Rosalba raconta ensuite, avec la même exaltation, la même véhémence, ce qui s'était passé
entre Léonce et elle, depuis la veille, son entrevue avec son frère, l'arrêt qu'il avait prononcé. Elle raconta comment M. de Selves
l'avait appelée le soir pour l'engager à partir le
matin même, comment elle avait consenti à
tout, le voyant si désintéressé et si amoureux.

— A présent, je le comprends ; j'étais sa défense, son alibi, ainsi que disent les juges ; il se
sauvait de vous par moi. Et si ce matin il m'a
acceptée, malgré la perte que je lui annonçais,
c'est qu'il y avait probablement quelque intrigue

ténébreuse dans ce désintéressement; peut-être même a-t-il cru que je l'abusais pour l'éprouver. Il ne m'aime pas, puisqu'il ne m'a jamais aimée. Oh! mon Dieu! quelle honte! ajouta-t-elle en se jetant dans les bras de la duchesse; emmenez-moi d'ici, madame, emmenez-moi maintenant que j'ai tout dit, je n'oserais plus lever les yeux devant vous.

Mᵐᵉ de Villecresne et les deux hommes étaient restés debout pendant cette scène. Elle ne songea plus qu'à entraîner son petit-fils, car elle prévoyait un dénouement terrible entre Léoncé et lui, et n'en voulait pas rendre témoin celle qui les conduirait à cet éclat. La retraite était le parti le plus sûr et le plus digne. Elle fit donc un signe de tête à M. de Selves, ces saluts de grande dame offensée, les plus impertinentes de toutes les insolences, et passa, entraînant Rosalba, qui cherchait à se cacher sous son voile.

M. de Villecresne les suivit, Léonce resta près de la porte, leur laissa faire quelques pas, les saluant avec une politesse affectée, il se promit de les accompagner jusqu'à la voiture, de traverser avec eux le jardin, afin d'avoir extérieurement les honneurs de la guerre.

La duchesse s'arrêta tout à coup avant d'avoir franchi le vestibule.

— Rosalba ne peut pas sortir d'ici devant mes gens, mon cher Jacques, emmenez ma voiture et retournez à la maison ; dans quelques instants je sortirai à mon tour, et je vous rejoindrai avec M^lle Guérin.

Le duc obéit sans faire une observation, sans prononcer une parole ; heureusement les valets de pied étaient retournés à la berline, lorsque Léopoldine y était revenue. Elle les avait trouvés dans l'antichambre, et l'idée lui vint qu'il valait mieux les éloigner.

Léonce s'approcha obséquieusement de la duchesse, lui proposa de rentrer au salon et de lui envoyer chercher un fiacre. Elle jeta sur lui un regard écrasant de mépris.

— Je vous trouve bien hardi d'oser m'adresser la parole, lui répondit-elle, je vous défends à l'avenir de me saluer dans la rue. J'attendrai quelques instants ici, et je vous prie de me laisser seule ; vous me faites horreur.

M. de Selves avait trop d'esprit pour rien répondre à une femme ; il lui fit un nouveau salut et se retira. Dix minutes après, M^me de Villecresne et Rosalba quittèrent sa maison.

# XI

## UN NID DE MOUSSE

M<sup>me</sup> de Villecresne était trop généreuse pour
accabler la pauvre Rosalba en un pareil moment.
Elle ne lui fit donc ni morale ni reproches, et
chercha au contraire à la consoler, à lui donner
une espérance qu'elle n'avait point. Elle était
pour son compte fort inquiète de tout ceci, par
rapport au duc ; elle le connaissait trop pour sup-
poser qu'il laissât pareille injure impunie, et
elle était elle-même trop gentilhomme pour le
conseiller.

Elle prit un fiacre à la première place venue,
se fit conduire à l'église et de là rentra à pied
chez elle. Son suisse n'en pouvait croire ses yeux.

— Vous êtes étonné, François, de me voir arriver ainsi. Je viens de chercher M^lle Rosalba au Sacré-Cœur, et l'envie de marcher nous ayant prises, nous avons choisi le chemin le plus long.

M^me de Villecresne, malgré son esprit et son expérience, tombait dans la faute habituelle à ceux qui craignent les observations et qui les préviennent ; il en résulta que le suisse se demanda pourquoi la duchesse, qui ne lui parlait jamais, lui rendait ainsi compte de ses actions. Les commentaires n'allèrent pas plus loin, mais c'était déjà trop.

M^lle Guérin se hâta de remonter chez elle et de redemander à Augustine la lettre qu'elle avait laissée.

— Mon Dieu, mademoiselle, je ne l'ai plus.

— Vous ne l'avez plus ! A qui l'avez-vous remise ?

— A M. Guérin.

— Il n'était pas l'heure.

— Sans doute, mademoiselle ; mais il est venu, il m'a interrogée, il m'a tourmentée. M. le duc, ce matin, avait déjà voulu savoir.... J'ai trouvé la responsabilité trop lourde et j'ai tout dit.

— Ah ! vous m'avez perdue.

En effet, le moyen maintenant de rien cacher

à Guérin ! Qu'allait-il advenir ? Elle n'avait plus
la force de le prévoir.

La duchesse entra dans la bibliothèque, où
elle espérait trouver Jacques. Elle ne se trompait
pas, il y était déjà, la tête dans sa main, réflé-
chissant et préoccupé. Il ne l'entendit pas entrer
même. Elle mit son bras sur son épaule et l'embrassa au front.

— Mon pauvre Jacques, lui dit-elle, tout ceci
est bien malheureux.

— Oui, madame, bien malheureux, en effet.
Ma sœur doit cruellement souffrir, et je ne puis
rien pour la soulager.

— Et Rosalba ?

— Hélas ! celle-là aussi.

— Et cet homme ?

Le duc devint rouge et pâle presque en même
temps.

— Cet homme ! oh ! cet homme !

— Pensez mûrement, mon fils, avant d'agir.
Un duel est grave, grave par son but et par ses
conséquences. Vous ne vous battez pas comme
Gaston, vous ! pour des fillettes ou pour des vétilles, et vous n'en seriez pas quitte pour une
saignée du docteur Naverin.

— Me battre ! un duel ! Je ne puis pas me battre avec M. de Selves, ma mère.

— Ah! dit la duchesse d'un ton surpris et presque froid, autrefois on se battait pour bien moins que cela.

M. de Villecresne sourit tristement.

— Je n'ai pas peur, madame, je ne reculerai pas et je ne vous ferai pas déshonneur, soyez tranquille.

— Je ne le crains point, mon enfant.

— Mais songez à la position. Pour quel motif me battre avec M. de Selves ? Pour mon mariage manqué ? me battre pour de l'argent ! Tout le monde sait que je n'aime pas Rosalba, que je l'épousais malgré moi : on n'y verra donc qu'une raison d'intérêt. Me battre à cause de ma sœur ? C'est la compromettre. Lui chercher une querelle d'Allemand ? Mon caractère est connu, on n'y croira point. On fouillera le dessous des cartes et on le trouvera facilement, après ce qui s'est passé hier et que vous ignorez.

Il raconta la scène de la rue de Babylone, l'intervention de Guérin et de Terrebrune, comment il avait sauvé sa sœur, et le dévouement de Léopoldine, puis il ajouta :

— Guérin surtout, dont les soupçons ont été éveillés, ne serait pas ma dupe, il devinerait tout, et ma pauvre Blanche n'aurait plus même un instant de repos dans sa misérable vie. Non, encore une fois, non, ma mère, je ne me battrai pas avec cet homme.

— Vous le laisserez donc impuni ?

— Impuni ! Soyez tranquille, sa punition viendra ; nous serons vengés, nous le serons d'autant mieux que nous aurons attendu davantage. Vous pouvez vous reposer sur moi.

— Je m'en rapporte à vous, entièrement à vous, Jacques. Je suis fort contrariée de ces gens que j'ai à dîner ; nous aurions besoin d'être en famille, de causer ; au lieu de cela, nous aurons des indifférents.

— Pardon ! ma mère, je ne vous aiderai pas dans cette tâche, je dîne avec Roland. Cela me reposera un peu de ces terribles vingt-quatre heures. D'ailleurs, cet enfant veut être ménagé, raisonné. Il prend les choses avec une violence qui m'effraye. Si je ne le surveillais pas il ne me laisserait plus maître de la position.

— Ah ! que le monde a souvent des obligations cruelles ! Combien de fois ai-je envié le sort des paysans qui peuvent montrer leurs chagrins et fermer la porte si cela leur plaît !

— Ma mère, chaque état a ses peines. Les paysans envient bien plus votre fortune que vous n'enviez leur liberté. Dieu l'a voulu ainsi

pour que nous ne soyons pas parfaitement satisfaits sur la terre.

Ils causèrent longtemps encore et le duc s'apprêtait à retourner chez lui, il avait besoin
d'être seul, lorsque Guérin entra dans la bibliothèque.

— Nous venons de rentrer avec votre sœur,
dit la duchesse.

— Avec ma sœur ! Où donc l'avez-vous
trouvée ?

— Au Sacré-Cœur, où j'ai été faire une petite prière, en revenant de quêter des dîneurs.

Une conversation indifférente coûtait à la duchesse des peines infinies, elle la soutint pourtant de façon à ôter à M. Guérin l'idée qu'elle
put être affectée des événements survenus dans
la famille. Il eût juré qu'elle les ignorait tous.

— Je vais m'habiller, dit-elle de la même
manière. M. Guérin, vous n'êtes pas des nôtres,
à ce que j'ai appris.

— Non, madame, ma femme est souffrante
et vous ne devez pas non plus la compter parmi
les convives. Elle sera seule, car vous dînez en
ville, Jacques, et moi je suis absolument obligé
de sortir.

— Léopoldine lui restera.

— Ah ! oui, Léopoldine...

Son visage prit une expression de contrariété, le duc ne fit pas semblant de s'en apercevoir.

M^me de Villecresne rentra chez elle, Jacques s'apprêtait à la suivre, M. Guérin le rappela.

— Vous n'avez rien de nouveau à m'apprendre ? lui dit-il.

— Rien encore.

Jacques voulait au moins attendre jusqu'au lendemain avant de toucher cette corde dangereuse, afin d'avoir sa soirée tranquille chez Suzanne.

— Ah ! c'est singulier !

— Qui peut vous faire croire...

— Rien. C'est une idée.

Avant de s'habiller, la douairière monta jusque chez Rosalba, afin de l'endoctriner un peu, de lui rendre du courage et de lui persuader qu'elle devait se présenter à table et déjouer ainsi les conjectures. Elle la trouva assise à la même place, abattue, sans force, sans raison.

— Habillez-vous, Rosalba, prenez sur vous, forcez votre volonté, ne restez pas ainsi; je vous en conjure.

— Que voulez-vous que je fasse à présent, madame ? mon frère sait tout.

— Votre frère ne sait rien. Je viens de le voir

dans son humeur ordinaire, il ne se doute de quoi que ce soit. Je lui ai dit que je vous avais ramenée du Sacré-Cœur, il n'a pas même essayé une observation.

— Vous ne connaissez pas mon frère, madame. Il sait tout, il a entre les mains une lettre de moi écrite... quand j'étais folle, et qui lui apprend ce qui allait se passer.

— Qui lui a donné cette lettre ?

— Ma femme de chambre, croyant bien faire.

— C'est un accès de vertu arrivé mal à propos.

— Il est venu depuis qu'il est rentré, il ne m'a pas dit un seul mot de ma lettre, et je vous le dis, il médite quelque méchanceté atroce contre moi, contre tout le monde. Il est bien inutile que je me défende, il viendra toujours à bout de me vaincre.

— Résistez, au moins. Ayez de l'énergie, vous avez commis une faute, rachetez-la, expiez-la. Il faut que vous paraissiez, il le faut.

— Regardez mes yeux, regardez mon visage, ne donneront-ils pas plus de soupçons mille fois? Laissez-moi seule, je vous en prie, madame, laissez-moi pleurer sur moi-même. Je n'ai plus qu'à me jeter dans un couvent.

— Nous verrons cela. Mais vous n'avez pas

d'énergie, mon enfant, et il en faut dans la vie, aux femmes surtout.

Cependant M. de Villecresne, après s'être débarrassé de Guérin, remonta à son appartement pour y attendre M. de Malagne. Il avait grand besoin de se reconnaître, de se reposer. La première pensée qui traversa son esprit, qui fit battre son cœur, fut celle de sa liberté. Il allait voir Suzanne, il allait le lui apprendre, il allait savourer près d'elle un avant-goût du bonheur qui l'attendait et se consoler par avance de ce qu'il avait souffert.

— Ma Suzanne, se disait-il, ma bien-aimée. Elle seule peut rendre à ma vie le charme qu'elle a perdu. Auprès d'elle ma sœur chérie reprendra le calme et la tranquillité, elle vivra enfin, elle se reposera entre nous deux. Je serai heureux, je dois l'être.

Mais un devoir terrible lui apparut, il le vit se dresser devant lui comme un fantôme. L'homme qui avait foulé sous ses pieds l'honneur d'une famille et l'avenir d'une femme, ne devait pas vivre, et c'était à lui de le punir.

— Ah ! le bonheur n'est qu'une chimère, pensa-t-il. Essayons au moins de le saisir, de l'arrêter quelques instants, ce sera toujours cela de gagné sur mon grand ennemi : le sort !

12

Roland arriva. Son visage était si défait, si pâle, qu'il faisait pitié à voir. Le duc lui tendit la main en silence, le jeune homme la prit sans la serrer.

— Qu'avez-vous à m'apprendre, Jacques ?

— Rien que vous ne sachiez, Roland.

— Avez-vous pris quelque résolution ? Vous vous souveniez que si demain matin vous n'avez rien décidé encore, je reste libre d'agir comme il me convient ?

— A la condition que vous le voudrez encore lorsque vous m'aurez entendu. Pauvre Roland !

— Oui, pauvre Roland ! qui en viendra à douter de tout.

— Même de moi ?

Il réfléchit un instant.

— Eh bien ! non. Je crois que je ne douterai jamais de vous.

— Merci pour cette bonne parole, elle rend ma tâche plus facile ; nous nous entendrons.

— Pourvu que vous ne m'ôtiez pas l'espoir qui seul me fait vivre.

— Écoutez-moi, mon ami ; nous allons dîner chez Suzanne, terminons cette question avant de la voir.

— J'y consens.

— Vous avez confiance en moi, vous venez de le dire ?

— Oui.

— Vous me savez un homme d'honneur ?

— Certes, oui.

— Eh bien, je vous jure sur ma parole d'honneur que ni vous ni moi ne pouvons nous battre avec Léonce sans perdre Blanche à jamais.

— Alors je l'assassinerai !

— Je vous donne encore ma parole et je vous engage mon honneur qu'elle sera vengée, qu'elle le sera comme elle doit l'être, sans que personne au monde, excepté vous, Léonce et moi, puisse soupçonner cette vengeance.

— Comment cela ?

— Je ne sais, je trouverai le moyen ; la vengeance est boiteuse, mais plus elle arrive lentement, plus elle est sûre.

— Comment vivrai-je d'ici là ? Attendez-vous de moi que je rencontre de Selves et que je lui tende la main ? Vous êtes patient, Jacques, moi je ne le suis pas. Vous êtes offensé dans votre honneur, peut-être dans votre tendresse pour votre sœur, mais moi !...

Jacques eut sur le bout des lèvres de lui répondre :

— Dans votre amour-propre.

Il se contint pour ne pas l'exciter davantage.

— Moi, c'est ma vie, c'est mon bonheur, c'est mon rêve, c'est tout mon avenir. Cet amour si pur, que je vous l'avais avoué, à vous son frère, à vous si sévère et si pointilleux en tout ce qui touche à la réputation des femmes, cet amour, c'était mon espérance de ce monde et de l'autre. Et je l'ai perdu, il me l'a enlevé ! Et je ne puis voir qu'un ange tombé dans cette madone tant adorée ! Je ne puis plus l'aimer comme je l'aimais, elle est redevenue une femme ; ce n'était pas une femme que j'adorais à genoux, c'était l'idéal.

— Ah ! mon pauvre Roland, vous avez singulièrement peuplé votre existence ! vous ne voulez pas vivre avec nous, comme nous. Vous aviez emprunté les ailes d'Icare, vous deviez retomber comme lui de vos nuages.

— Vous ne me comprenez pas, Jacques, personne ne me comprend, voilà pourquoi je reste si souvent seul dans mon ermitage là-bas. Je puis au moins me créer un monde à ma fantaisie sans qu'on me contredise.

— Après bien des discussions et des prières, Roland finit par se rendre aux raisons de Jacques. Il s'engagea à remettre tout entre les mains de son ami, jusqu'au moment où il lui serait démontré qu'il était impuissant à obtenir la vengeance, ou qu'il avait renoncé à la poursuivre.

— J'ai une dernière grâce à vous demander, Jacques, et vous ne me la refuserez pas, pour prix de ma docilité à vous obéir.

— Je vous le promets.

— S'il se peut que je sois associé à cette œuvre de justice, ne m'oubliez pas, et ne faites rien sans moi, je vous en prie.

— Je vous le promets. Maintenant, allons chez Suzanne, elle nous attend, et je brûle de la retrouver.

Ils arrivèrent bientôt rue de Babylone. Il faisait froid, bien que l'on fût au commencement du printemps. Depuis plus de deux heures, elle était assise devant le feu dans un petit salon, celui où était placé son portrait, écoutant les moindres bruits et croyant toujours entendre la sonnette qui annoncerait Jacques.

Vêtue d'une robe de chambre de satin gris-perle, piquée à petits carreaux du haut en bas, dessus et dessous avec une doublure, et des revers de satin rose, elle était ravissante de grâce et de beauté. La joie dont son âme était inondée se reflétait sur sa physionomie; elle rêvait un avenir plein de charmes et de délices, un avenir d'amour, de bonheur, de

12.

dévouement aussi, car pour certaines natures
le dévouement est le premier des bonheurs.

Enfin il arriva, enfin elle le vit entrer dans
ce petit temple où, depuis si longtemps, l'en-
cens brûlait en son honneur. Elle courut à lui,
lui tendit sa main qu'il baisa, et la regardant
avec la joie dans le cœur et dans le sourire :

— Ma Suzanne ! ma Suzanne, répétait-il.

— Vous voilà donc, méchant déserteur, qui
me laissez dans une si vive inquiétude ! pourquoi rester si longtemps loin de moi !

— Hélas ! mon amie, parce qu'il a fallu donner ma journée à de pénibles soins.

— Où en êtes-vous ?

— Je vais vous le dire, laissez-moi vous regarder encore.

— Jacques, ce sont de bonnes nouvelles, je
les lis sur votre visage.

— Pour nous, oui, mais pour eux !...

— Ah ! n'en parlons pas ce soir, soyons heureux, si nous pouvons l'être ces quelques instants encore, et laissons les chagrins dehors,
ils rentreront demain. Le voulez-vous ? Nous
allons dîner d'abord. Et vous, mon cher Roland, vous qui nous aimez tous les deux et
que nous aimons comme un frère, jouissez de
notre bonheur, il est à vous comme à nous-

mêmes. Vous nous avez tant vus souffrir !

— Ah ! oui, bien souffrir, chère Suzanne, mais il n'en sera plus question.

— Plus du tout.

Elle approcha une table toute prête, toute dressée, qui attendait dans le cabinet, afin de dîner auprès du feu, servis par la femme de chambre de M<sup>lle</sup> Devert, son unique confidente. C'est un des grands plaisirs de l'amour que ces repas bien à l'aise, dans un nid bien chaud, où l'on mange doucement, où l'on cause le cœur sur les lèvres, où l'on rit de ce que l'on pense autant que de ce que l'on dit. Là, ni gêne, ni étiquette ; là, la vraie liberté, celle que les bons esprits chérissent et qui ne ressemble pas à la licence, dominée qu'elle est par le savoir-vivre naturel aux natures d'élite.

— Vous voilà donc libre, bien libre, cette fois, mon beau duc, il n'y a plus à y revenir.

— Non, ma chère Suzanne, c'est une affaire conclue.

— Et bientôt payée quinze cent mille francs.

— Est-ce vrai, Jacques ?

— Parfaitement.

— Vous payez le dédit ?

— Je le payerais double, si on me le demandait ; il m'en resterait encore assez pour être heureux avec la femme de mon choix.

— Comme vous y allez, monsieur ! Point de folles dépenses, ne vous ruinez pas, s'il vous plaît.

— Vous êtes riche, vous, Suzanne, j'en suis sûr.

— Je suis heureuse que vous m'en parliez, monsieur, c'est pour la première fois au moins.

— Je n'en avais pas le droit.

— Et à présent ?

— A présent... je l'ai pris, je le garde, je ne le donnerai à qui que ce soit, pas même à vous, madame la duchesse de Villecresne.

— Est-il bien possible ? ce beau nom sera le mien, ce nom qui est le vôtre, Jacques !

— Ce nom que ma mère a si bien porté, ma Suzanne, je serai fier de vous le voir porter après elle.

— Oh ! mon Dieu ! que je suis heureuse ! que je vous remercie ! Qu'ai-je donc fait pour que vous me protégiez ainsi ?

Il y eut un moment de silence où les cœurs satisfaits s'entendent sans se parler. Suzanne essaya de le rompre : ils n'étaient pas seuls, et le pauvre Roland souffrait, lui !

— Voyons, monsieur, arrangeons notre vie, s'il vous plaît, pour le moment où je serai duchesse.

— Arrangeons, je ne demande pas mieux.

— D'abord, je le serai incognito, tant que Dieu vous conservera cette noble douairière, à laquelle je ne causerai jamais le chagrin de me voir occuper la même place qu'elle.

— Nous ne serons donc heureux d'abord que devant Dieu, ma Suzanne ! Pourvu qu'il nous voie et qu'il nous bénisse, qu'avons-nous besoin des hommes ? Que sont-ils pour nous ?

— Avec quelle joie je renoncerai à mes succès, à mes couronnes, pour vous les offrir ! Quel beau feu de joie je ferai de mes habits de théâtre !

— Non, mon amie, vous les vendrez, et le prix en sera donné à quelque orphelin qui priera Dieu pour vous.

— Toujours une généreuse pensée ! Nous irons à Villecresne, n'est-ce pas ? Je veux voir Villecresne, ce manoir si beau, si ancien, si plein de souvenirs !

— Nous nous marierons à Villecresne, ma bien-aimée. Nous irons avec Roland, il sera le seul témoin de notre bonheur, avec mon valet de chambre. J'ai là un vieux chapelain mon ancien précepteur, qui nous donnera la bénédiction nuptiale dans ma chapelle, auprès des tombeaux de mon père et de ma mère ; c'est là aussi que nous reposerons un jour tous les deux.

— Le plus tard possible, mon très-cher, s'il vous plaît. Et ce mariage se fera-t-il bientôt, le pensez-vous?

— Bientôt, mon amie; il faut que ce soit bientôt, j'ai soif du bonheur, je l'ai tant attendu !

— Roland, mon pauvre Roland, vous ne vous mêlez pas à nos projets, vous ne nous aimez donc pas?

— Mes amis, je vous aime, je vous aime de toute mon âme; pardonnez-moi, si je ne mêle pas ma voix aux vôtres, je ne puis croire au bonheur, je ne puis croire qu'il y ait des gens heureux sur la terre, je ne puis croire que vous le soyez jamais vous-mêmes.

— Ah ! taisez-vous ! dirent-ils tous les deux en même temps.

— Je ne sais, continua-t-il, est-ce crainte, est-ce pressentiment ? il me semble qu'un malheur plane sur nous, qu'il arrivera un événement inattendu, sinistre, épouvantable. Vos plans d'avenir me feraient pleurer. Ne me parlez donc pas, ne me forcez pas de répondre, je vous attristerais, j'effleurerais vos roses.

— Roland, vous êtes un mauvais prophète, je ne vous écoute pas.

M. de Villecresne essaya de rire, le rire se glaça sur ses lèvres. Suzanne vint s'asseoir à ses pieds, sur un tabouret, et l'apaisa par ces divins enfantillages de l'amour, qui tiennent tant de place dans la vie et qui consolent de tout ce qui n'est pas eux.

Ils restèrent, ainsi, isolés de toute la nature, oubliant le pauvre Roland, qui souffrait auprès d'eux et qu'ils ne voyaient plus. Les heures passèrent, la nuit avançait, Roland les rappela à eux-mêmes, il fallut partir. Les deux jeunes gens reconduisirent Suzanne chez elle ; elle voulait jouer le lendemain, elle avait fait promettre au duc de venir, de se mettre à l'avant-scène, afin qu'elle pût le voir.

— J'y conduirai Blanche, lui dit-il ; je lui parlerai peut-être. Je veux que vous l'aimiez et qu'elle vous aime. N'allez-vous pas être sœurs ?

M. de Villecresne rentra chez lui fort tard, tout dormait dans l'hôtel, excepté M. Guérin. Il aperçut la clarté d'une lampe dans son cabinet de travail et il ne put s'empêcher de s'étonner de cette veille prolongée.

— Qu'a donc Guérin, se demanda-t-il, et pourquoi travaille-t-il ainsi à cette heure ?

# XII

## UN TISSU INEXTRICABLE

M. de Villecresne ne dormit guère : le bonheur, le bonheur inquiet surtout, n'a pas de sommeil.

Dans la vie ce n'est jamais ce qu'on suppose qui arrive. Il y a toujours une feuille du livre de l'avenir que nos prévisions ne peuvent déchiffrer et qui contient notre destinée.

A huit heures du matin le valet de chambre de Guérin vint lui demander, de la part de son maître, s'il pouvait le recevoir.

— Dites à M. Guérin que je l'attendrai dans une demi-heure.

Une sorte d'instinct l'engageait à repousser cette conversation. Il prenait un peu de répit

13

pour réunir ses forces, dont il ne devait pas avoir besoin, se disait-il cependant.

Il rappela l'image et le souvenir de Suzanne, et se remit un peu de baume dans le cœur. Malgré lui cette image s'envolait, ou ne lui apparaissait que voilée de larmes

— Décidément je suis fou! pensa-t-il, et me voilà croyant aux pressentiments comme une femme.

Jacques se promena dans son appartement, ouvrit sa fenêtre, regarda les jardiniers qui paraient le gazon, leur adressa la parole, essaya de tout enfin, sans parvenir à calmer ses esprits.

On frappa à sa porte, Guérin entra.

Guérin habillé déjà tout en noir, l'air solennel et sombre, le visage composé. M. de Villecresne le connaissait, et son premier coup d'œil justifia ses craintes. Il vit le malheur qui s'avançait, sans deviner encore de quel côté il frapperait, mais la pointe touchait son cœur.

— Bonjour, Agénor, dit-il en grimaçant un sourire. Vous voilà levé et prêt à sortir de bon matin.

— Je ne sors pas, Jacques, répondit le financier d'un air solennel.

— Ah! vous ne sortez pas! Vous attendez des visites alors?

— Je ne compte recevoir personne.

— Et c'est pour venir chez moi que vous vous êtes fait si magnifique, d'un côté de l'escalier à l'autre ! Ma grand'mère ne vous reconnaîtrait plus, elle penserait que vous avez trop profité de ses leçons.

— Ne riez pas, Jacques, nous avons à parler d'affaires sérieuses.

— Ce n'est pas une raison pour nous faire sérieux nous-mêmes. N'y a-t-il pas toujours un côté drôle dans la vie ?

— Il n'y en a guère pour nous en ce moment, du moins je ne le vois pas. Voulez-vous donner ordre à vos gens de ne laisser entrer qui que ce soit ? je vous prie.

— Très-volontiers.

— Allons dans votre cabinet, si cela vous est égal, on y est plus en sûreté contre les indiscrets. En laissant la porte ouverte et en fermant celle de votre salon, nous serons tranquilles, personne ne nous écoutera.

— Quelles précautions, mon cher Guérin.

— Quand vous m'aurez entendu, vous trouverez qu'on n'en saurait trop prendre.

— Dans mon cabinet, soit ! et voyons ce que ce portefeuille noir et sombre m'apporte de si épouvantable.

Le duc sonna, donna ordre à son valet de
chambre de ne le déranger pour personne, fût-
ce pour M^me la duchesse elle-même, de rester
dans l'antichambre et de défendre sa porte
contre toutes les interruptions

— Maintenant, mon cher ami, tout à vous.

Il fit un geste de courtoisie à Guérin, le fit
passer devant lui, et arrangea la mise en scène
telle que celui-ci l'avait souhaité.

Lorsqu'ils furent assis près du bureau sur lequel Agénor déposa le portefeuille, M. de Villecresne lui dit :

— A vos ordres, mon cher.

— J'ai à remplir une tâche pénible, mon
cher duc ; j'espérais que Dieu me l'épargnerait,
mais il ne l'a pas voulu. Je vais vous affliger
cruellement, et cela me coûte beaucoup, en vérité. Je veux encore espérer que je me trompe
et que tout s'arrangera pour le mieux. Cela va
dépendre de votre réponse à ma question. Êtes-
vous toujours décidé à épouser ma sœur?

— Mais...

— Il faut me le dire, me le dire franchement,
car le moment de la franchise est venu. Il faut
me raconter ce que j'ignore et que je soupçonne ;
nous ne pouvons plus rien nous cacher, et je
vous donnerai l'exemple.

— J'attendrai donc que vous commenciez.

— J'ai parlé à Rosalba hier matin, Jacques ; elle vous a refusé.

— Il me semble alors que ma répouse est toute faite : je n'épouserai pas M<sup>lle</sup> Guérin malgré elle.

— Vous avez oublié ce que je vous ai dit, mon pauvre Jacques, dans notre dernière entrevue. Malgré elle et malgré vous, *il faut* que vous l'épousiez.

— Alors pourquoi me demander si je le veux ?

— Et les procédés !

— A mon tour, je vous dirais, Guérin : Ne rions pas, la chose est sérieuse.

— Vous n'en êtes encore qu'au portique. Vous souvenez-vous de mes paroles ?

— Je les ai prises, je vous l'avoue, pour des forfanteries et des menaces en l'air, je n'y ai point attaché d'importance.

— Vous avez eu tort, mon cher duc. Un homme qui dit à un autre : Si vous n'épousez pas ma sœur, je la ruine et je vous déshonore, doit croire qu'on le prendra en considération.

— Ruiner votre sœur, vous le pouvez peut-être, mais me déshonorer, je vous en défie.

— Ne défiez rien, mon frère. Vous allez voir. Commencez d'abord par lire ceci.

C'était la lettre de Rosalba, adressée à Gué-

rin, dans laquelle elle lui disait qu'elle avait fait
son choix, qu'elle partait avec son fiancé, que
ce fiancé l'aimait assez pour l'accepter pauvre,
qu'elle en était sûre et que lui-même n'en serait
pas étonné lorsqu'il saurait que ce fiancé était
M. de Selves.

— Comment ! on vous a remis cette lettre, et
vous n'avez pas couru chez M. de Selves !

— J'y ai couru ; on m'a répondu qu'il n'y
avait personne ; que vous et la duchesse étiez
venus. La duchesse a ramené Rosalba du Sacré-
Cœur, j'ai compris ce que cela voulait dire.
D'ailleurs, je n'étais pas inquiet, j'étais bien sûr
qu'elle reviendrait.

— Comment cela ?

— Léonce n'enlevait que la dot, et, la dot dis-
parue, qu'aurait-il fait de la fille ?

Guérin, malgré sa lourdeur et sa nullité, avait
des éclaircies incroyables lorsqu'il s'agissait de
ses intérêts. Il connaissait admirablement le
cœur humain à propos de l'argent, et ne manquait pas d'un certain savoir-faire et même
savoir-dire en certaines circonstances qui s'y
rapportaient.

— Mais votre sœur était perdue cependant.
Plus d'avenir pour elle après une semblable démarche.

— N'étiez-vous pas là ?

— Moi ! Vous comptiez sur moi, vous croyez que...

— N'achevez pas, Jacques, je ne vous permettrais pas d'insulter ma sœur, et vous ne vous consoleriez pas d'avoir ajouté un mot injurieux au nom de votre prétendue.

— Vous êtes fou, Guérin, vous l'êtes mille fois ; vous devriez cependant savoir que je ne puis pas, que je ne dois pas épouser une femme qui en aime un autre et qui l'a prouvé aussi évidemment.

Guérin leva légèrement les épaules.

— Dites-moi d'abord, de Selves a refusé ma sœur ?

— Non.

Et ce mot échappé Jacques eût voulu ne l'avoir pas dit. Il en comprit sur-le-champ la conséquence.

— Pourquoi alors ne m'a-t-il parlé de rien ?

— C'est parce que... parce que M<sup>lle</sup> Guérin a changé d'avis.

— Impossible.

— Elle a découvert le rendez-vous de la rue de Babylone, vous savez...

— Ah ! oui, Léopoldine ! Comment cela s'arrange-t-il de ce côté ?

— Elles ont tout appris l'une et l'autre, et elles se sont retirées toutes deux.

— Quelle fierté après s'être tant compromises ! elles ne devraient pas être si difficiles, Léonce a fait son métier. Mais ce n'est pas de cela qu'il s'agit. Léopoldine restera fille, tant pis pour elle ! et vous épouserez ma sœur.

— Achevez ce que vous avez à m'apprendre, et que cet entretien se termine, il me pèse trop.

Guérin ouvrit lentement le portefeuille et en tira deux paquets.

— Voici votre destinée, monsieur de Villecresne, voici qui vous fera comprendre l'autorité que je me suis adjugée. Je parle au nom de votre père et du mien. Regardez !

Sur l'un des paquets se trouvait écrit de la main de M. Guérin :

« Pour mon fils Agénor. »

Et sur l'autre, de la main du feu duc de Villecresne :

« Pour mon bien-aimé Jacques. »

— Commençons par celui-ci.

Il remit à M. de Villecresne la lettre de feu M. Guérin.

— Lisez, ajouta-t-il.

Jacques ouvrit l'enveloppe déjà décachetée, et il trouva ces mots :

« Mon cher Agénor, lorsque tu rompras le sceau de cette lettre, c'est que le moment sera

venu de suivre les instructions que je t'ai données. Tu trouveras les papiers en question chez
mon successeur, ils sont à ton adresse, mais
ils ne sortiront de l'étude que sur des renseignements précis. Ou on te les remettra en présence de M. de Villecresne, s'il épouse ta sœur,
ou le notaire les enverra directement à la personne qu'ils intéressent, si le mariage n'est
pas conclu, lorsque Rosalba aura atteint sa
vingtième année. Ni toi, ni lui, n'ouvrirez le
paquet portant sur une seconde enveloppe le
nom de la personne à qui je le destine, mais
cette personne, tu la connais, et M. de Villecresne la connaîtra en lisant la lettre de son
père. C'est à toi de faire exécuter ma volonté.
Je te le recommande du fond de ma tombe, et si tu
y manquais, que ma malédiction tombe sur toi ! »

— Qu'est-ce que cela signifie, mon Dieu ? demanda le duc, qui commençait à s'effrayer.

Guérin lui présenta la lettre du feu duc de
Villecresne :

— Ceci vous expliquera tout.

La lettre était cachetée encore, cachetée par
son père, à ses armes, Jacques eut un moment
de tristesse affreux en revoyant cette écriture,
ce sceau qui était devenu le sien. Son père qu'il
avait tant aimé, son père qui avait déjà fixé sa

13.

destinée d'une manière si cruelle, lui parlait
encore du fond de sa tombe et venait de sa main
glacée déchirer son bonheur. Avant de briser
la cire il hésita.

— Que vais-je apprendre ? dit-il ; Guérin, que
vais-je apprendre ? c'est bien terrible, n'est-ce
pas ?

Guérin fit un mouvement de tête et ne parla
pas.

Jacques rappela son courage et fendit brusquement l'enveloppe, qu'il jeta loin de lui.

« Mon fils ! ô mon fils ! quand je pense à ce
que vous allez lire, quand je pense que, moi
votre père, je vais vous prendre pour juge et
vous dévoiler un secret qui m'enlèvera votre
estime, qui vous fera maudire ma mémoire, je
suis prêt à repousser cette pénible tâche et à
laisser à la Providence le soin de diriger selon
son gré les événements. »

Jacques s'interrompit.

— Je n'en veux pas savoir davantage, je ne
veux rien apprendre qui puisse flétrir en moi
le souvenir de mon père. Je brûlerai ce papier
tout à l'heure,

Guérin reprit la lettre du vieux notaire, et
pour toute réponse, relut ce passage :

— « Si le mariage n'est pas conclu lorsque

Rosalba aura atteint sa vingtième année, les pièces seront envoyées à qui de droit. »

— Que vous ai-je fait, mon Dieu ?

Il cacha sa tête dans ses mains, car ses yeux se mouillaient de larmes, et il ne voulait pas pleurer devant Guérin. Après un instant de réflexions et de repos, il reprit :

— Achevons donc ! puisqu'il le faut.

« Pardonnez-moi, mon fils, pardonnez-moi, car je fus bien coupable, car j'ai commis une de ces actions que rien n'excuse chez un homme de mon nom : j'ai déshonoré ce nom, qui est le vôtre, celui de votre sœur et celui de votre adorable mère, qui, du haut du ciel, où elle est maintenant, m'a tout pardonné, j'en suis sûre. Hélas ! la rejoindrai-je ! »

Jacques s'arrêta un instant encore : l'idée que Guérin connaissait ce secret horrible lui donna un frisson qu'il ne put réprimer. Il lisait bas, il sentait le regard d'Agénor fixé sur lui, épiant ses impressions et sa douleur. Il se composa une contenance d'homme fort, cependant il succombait.

« Maintenant l'aveu le plus difficile est fait ; vous êtes prévenu, mon enfant, vous savez que l'honneur de votre père est entre vos mains et qu'il dépend de vous de le perdre ou de le sauver.

» Il me reste à vous instruire de ce qui s'est passé et de ce que j'attends de vous. Je vais r'ouvrir ma plaie cicatrisée depuis longtemps, car ces événements sont anciens, ils seront oubliés lorsque vous lirez ces lignes, et cependant ils laissent encore suspendus sur votre tête innocente l'épée de Damoclès.

» Vous savez que j'ai émigré de bonne heure, emmenant avec moi mon vieux père, ou plutôt emmené par lui. Il ne pouvait accepter la chute de la monarchie, il ne voulait pas voir la noblesse humiliée et le roi jeté à bas de son trône. Nous allâmes en Angleterre, emportant une fort légère somme, avec l'imprévoyance de ce temps-là. Nous ne croyions pas au *sérieux* de la révolution. Nous étions convaincus que sous un bref délai le peuple lui-même nous rappellerait et que l'on ne pouvait se passer de nous.

» Le notaire Guérin avait en main les intérêts de notre maison. Il jura à mon père qu'il y veillerait, et en effet il y veilla avec un désintéressement digne d'éloges. Lors de la vente des biens nationaux, il acheta Villecresne, il acheta toutes les propriétés que nous laissions derrière nous, notre hôtel à Paris, en nous prévenant, par une voie sûre, que c'était pour nous les conserver.

» Mon père se montra fort satisfait, et il avait coutume de dire :

» — Les deux plus honnêtes hommes du royaume sont le roi Louis XVI et le notaire Guérin.

» Celui-ci nous fit passer chaque année, au risque de sa vie, de quoi subvenir à notre existence, de sorte que nous ne manquâmes jamais de rien.

» Le reste des revenus s'agglomérait, M. Guérin les faisait valoir et les augmentait avec une telle intelligence, qu'à notre retour, en 1814, nous trouvâmes une somme suffisante pour lui rembourser le prix de nos biens, et encore de quoi parer aux grandes dépenses que nécessita notre établissement à la cour, où j'occupais, vous le savez, une position des plus élevées.

» Tout était en ordre, tant dans notre hôtel que dans nos châteaux, les réparations faites, les meubles conservés, les tableaux et les objets d'art où nous les avions laissés. Nous ne pouvions en croire nos yeux, et nul, parmi les émigrés, n'eut certainement plus de bonheur que nous.

» M. Guérin, à force d'administrer ces biens, d'habiter l'été le château de Villecresne, s'y attacha outre mesure. L'idée de rendre tout cela était pour lui un supplice incessant, et cependant sa probité l'y contraignit.

» Nous avions quitté l'Angleterre pour le Danemark ; des querelles de parti nous séparèrent des émigrés de Londres, après Quiberon, d'où j'eus la chance de m'échapper sain et sauf. Nous nous étions fixés à Altona et l'on vint nous dire un jour qu'une dame française émigrée, avec un jeune garçon, étaient fort malheureux depuis longtemps, l'enfant était malade et la mère manquait de tout.

» Mon père alla la voir ; il fut très-surpris en reconnaissant la princesse de Cangé, veuve, avec le jeune prince son fils. Ils s'étaient connus à Versailles, dans d'autres circonstances. Mon père s'empressa de leur porter secours ; il vint les voir, il les rassura, il les consola, partagea avec eux notre bien-être et finit par épouser la princesse, très-bonne femme, comme vous savez, et dont nous n'avons eu qu'à nous louer tous jusqu'ici.

» Une fois mon père remarié, je le quittai, non pas que ce mariage me déplût, mais depuis longtemps je désirais ma liberté, et je saisis promptement cette occasion de la prendre. La duchesse me comprit et m'aida à persuader mon père pour se faire aimer de moi. Son fils avait quinze ans, j'en avais vingt-deux ; c'était une petite différence qui disparaîtrait davantage en vieillissant.

» — Allez à Vienne, me dit-elle, faites-vous-y des amis et des protecteurs, et puis nous irons vous rejoindre, ou, si votre père tient à ses habitudes, je vous enverrai mon fils ; dans deux ans il commencera à s'ennuyer ici.

» Je partis, bien recommandé par mon nom et par mes alliances ; je portais alors, comme les aînés de notre maison, comme vous le portez vous-même, mon fils, le titre de prince de Braisme. On m'accueillit admirablement en Autriche ; j'y fus présenté partout, admis dans les meilleures maisons, entouré des jeunes gens les plus brillants et les plus à la mode ; je voulus soutenir mon rang, je dépensai un argent énorme ; mon père m'en envoya d'abord tant que je le voulus ; il s'en lassa, me dit que nous n'étions plus à Versailles, qu'on nous prenait pour des gens ruinés et que nous n'avions plus besoin de tenir notre place comme autrefois.

» Je trouvai la raison un peu dure. Je voulais m'amuser, j'étais lancé dans un tourbillon dont je ne pouvais facilement me retirer, d'ailleurs je n'en avais pas envie. J'imaginai d'écrire au dépositaire de notre fortune de réclamer mes revenus personnels ; j'attendais une somme assez forte pour me permettre de faire face à mes nombreuses dépenses.

» J'avais la fortune de ma mère très-considé-
rable. C'est-à-dire M. Guérin l'avait pour moi.
La belle forêt de Cagne seule me rapportait plus
de quatre-vingt mille livres. Le notaire ne fit
aucune difficulté, il m'envoya à peu près ce que
je lui demandais et continua de me servir mes
revenus de façon à contenter tout autre jeune
homme que moi.

» Je jouais, mon fils, et je ne jouais pas toujours en bonne compagnie. Je me rendais souvent dans une maison où se trouvaient deux
jolies filles qui m'honoraient de leur attention
intéressée. Là se réunissait également une société de mauvais sujets, d'émigrés douteux, de
fils de famille compromis ; je le savais, j'aurais
dû m'en éloigner, j'y restais par habitude, à
cause des jolies filles, et aussi parce qu'on me
rendait des honneurs qui flattaient mon amour-
propre, comme si j'eusse été un parvenu, et que
j'eusse besoin des égards des autres pour sentir
ce que je valais.

» Vous et moi, mon fils, nous paierons cette
faute toute notre vie.

» Parmi les habitués de ce tripot, c'en était
un, il faut l'avouer, je remarquai deux hommes
auxquels je dois ma perte. L'un, le chevalier de
Tiphaine, jeune vaurien émigré, à peu près de

mon âge ; l'autre, aventurier serbe, appelé Molesko, était un des plus charmants esprits, des plus souples que j'aie rencontrés. Il avait quinze ans de plus que nous. Il s'empara de moi, il me domina et me conduisit selon son caprice, il me fit rompre avec mes habitudes du haut monde pour me livrer exclusivement à lui, et je ne puis vous dire dans quel torrent il m'entraîna, j'en rougis devant vous, mon fils.

» Nous jouions un jeu infernal, un jeu sans raison. J'y gagnai d'abord. Ce fut pour m'attirer : au bout de quelques mois je fis de grandes pertes, j'écrivis à Guérin, qui les répara. Je perdis encore, j'écrivis de nouveau, il refusa de payer, ou plutôt il me demanda un terme ; mais j'étais pressé, les dettes de jeu n'attendent pas.

» Molesko me tourmenta toute la journée, me répétant que j'allais être déshonoré, si d'ici au lendemain je n'avais pas payé vingt-cinq mille francs que je devais à des officiers. Je lui répondis, de mauvaise humeur, que ce n'était pas ma faute et qu'il eût à me laisser tranquille.

» — Comme il vous plaira, mon prince, mais vous ne connaissez pas comme moi les mœurs de ce pays : vous serez honni et vilipendé, les portes, même les borgnes, se fermeront, et le

prince de Braismes passera pour un voleur, aux
yeux de tous ceux qui le connaissent à Vienne.
Si cela vous convient, c'est au mieux.

» — Que voulez-vous que j'y fasse?

» — Si j'étais à votre place, j'y remédierais
promptement et facilement.

» — Je ne puis les prier de m'attendre, ils
sont trop nombreux.

» — Il y a un autre moyen, je vous le dirai
ce soir. Nous soupons ensemble, n'est-ce pas ?

» — Oui, et nous tenterons le sort encore;
si nous sommes heureux, je paierai, et tout
finira là.

» Tiphaine se trouvait dans le même cas que
moi, et il n'était pas plus riche. Nous gémis-
sions ensemble et nous cherchions à réparer cet
échec sans rien découvrir qui pût nous aider.

» — Ah ! dit le chevalier, Molesko seul nous
tirera de là. Après souper, il a des idées lumi-
neuses.

» Hélas ! mon Jacques, j'approche du moment
fatal : comment vous avouer jusqu'où m'a conduit ce vice du jeu, le plus dangereux de tous ?
Jusqu'à quel opprobre je suis tombé ! Mon repentir m'a fait trouvé grâce devant Dieu, je
l'espère, mais devant vous, qui plaidera ma
cause ? Souvenez-vous de ma vie irréprochable

depuis lors, souvenez-vous que je suis votre père et que je vous ai tant aimé ! »

Jacques s'interrompit, ses larmes coulaient malgré lui.

— Mon père, mon pauvre père !

Guérin se promenait dans le cabinet et dans le salon ! il s'arrêtait de temps en temps pour regarder son beau-frère et épier ses impressions sur son visage. Lorsqu'il l'entendit murmurer ces mots, il s'approcha et lui prit la main :

— Du courage, Jacques, achevez.

— Mais, reprit le duc, personne au monde ne sait ce funeste secret au moins ? personne que vous ?

— Il en a transpiré quelque chose, et si vous vous rappelez le duel de Gaston, il y a quelques mois, cette aventure en fut le prétexte, bien qu'une femme en fût le sujet.

— On en a parlé ! on en a parlé tout haut !

— Un parent, un neveu de la personne intéressée, en a prononcé quelques mots, vaguement. Sa famille en est instruite, on ne peut en douter.

— Mon Dieu ! nous sommes perdus, alors.

— Non, nous ne le sommes pas, si vous voulez. La certitude est impossible à acquérir : les preuves sont entre nos mains.

— Mais, s'il y a des preuves, il y a donc un crime ! Ah ! que le ciel ait pitié de moi !

— Lisez, lisez, Jacques, et vous saurez.

— Ma grand'-mère ignore....

— Tout. Excepté moi, pas un être au monde ne sait la vérité de ceci.

# XIII

## UN TERRIBLE SECRET

« Le soir, nous allâmes dîner au tripot, que
je n'appelais pas ainsi alors ; je me croyais au
milieu d'honnêtes gens, je les aurais défendus
contre toutes les attaques, et je les aurais aidés
de tous mes moyens, je les supposais mes véri-
tables amis.

» Tiphaine et Molesko m'entourèrent dès que
j'arrivai, l'un pour me prendre du courage,
l'autre pour m'en donner. Molesko me dit.

» — Mon prince, j'ai reçu un peu d'argent,
et je me suis permis de commander notre dîner
à part, avec quelques bouteilles de bon vin,

Nous oublierons nos chagrins, et nous trouve-
rons au fond du verre des inspirations.

» Je me fis prier, j'étais mortellement triste, je
n'avais pas envie de me distraire. Ils m'entraînè-
rent cependant. Nous montâmes dans une chambre que je vois d'ici, avec son grand poêle, dont
la lourde chaleur me montait au cerveau, ses
bougies allumées et son air de fête.

» Nous nous mîmes à table tous les trois,
nous fûmes d'abord soucieux, puis quelques
verres de vin du Rhin, du vin de Porto, et enfin
du vin de Champagne, nous mirent en gaieté,
et nous commençâmes à regarder la vie sous un
meilleur aspect.

» — Mon prince, me dit Molesko après le
rôti, que me donneriez-vous, si je vous trouvais
quarante mille francs d'ici à trois jours?

» — Par ma foi, Molesko, je payerais ma
dette, celle de Tiphaine ; je garderais cinq ou
six mille francs pour le courant, et le reste serait à vous.

» — Touchez là, c'est un marché fait.

» — Vraiment?

» — Vraiment,

» — Que Dieu vous bénisse !

» — C'est fait, si vous le voulez toutefois.

» J'éclatai de rire. Pouvais-je ne pas vouloir?

» — Il y a une petite cérémonie préparatoire, à laquelle vous ne vous prêterez pas peut-être.

» — Moi ! je me prêterai à toutes les cérémonies, fût-ce d'aller les demander au grand diable de l'enfer.

» — Il n'y a pas besoin d'aller jusque-là. Seulement vous vous récrierez, je parie.

» — Non, non, dites toujours.

» — Eh bien, mon prince, M. Guérin doit vous envoyer l'argent dont vous avez besoin d'ici à trois mois, n'est-il pas vrai ?

» — Il me l'a écrit du moins.

» — C'est une vérité incontestable, jamais M. Guérin ne vous a manqué de parole, il ne vous en manquera pas davantage.

» — Espérons-le.

» — Le terrible, c'est que vous en avez besoin tout de suite et que vous ne pouvez vous en passer.

» — Oui, c'est le terrible, en effet.

» — Si vous le voulez, ce terrible disparaîtra.

» Il tira de sa poche un morceau de papier blanc, revêtu du timbre impérial, et me le montrant de loin :

» — Voilà le moyen.

» — Ce papier ?

» — Oui, ce papier quand vous y aurez placé votre nom.

» — Une lettre de change! m'écriai-je avec joie; donnez vite, je ne me ferai pas prier pour cela.

» — Oui; une lettre de change sur M. Guérin; mais il y a loin d'ici à Paris et jamais elle ne sera revenue pour demain matin.

» — C'est vrai! répondis-je tout découragé.

» M. Guérin m'envoyait ordinairement des lettres de change, et sur sa signature et la mienne un banquier de Vienne me remettait ce dont j'avais besoin.

» — Mon cher prince, vous êtes un grand enfant. Ce que l'on ne peut avoir par sa volonté, on se le procure par ruse, et une ruse nous donnera tout.

» — Comment?

» — Faites la lettre de change, je l'accepterai au nom de M. Guérin.

» — Ah! s'écria Tiphaine, un faux!

» — Un faux! reprit Molesko en éclatant de rire. Un faux! Est-ce que M. Guérin ne veut pas vous donner cette somme? Est-ce que cette somme ne vous appartient pas, à vous, mon prince? Prenez-vous quelque chose à quelqu'un? N'êtes-vous pas certain de faire honneur

à cette signature et avec votre propre argent, encore? Songez donc que vous n'empruntez même
pas, vous sauvez votre honneur compromis, et
cela sans que qui que ce soit reçoive le moindre
dommage.

» — Vous osez me proposer un faux à moi,
Molesko, et vous défendez cette cause en ma
présence! Vous oubliez donc qui je suis ?

» — Cela ne vous convient pas, n'en parlons
plus. Attendons patiemment les suites de votre
sagesse, et buvons pour nous en consoler d'a-
vance.

» Il changea de conversation, nous dit mille
folies, nous raconta mille histoires étourdissan-
tes, nous versa à pleins verres les vins capiteux
qu'il avait choisis, et lorsqu'il nous vit hors de
toute raison, il recommença à nous parler de ses
lettres de change.

» Tiphaine, plus gris que moi peut-être, ou
moins honnête, fut le premier séduit. Il prit une
plume et essaya sur une feuille de papier d'imiter la signature du notaire. Molesko l'aidait,
tous les deux riaient beaucoup, je finis par rire
aussi; Tiphaine et moi nous avions perdu la
conscience de nos actions.

» Mon tentateur en profita pour étaler des
raisonnements admirables, il nous démontra

14

jusqu'à l'évidence que nous devions nous décider à ce parti et que nous n'avions absolument rien à craindre.

» La discussion dura quelques instants, enfin nous cédâmes et le crime fut consommé ! »

— Est-il bien possible ! murmura Jacques en baissant la tête, est-il bien possible, mon père !

— Hélas ! oui, mon cher, répliqua Guérin avec un malin sourire, cela est possible, car cela est. Que voulez-vous ? dans l'ivresse ?

Jacques ne répondit rien, son cœur était brisé.

Après un instant, il continua sa lecture :

« Vous frémissez, mon Jacques, vous, la vertu même ! vous qu'une pareille séduction n'entraînerait jamais. Je vous en supplie, songez que c'est à moi, votre coupable père, que vous devez ces principes inébranlables, rappelez-vous comment j'ai élevé votre jeunesse, combien je me suis repenti, combien j'ai expié, et pardonnez-moi.

» Je me suis étendu beaucoup sur toutes ces circonstances pour y trouver sinon une excuse, du moins une explication. Maintenant j'ai hâte d'en finir et j'ai cependant bien des choses à vous dire encore.

» Le lendemain j'avais parfaitement oublié ce qui s'était passé, Je me sentais fort étourdi et je

rappelais mes idées, lorsque je vis entrer le chevalier, pâle comme un linge, et qui me demanda
si j'avais vu Molesko.

» — Non, lui dis-je.

» — Mon Dieu ! le misérable aura disparu
avec l'argent, après vous avoir fait commettre
cette horrible action.

» — Quel argent ? quelle action ?

» — Vous ne vous souvenez pas ?

» — De rien du tout, mon cher, je me réveille
la tête lourde et je cherche à me reconnaître.

» Il me raconta alors ce qui s'était passé, et
la mémoire me revint aussi. Je me souvins des
plus petits détails, et l'impression en fut si terrible que je crus en devenir fou.

» — Mon Dieu ! mon Dieu ! m'écriai-je, qu'al-
lons-nous faire à présent ?

» — Trouvons d'abord ce Molesko ; il a touché
l'argent et il faut qu'il nous le rende. Tirons-
nous au moins de ce premier mauvais pas ; nous
verrons au reste après.

» Nous allâmes, cherchant, demandant Molesko à tous les échos possibles. Ce qui nous
étonna le plus, ce fut d'apprendre chez le banquier qu'il n'y avait pas paru encore. Je mis
tout de suite arrêt sur la lettre de change et je
signifiai qu'on ne la payât pas.

» Un peu plus tranquilles, nous poursuivîmes nos courses, elles n'eurent aucun résultat. Molesko était invisible ; il avait totalement disparu, emportant ce papier accusateur, et nous laissant dans le même embarras que si nous n'avions pas commis ce crime impardonnable, avec les terreurs du crime par-dessus le marché.

» Il fallait payer dans la journée. J'eus l'idée de me présenter chez une amie de la duchesse, une lady anglaise, fort riche, fort bonne, qui m'avait offert cent fois sa bourse. Je lui racontai mon aventure, je lui montrai la lettre du notaire qui m'annonçait la somme, elle se laissa facilement toucher et me donna ce qui m'était nécessaire pour moi et mon compagnon d'infortune.

» — A une condition, dit-elle.

» — Laquelle milady ?

» — Vous ne jouerez plus.

» — Oh ! je vous le promets.

» — Et vous viendrez demain à mon petit bal ?

» — Je vous le promets encore.

» — C'est bien.

» Je payai nos dettes ; je conduisis Tiphaine à un cabaret honnête, où nous dînâmes ensemble, pour mieux causer de ce qui nous occupait

tant. Nous prîmes les plus belles résolutions du
monde. Pour mon compte je les ai tenues. Quant
à Tiphaine, c'est autre chose ; il persévéra dans
le mal faute de pouvoir en sortir.

» Le lendemain j'arrivai chez milady Hasper.
Elle me reçut comme son fils, me présenta à
tous les personnages considérables, me vanta,
me prôna bien haut, puis elle finit par m'entraîner vers un coin du salon où j'aperçus une
délicieuse créature qui se leva en nous apercevant.

» — Mon cher prince, voici une de nos com-
patriotes, une jeune amie qui m'est confiée, et
que je vous prie de trouver fort charmante, pour
l'amour de moi.

» J'y étais très-disposé, vous le pensez bien.
Je saluai M$^{lle}$ de Cherzelle, et j'essayai de lui
faire un compliment ; milady m'interrompit en
riant de tout son cœur.

» — Pas de compliments, mon cher prince,
et dansez avec ma protégée un de vos menuets
de cour où j'ai vu cette pauvre reine si admirable.

» Je dansais bien, M$^{lle}$ de Cherzelle aussi. On
fit cercle pour nous regarder. Ce fut le premier
anneau de la chaîne qui nous attacha l'un à l'autre : deux mois après, M$^{lle}$ de Cherzelle était ma

14.

femme; ce fut votre admirable mère, Jacques.

» J'oubliai Molesko, j'oubliai le billet qui ne fut pas présenté au banquier de Vienne, j'oubliai un peu Tiphaine, qui, revenu de sa peur, avait repris sa vie de Bohême, et je fus tout à l'amour, tout au bonheur d'aimer et d'être aimé d'une créature aussi parfaite. Tiphaine quitta Vienne et rentra en France ; il prit du service sous l'Empire et se rangea un peu ; ensuite il se maria, il eut des enfants, il fit un petit héritage et devint plus à son aise, par conséquent.

» J'étais toujours à Vienne. Vous vîntes au monde, mon cher enfant ; votre sœur naquit peu de temps après vous. Je vous avais conduits, votre mère et vous, chez mon père, où on vous avait reçus à bras ouverts. Ma belle-mère avait aussi marié son fils, et l'avait perdu presque aussitôt. Il lui laissait un fils, celui que vous appelez votre cousin Gaston.

» La mère retourna dans sa famille, elle était Russe, et se remaria. Gaston resta près de son aïeule, qui l'a élevé avec vous, je ne vous apprends rien.

» Nous étions de retour à Vienne déjà depuis longtemps, lorsqu'un soir je vis tomber chez moi M. Guérin comme une bombe... J'eus un pressentiment de malheur à son aspect ; il se contint devant la princesse et donna un motif étranger à son voyage ; mais aussitôt que nous fûmes seuls, il me prit la main et me demanda :

» — Connaissez-vous un chevalier de Tiphaine ?

» — Oui, répondis-je, il était, avant mon mariage, mon camarade de plaisir, ici, à Vienne.

» — Connaissez-vous un Serbe, nommé Molesko ?

» — Certainement. Pourquoi cela ?

» Je commençais à avoir peur.

» — Pourquoi ? Parce que vous êtes perdu si je ne vous sauve, mon cher prince.

» — Mon Dieu ! m'écriai-je. Ce papier...

» — Oui, le papier, vous savez donc ce que je veux dire ? Ah ! monsieur de Braisme, le fils de votre père, coupable d'une infamie semblable !

» La foudre tombant sur ma tête ne m'eût pas anéanti davantage. Je restai pétrifié à ma place, sans répondre : il avait sans doute les preuves en mains, et je ne pourrais nier.

» — Vous avez donc fait ce misérable billet ? reprit-il.

» Je n'osai avouer.

» — Ne me mentez pas, il est essentiel que je sache tout ; je puis vous sauver encore.

» — Mon ami, épargnez-moi, ne me méprisez pas.

» — Ce n'est pas cela, interrompit-il brusquement, contez-moi tout.

» Je commençai mon récit, il me coûta plus à faire que l'échafaud à monter. Mon Dieu! que je souffris! m'humilier ainsi devant le notaire de ma famille, quelle expiation! sans votre mère, sans vous, je me serais immédiatement brûlé la cervelle, je vous le jure.

» Lorsque j'eus fini, il réfléchit un instant, se frotta le menton, selon son habitude, et dit :

» — C'est bien! nous nous en tirerons.

» — Me direz-vous maintenant ce qu'il y a, monsieur Guérin ?

» — Il y a, que vous avez eu affaire à un escroc, ce M. Tiphaine et vous; il y a que cet homme est parti de Vienne avec votre billet auquel il ne manquait qu'une chose, ce sont les dates de l'échéance; vous étiez si *troublés* que vous ne vous en êtes pas aperçus. Il l'a gardé comme une poire pour la soif, puis il est venu, après avoir déployé son industrie, essayer la place de Paris.

» Un beau jour il a mis le papier en circulation. J'aurais reconnu la fraude, mais j'étais en voyage, et pour quelques mois. Votre Molesko, enhardi par l'impunité, a hasardé je ne sais quel coup qui devait l'enrichir tout à fait. Il a sans doute mal pris ses mesures et s'est fait arrêter. Il avait, à ce qu'il paraît, à se plaindre de M. de Tiphaine, qui refusait de le reconnaître, prétendait-il une fois coffré ; il voulut se donner le plaisir de la vengeance, et dénonça le faux billet, et l'en déclarant l'auteur, sans parler de vous.

» M. de Tiphaine, interrogé, nia d'abord tout, puis, comme c'est un esprit faible, il avoua, en vous donnant la moitié de la charge, pour le moins. Un ami, que j'ai au parquet, me prévint, en voyant votre nom ; je me portai fort pour vous, j'attestai que j'étais sûr de votre probité, de votre honneur, et je chargeai le Tiphaine de toute ma force.

» On le mit en prison, provisoirement ; on fit chercher le billet, qui courait toujours et qui courait encore hier. Heureusement, à force d'argent et de peine, je suis venu à bout de le retrouver, le voilà.

» Je crus que je mourrais de joie, je sautai au cou de Guérin.

» — Ah ! mon sauveur, ma vie ne payerait pas un tel bienfait. Vous voulez donc que je vous doive tout !

» — Ne nous pressons pas tant, tout n'est pas dit, Tiphaine est toujours en prison, Molesko aussi; l'instruction se poursuit lentement, parce que j'ai fait agir de hautes influences. Rien ne sera fait avant mon retour, j'en ai la certitude ; j'ai la promesse aussi qu'on en croira mon témoignage pour passer outre ou pour s'arrêter.

» Je compris que Guérin allait faire des conditions. Lesquelles? Ce ne pouvait être de l'argent ; sa conduite désintéressée prouvait de reste combien il y tenait peu. Qu'était-ce donc alors? J'étais loin de m'en douter.

» — Que faut-il faire? lui demandai-je pour en finir.

» — En échange de l'honneur que je vous rendrai, il faut me donner le rêve de toute ma vie.

» — Qu'est-ce que c'est ?

» — J'ai un fils et une fille, vous aussi ! Promettez-moi, jurez-moi sur les saints évangiles, sur votre foi de gentilhomme, que nous les marierons ensemble. Jurez-moi que ces beaux domaines, soignés par moi avec tant d'amour, et que je vous rendrai le jour où vous reviendrez en France, jurez-moi qu'ils appartiendront à mes enfants. Malgré votre escapade, je sais que vous êtes un homme de parole, et je vous croirai.

» — Engager l'avenir de mes enfants ! Jamais !

» — Vous l'engagerez bien davantage encore, il me semble, si vous refusez ma proposition. Vous savez où mène une fausse signature ? Choisissez.

» Je le priai, je le suppliai, au nom de mon père, en votre nom, à vous, mes bien-aimés innocents, il fut inflexible ; cet homme avait sa marotte, il fallut choisir, ainsi qu'il le disait, entre votre malheur probable et le déshonneur.

» A ma place, mon fils, vous n'eussiez pas hésité.

» Je promis.

» Sur-le-champ nous fîmes une autre lettre de change, où nous mîmes la même somme et la même date.

» — C'est pour la régularité de mes comptes avec le vieux duc ; j'ai fait une petite erreur, il est très-exact, et tout sera réparé ainsi.

» Une fois mon consentement donné, je voulus la lettre de change, je croyais l'avoir payée assez cher.

— Non pas , me dit-il. Vous pouvez mourir, et votre fils refuserait d'exécuter vos ordres. Nous avons bien mis un dédit, cela ne suffit pas. Un dédit, on le paye, et l'on est libre ; il me faut un engagement plus sérieux. Ma fille qui vient de naître sera duchesse de Villecresne, maîtresse de ce château, où elle n'est née que de contrebande, où ses enfants naîtront de droit. Lorsque vous rentrerez, ce qui ne tardera pas, car ce colosse immense, qu'on appelle Napoléon, est miné par sa base et tombera, lorsque vous rentrerez donc, M^me la duchesse sera la marraine de la prétendue de Jacques, nous ne formerons plus qu'une seule famille.

» — Et mon père que vous oubliez ? lui dis-je.

» — M. le duc a près de quatre-vingts ans, sa santé décline de jour en jour ; nous le perdrons bientôt.

» Je me débattis plus encore peut-être pour cette clause que pour la première ; il fut inflexible. On convint que ce malheureux papier serait déposé à la chancellerie de l'empire d'Autriche, sous trois enveloppes et autant de sceaux. On convint que le jour de votre mariage avec M^lle Guérin, il serait remis à vous ou à moi, pour être brûlé sur l'heure.

» Au cas de refus de votre part, toutes les précautions sont prises et ma mémoire est souillée de ce crime, que vous ne voudrez pas expier avec moi. Tiphaine, retiré de prison, après plus d'un an de détention préventive, est mort de chagrin, en suppliant ses filles de me démasquer par tous les moyens possibles et de me faire partager son malheureux sort, qu'il méritait moins que moi, mais j'étais puissant, il était obscur.

» Les filles et les gendres ont été indifférents, comme cela arrive d'ordinaire, c'est-à-dire ils ont reculé devant ce qu'ils ont appelé l'impossibilité, mais si on leur met en main cette pièce qui m'accuse, ils en feront usage devant l'opinion publique, ce qui, pour un homme de mon rang, est pire que la mort.

» D'ailleurs son système de défense rejette avec raison toute la faute sur Molesko et sur moi, le pauvre Tiphaine n'est coupable que des essais et non de la signature.

» Vous avez donc mon honneur et le vôtre entre vos mains, Jacques : quel que soit le motif qui vous éloigne de ce mariage, je vous supplie, mon fils, je vous conjure, au nom de votre mère, de cette sainte que Dieu nous a prise et qui est avec lui maintenant, je vous conjure de faire ce que je vous ordonne, si toutefois un homme tel que moi a encore le droit de donner un ordre à un homme tel que vous.

» Je suis attaqué mortellement, je le sais. La maladie lente qui me consume depuis la mort de ma chère femme touche à son terme. J'ai donc écrit cette longue histoire pour vous éclairer sur

15

votre position. Puissiez-vous ne la lire jamais !

» Je la remets à Guérin, nous avons fait rapporter le billet de Vienne, il sera déposé avec ceci dans l'étude de son successeur jusqu'au jour décisif. Si Guérin meurt avant la conclusion de ce mariage, son fils, le mari de votre sœur, tiendra à sa place le glaive exterminateur pour vous chasser du paradis.

» Vous avez maintenant entendu ma voix, vous savez tout, prononcez. Je vous bénis mille fois. Dieu vous bénira comme moi, mon pauvre enfant, condamné au malheur dès sa naissance par un père coupable et repentant.

» Adieu ! c'est bien le dernier cette fois ; plus rien de moi ne vous parviendra jamais. Un baiser à votre sœur sacrifiée comme vous. Les enfants de Guérin ne sont dignes ni de vous ni d'elle. Ah ! je suis puni par le plus sensible de mon cœur ! Adieu !... »

Jacques termina cette lecture, qu'il avait faite lentement, qu'il avait souvent interrompue par des sanglots et par des cris de désespoir.

Il resta longtemps la tête basse, les mains jointes, les regards fixés en terre. Il ne savait plus où reprendre sa vie et sa raison.

Son père, le premier des hommes pour lui, était un faussaire !

Cette pensée domina les autres, même son intérêt personnel. Il oublia jusqu'à Suzanne !

Guérin attendit patiemment quelques minutes.

— Eh bien, demanda-t-il, que dois-je faire ?

— Je n'en sais rien ; je ne sais même pas si j'existe. Laissez-moi !

— Cependant, Jacques, le temps presse, et ce notaire restera inflexible. Il a accepté un dépôt, il doit en faire strictement l'usage prescrit par le dépositaire, pensez-y.

— Eh ! puis-je penser à quelque chose ? Mon Dieu ! puis-je promettre quelque chose ? Je doute de tout, je doute de moi-même. Ayez pitié de moi !

— Voulez-vous consulter un ami sûr, M. de Belmont, ou Roland de Malagne, par exemple ?

— Avouer ce crime à qui que ce soit au monde, lorsque je voudrais me le cacher à moi-même ! Plutôt mourir.

— Décidez vous seul, alors.

— Oui, je me déciderai seul. Écoutez, Guérin, dans une demi-heure je pars pour Villecresne, je vous demande de m'y laisser trois jours. C'est dans la retraite que les grandes forces nous arrivent, c'est près du tombeau de mes parents que je veux consulter Dieu, ma conscience et mon honneur.

— Mais...

— Laissez-moi, pas un mot de plus ! Chargez-vous de mes excuses pour tout le monde, inventez quelle fable vous voudrez, je l'approuve d'avance. Mais je ne verrai personne, pas même ma sœur, pas même elle ! ajouta-t-il en lui-même.

Ah ! si je pouvais mourir !

# XIV

## DÉCISION

Quelle fut cette journée, cette nuit pour le
duc de Villecresne, parti seul dans sa voiture,
afin de ne pas apercevoir des indifférents, en
fuyant ceux qu'il aimait. Il avait écrit un mot à
Suzanne, un mot court et sans explication, qui
devait la préparer à une mauvaise nouvelle; il
lui disait simplement qu'une affaire inattendue
le forçait à partir pour Villecresne sur-le-champ;
il reviendrait dans huit jours et ne lui donnerait
probablement pas de ses nouvelles.

Jamais chute ne fut plus profonde, jamais
bouleversement ne fut plus complet. Du faîte

du bonheur il retombait dans l'abîme. Au moment d'épouser une femme adorée, de se voir libéré d'une chaîne imposée à sa jeunesse, dont elle était le supplice, il se retrouvait en face d'une décision dont la gravité l'effrayait lui-même. Non-seulement il n'aimait pas Rosalba, mais ce qu'il avait vu d'elle, ses visites chez Léonce, lui faisaient craindre un malheur plus grand encore.

Le duc ignorait cette nature fantasque des poëtes, qui les conduit souvent aux extrêmes les plus opposés. Léonce, libertin, débauché même, avait compris, avait partagé la délicatesse de Blanche; il avait savouré cet amour chaste et pur, qui ne ressemblait pas à ses autres amours, il ne l'eût pas voulu autrement, peut-être en s'inspirant de la passion admirable de Roland, et de cette verve si jeune, si poétique de M. de Malagne, dont il avait été tant de fois surpris.

Quant à Rosalba, à peine l'avait-elle vu quelques heures et dans des circonstances qui ne permettaient pas même un soupçon. C'était cependant un tourment pour M. de Villecresne et la plus puissante des raisons dictées par le souvenir de Suzanne pour refuser.

En apprenant son départ, on fut stupéfait à l'hôtel de Villecresne. La duchesse se douta de quelque nouvel incident, elle interrogea tout le monde, fit subir une véritable inquisition à Léopoldine surtout, qui lui répondait en pleurant :

— Hélas ! madame, plût à Dieu que j'eusse quelque chose à vous dire, je ne serais pas si inquiète.

Blanche, d'après la lettre de M. de Selves, s'attendait à un mariage entre lui et sa cousine, elle n'en fit rien paraître qu'une grande froideur envers elle, et la pauvre enfant en comprit le motif.

— Vous ne m'avez pas crue, chère, lorsque je vous ai juré que je n'épouserais pas Léonce, vous avez supposé quelque arrière-pensée, quelque complot tramé à votre insu. Il faut que cela soit, vous me traitez trop mal. Dites-le franchement, je vous répondrai franchement aussi.

— On m'a assuré que ce mariage allait se faire, Léopoldine.

— Jamais M. de Selves n'y a pensé ; jamais personne ne lui en a dit un mot, je vous en donne ma parole. Il est possible qu'il se marie, mais ce ne sera pas avec moi. Sans l'absence de votre frère vous en seriez déjà instruite probablement, c'est à lui de vous tout apprendre, car lui seul sait la vérité.

— Il faut donc souffrir encore, répliquait

Blanche en soupirant, quand reviendra-t-il, mon Dieu !

Suzanne, en lisant la lettre de Jacques, reçut un coup au cœur ; elle voyait la perte de ses espérances, elle comprenait un malheur indéfini, inévitable cependant, un malheur qu'elle ne pouvait combattre, elle le sentait venir et son souffle glacé la faisait tressaillir malgré elle.

Léonce aussi restait dans l'indécision ; d'après ce qui s'était passé, il attendait à chaque instant ou le duc, ou Guérin, ou quelqu'un de leur part. Il avait questionné Terrebrune, Terrebrune ne savait rien ; il s'était présenté chez Roland, la porte était close. Il avait même essayé de voir Suzanne, il l'avait trouvée froide et guindée, bien qu'elle jouât toujours son rôle avec le même talent. Tout ce qu'il put glaner dans ses recherches, ce fut l'annonce de ce départ, qui l'intriguait plus encore que les autres.

Rosalba restait enfermée avec obstination et se disait malade.

L'orgueil de la pauvre fille avait reçu un coup dont il ne se relèverait jamais. Elle savait maintenant que son argent seul lui attirait des hommages, et puis elle aimait Léonce autant que sa nature lui permettait d'aimer. Tout était froissé chez elle en même temps. Léopoldine et même son frère tâchaient de lui rendre un peu de courage ; elle ne parlait point, concentrait toutes ses impressions, vis-à-vis de Guérin surtout, dont la réserve ne se démentait pas. Et lorsqu'il lui disait d'un air de mystère :

— Console-toi, Rosalba, tout ira mieux que tu ne penses.

Elle se contentait de le regarder sans oser en demander davantage.

Roland avait besoin de sa confiance dans la parole de Jacques ; il avait surtout besoin du frein imposé à sa colère par la promesse qu'il avait faite pour contenir ses besoins de vengeance et l'explosion de ses regrets. Il passait sa vie chez Suzanne ; tous les deux raisonnaient à perte de vue sur l'absence de M. de Villecresne, sur ses probabilités et sur ses suites.

— Tout est fini pour moi, répétait Suzanne ; je ne sais quel cataclysme est arrivé dans la vie de Jacques, mais il est survenu un obstacle, et nous sommes séparés à jamais !

Quant à Guérin, son inquiétude était au moins égale, car la ruine était suspendue sur sa tête. Ce mariage était son coup de fortune ; il l'annonçait à ses créanciers comme très-prochain. La rupture amènerait certainement un changement ; il faudrait quitter l'hôtel de Villecresne.

15.

Jacques ne l'aiderait plus ni de son nom ni de
sa bourse, sur laquelle il comptait cependant
beaucoup, s'il parvenait à devenir doublement
son beau-frère. Enfin, le soir du troisième jour,
il n'avait eu garde de sortir; il entendit rentrer
la voiture de Jacques et se précipita au devant
de lui assez à temps pour le recevoir quand il
descendit.

Jacques était si changé depuis cette courte
absence, que Guérin ne put retenir un mouvement de surprise. Le duc s'en aperçut et sourit
mélancoliquement en tendant la main à son
beau-frère.

— Nous allons chez moi, n'est-ce pas? lui
dit-il.

Mais en bas de l'escalier il trouva Blanche, il
trouva Léopoldine, qui l'avaient entendu aussi
et qui accouraient. Blanche se jeta dans ses bras
en pleurant.

— Mon frère! mon frère! Qu'avez-vous? Vous
êtes malade!

— Non, Blanche, non je ne suis point malade,
je viens de faire un voyage fatigant, de m'occuper d'affaires sérieuses, ne vous inquiétez pas,
bientôt il n'y paraîtra plus. — Bonjour, chère
Léopoldine.

Il lui tendit la main.

— Dites à M^{me} la duchesse que je vais aller la voir d'ici à une heure, je vous prie. J'ai besoin de causer avec Guérin.

Ils montèrent l'escalier, les jeunes femmes les suivirent des yeux, et Léopoldine dit à Blanche avec un serrement de cœur qui lui coupait la respiration :

— Ah! Blanche! comme il est pâle!

Le duc rentra chez lui, jeta son manteau, son chapeau à son valet de chambre, qu'il congédia, et marchant vers son cabinet, il fit signe à Guérin de le suivre.

— Eh bien? dit celui-ci en s'asseyant.

— Ah! Guérin, que j'ai souffert, mon Dieu!

Combien il fallait que Jacques eût souffert, en effet, pour avoir besoin de le dire à un Guérin!

— Qu'avez-vous décidé?

— J'ai été bien près de livrer la décision à la destinée et de finir mes perplexités par un coup de pistolet, mais Dieu m'a soutenu, il m'a envoyé le courage de l'homme et du chrétien, je me suis résigné à vivre et à obéir à mon père. Non que je puisse craindre que vous fassiez usage de vos armes, la réflexion m'a montré que vous ne déshonoreriez pas la mémoire du père de votre femme. Je ne le crains pas, mais je rachèterais ce papier par un sacrifice plus grand encore, si j'en connaissais. C'est mon devoir.

Guérin respira, peu lui importait le motif, pourvu qu'il réussît.

— J'y mets une condition cependant. J'aurai un entretien seul à seul avec Rosalba, et cet entretien décidera de notre avenir.

— Vous l'aurez ce soir.

— Non... Oui, ce soir, il vaut mieux en finir, vous avez raison. Ce soir, prévenez-la, et, lorsque j'aurai salué la duchesse, je monterai chez M<sup>lle</sup> Guérin.

— Il va être fait selon votre désir, mon cher Jacques.

Le duc descendit à la bibliothèque, où son entrée produisit le même effet. On se récria très-haut, la douairière s'inquiéta même et M. de Belmont ne put contenir ses craintes.

— Mon cher Jacques, dit la duchesse, vous avez fait une maladie de six mois pendant ces trois jours. C'est votre cœur qui compte triple. Qu'avez-vous, mon cher enfant?

— Demain matin à votre réveil, voulez-vous me donner audience, chère grand'mère? répliqua-t-il en lui baisant la main, je vous apprendrai des choses qui vous étonneront.

— Il y a bien loin d'ici à demain matin pour ma tendresse, mon cher fils, est-ce que je ne pourrais apprendre tout cela dès à présent ?

— Non, ma mère. Il est encore une circonstance qu'il me faut décider moi-même ce soir et pour laquelle je vais vous quitter, si vous voulez bien le permettre.

— Allez donc ! et que votre volonté soit faite ! Je m'en rapporte toujours à vous.

— Comment va Gaston ? Je ne le vois pas.

— Gaston n'approche pas de l'hôtel depuis quelques jours, je ne sais ce qu'il fait. Il a eu une magnifique idée de mariage, qui n'a pu se réaliser ; je crois qu'il m'en veut de ce que je n'ai pas fait l'impossible. A demain, n'est-ce pas ? et de bonne heure, je serai éveillée, je vous en réponds.

Guérin entra sur ces entrefaites et fit signe à Jacques qu'il était attendu. Après quelques mots dits à sa sœur, à Léopoldine, après s'être encore approché de la douairière, qui faisait son reversis et qui grondait à tort et à travers, il quitta la chambre et monta d'un seul trait jusque chez Mlle Guérin.

Augustine l'attendait et lui ouvrit la porte avec force révérences.

Il trouva Rosalba debout, tremblante, osant à peine lever les yeux ; elle balbutia quelques mots en lui montrant un siége et se laissa retomber sur le sien, à moitié mourante. Jacques était presque aussi ému, presque aussi faible que la jeune fille.

— Mademoiselle... dit-il.

Et il resta là pendant quelques secondes.

— Mademoiselle, nous sommes dans une position tout exceptionnelle et qui exclut les convenances ordinaires. Pardonnez-moi ce que je vais vous dire, pardonnez-moi l'indiscrétion de mes paroles, je ne puis éviter ce qui nous frappe tous les deux.

— Je vous pardonne, monsieur, murmura-t-elle si bas qu'on l'entendait à peine.

— *Il faut* que nous nous épousions, mademoiselle ; votre frère a dû vous en prévenir.

— Oui, monsieur.

— Ce mariage n'a point votre approbation, nous avions tous les deux d'autres idées, nos pères ont disposé de nous d'une manière irrévocable, soumettons-nous. Cependant, il est une question que je dois vous faire, et à laquelle je vous demande une réponse loyale et franche, comme d'un homme d'honneur à un homme d'honneur. Pouvez-vous devenir ma femme ?

Dans les natures les plus infimes il y a cependant une corde qui vibre, un moment qui étincelle et qui illumine une vie obscure jusque-là. Rosalba se leva comme poussée par un ressort, et étendant la main vers Jacques.

— Je ne suis coupable que d'imprudence, monsieur le duc, lui dit-elle, je le juré sur mon salut éternel, et si vous me donnez votre nom, je le porterai en bonne et honnête femme, croyez-le.

— Mademoiselle, nous sommes désormais liés pour la vie, je tâcherai de vous rendre heureuse.

— Je vous remercie, monsieur.

— Vous n'avez pas d'ordres à me donner, mademoiselle?

— Non, monsieur le duc.

— Permettez-moi de me retirer alors ; j'aurai l'honneur de vous revoir demain ; vous me paraissez souffrante, je ne veux pas vous déranger plus longtemps.

Il salua profondément, Rosalba le lui rendit de même ; telle fut leur entrevue de fiançailles.

Le duc avait écrit à Roland de venir ce soir-là à dix heures. Quand il monta chez lui, il l'y trouva installé. En l'apercevant son cœur se brisa; il ne fut pas maître de son premier mouvement et se jeta dans ses bras en fondant en larmes.

— Ah ! Roland, s'écria-t-il, j'avais besoin de vous voir, je suis au bout de mes forces!

— Jacques, mon cher Jacques, vous m'effrayez.

— Que vous aviez raison, l'autre jour ! que

vos pressentiments étaient justes ! mon ami.
lorsque Suzanne et moi nous nous bercions d'un
bonheur impossible !

— Impossible !

— Oui, impossible. Regardez-moi et dites
quelle douleur peut changer en trois jours un
homme au point où je le suis. Je viens de
donner ma parole, j'épouse M^{lle} Guérin.

— Vous, Jacques ! après ce que vous savez,
après ce que vous avez vu !

— Oui, Roland, il le faut, et quand je vous
dis qu'il le faut, vous savez bien, n'est-ce pas,
qu'aucune considération d'argent ne pourrait
m'y forcer ?

— J'en suis sûr.

— Ne m'en demandez pas le motif ; sachez
seulement qu'il est impérieux, qu'il est invincible. C'est le malheur de ma vie, mais je ne
puis reculer. J'irai demain voir Suzanne, rue
de Babylone, pour la dernière fois. Chargez-
vous de la prévenir de ma visite. Ensuite je n'ai
plus qu'un but dans ma vie, la vengeance, Roland ! Il est un homme qui doit disparaître de
ce monde, car cet homme m'a offensé dans ce
que j'ai de plus sacré, car cet homme pourrait
faire rougir devant lui la femme que j'épouse.

— Ah ! enfin !

— Oui enfin ! Le moment est venu, il viendra bientôt, du moins. Dès que j'aurai terminé ma première tâche, celle-ci suivra de près. J'ai trouvé un moyen qu'il ne refusera pas, je vous le garantis, et qui rendra tout commentaire, toute supposition impossible. Un beau duel de poëte et de lion, qu'il sera heureux de décrire s'il en revient, car il aura le pittoresque de l'originalité et de la terreur.

— Et c'est… !

— Je vous en instruirai quand il en sera temps. Vous en serez ; en attendant, rendez-moi un service. Je ne puis ni ne veux laisser entre ses mains une lettre de moi sur un pareil sujet. Vous irez le trouver demain, de ma part : aurez-vous assez de sang-froid pour remplir dignement et avec calme cette mission ?

— Oui, puisque j'ai l'avenir.

— Vous lui apprendrez que j'épouse Mlle Guérin, vous lui demanderez le billet qu'il a d'elle, et vous lui direz qu'il doit compter sur un appel prochain de ma part, qu'il se tienne à ma disposition, et que je tâcherai de ne pas le faire attendre trop longtemps.

— Soyez tranquille.

— Vous remettrez à Suzanne la lettre que voici ; cette lettre la prévient suffisamment

pour que demain la chère et adorable femme
sache ce que je viens lui dire et la solennité de
notre entrevue. Elle a tant de noblesse, tant de
courage, que je suis sûr d'elle comme de moi.
Elle se soumettra à l'impérieuse et fatale nécessité qui nous écrase. Elle sait si bien que je
l'aime uniquement, que je serai, en la perdant,
le plus malheureux des hommes. Mon fardeau
est bien lourd, Roland !

— Mon pauvre Jacques !

Cette nature violente et bonne de Roland
s'identifiait avec la souffrance d'un ami au point
de se la rendre personnelle. Et puis le frère de
Blanche, c'était plus que son frère, c'était plus
que lui-même.

Il resta avec le duc jusque bien avant dans la
nuit et ne le quitta qu'après l'avoir vu un peu
plus calme, sinon moins malheureux.

— Avant trois semaines je serai marié, je suppose ; dans trois mois à peu près, nous verrons
de près M. de Selves, vous et moi, et je vous
le dis du fond du cœur, fasse le ciel que je ne
revienne pas de cette rencontre !

Roland partit ; le duc resta seul, il passa le
reste de la nuit à mettre en ordre les lettres de
Suzanne, afin de les conserver ; c'était son plus
cher trésor. Il lui semblait que son sang tombait

goutte à goutte de son cœur, en ensevelissant les gages d'un passé si cher, auquel l'avenir était fermé maintenant.

La journée qui allait s'ouvrir apportait avec elle de grandes douleurs. De fort bonne heure le duc sonna son valet de chambre, fit une toilette complète et aussi soignée que pour une fête, et, dès qu'il crut le moment propice, il se présenta chez sa grand'mère.

Elle l'attendait impatiemment.

— Venez, venez, mon cher enfant, je n'ai pas dormi une minute, je suis d'une inquiétude !

— Ma bonne mère, vous allez être bien étonnée, bien mécontente peut-être : j'ai donné ma parole d'honneur d'épouser M<sup>lle</sup> Guérin.

— Vous, Jacques, vous, épouser M<sup>lle</sup> Guérin. Cela ne se peut pas.

— Il le faut, ma mère. Vous seule au monde en devez connaître la raison, c'est à votre cœur, votre honneur, que je confie ce secret, le plus grave et le plus dangereux que vous puissiez garder en votre vie. Lisez cette lettre, et faites comme moi, pardonnez !

La duchesse prit la lettre et commença à la parcourir ; lorsqu'elle arriva à l'aveu de la faute, elle jeta un cri affreux et interrompit sa lecture.

— Le malheureux ! est-il possible ! Mais c'est épouvantable !

M<sup>me</sup> de Villecresne alla jusqu'à la fin, non sans exclamations et sans larmes.

— Ai-je assez vécu pour voir un pareil jour ! il le faut, vous avez raison, Jacques ; cependant, cette fille... et M. de Selves.

— Ma mère, ce n'est qu'une légèreté, j'en ai la certitude. D'ailleurs, ne devais-je pas avant tout sauver notre nom ?

— Mais... M. de Selves ?

— Soyez tranquille, ma mère, il ne parlera pas.

— Pas de duel, Jacques ! Moins que jamais, entendez-vous ?

— Je n'y songe point, madame. Je vais me sacrifier pour obéir à mon père ; je vais m'unir à une femme que je n'aime pas, que je n'aimerai jamais, tandis qu'il en est une autre que j'adore et que j'allais épouser. Je suis bien malheureux !

— Bien malheureux, en effet, mon cher enfant : un caractère tel que le vôtre doit être au-dessus du malheur. Rosalba va devenir votre femme, soyez pour elle un bon mari, acceptez avec ce titre toutes ses conséquences et tous ses devoirs. Vous y trouverez une grande consolation, vous vous rattacherez vous-même à votre ouvrage, vous vous accoutumerez à cette vie de famille, la plus douce et la plus précieuse de toutes. Vous aurez vos enfants autour de vous, vos enfants, l'espoir de votre nom, les héritiers de votre fortune ; ils devront en rendre compte à la France et à l'avenir ; c'est à vous de les élever de façon à ce que ce compte soit une belle page de notre histoire. Croyez-moi, avec ces espérances-là on se fait une existence sinon toute de joie, au moins exempte de peine, on vieillit tranquille et l'on meurt sans remords.

Le duc baisa la main de cette noble vieille femme avec vénération et attendrissement. Elle l'attira vers elle et l'embrassa.

— Remplissez votre devoir, mon fils, expiez et rachetez la faute de votre père, et que la bénédiction de Dieu descende sur votre tête par ce baiser maternel !

En quittant M^{me} de Villecresne, Jacques se rendit chez Blanche, à laquelle il fallait bien apprendre la vérité, du moins en ce qui concernait le mariage de son frère. Elle tressaillit en le voyant.

— Blanche, je veux, je dois vous dire que le jour même où vous quittiez tout pour M. de

Selves, où vous l'attendiez chez M^lle Devert, il vous trompait pour une autre et arrangeait son mariage avec une des riches héritières de Paris. Une circonstance indépendante de sa volonté a fait manquer ce bel hyménée, et pour réparer le tort du destin, le lendemain il se disposait à partir avec elle. La famille de la jeune fille l'a trouvée chez lui, l'a emmenée; sans cela ils s'en allaient en Italie. Et ceci, Blanche, vous pouvez le croire, bien que je ne vous nomme point l'héroïne du roman, car je vous en donne ma parole d'honneur.

Blanche se sentit mourir, et se jeta dans les bras de son frère.

— Ah ! pardonnez-moi, s'écria-t-elle, je l'aimais encore ! Mon Dieu ! combien je vous remercie de m'avoir fait rentrer dans la voie du devoir et de m'avoir sauvée !

Jacques n'ajouta rien, il embrassa M^me Guérin avec une tendresse douloureuse, et pendant qu'il la tenait ainsi sur son cœur, il lui raconta la décision prise et le mariage convenu. Elle alla jusqu'à combattre la résolution de son frère, il l'arrêta par ce seul mot :

— Il faut que cela soit, et je l'ai promis.

La tâche la plus difficile lui restait à remplir maintenant ; il partit pour la rue de Babylone, où Suzanne l'attendait déjà. Il rassembla toutes ses forces, et il en avait grand besoin. Lorsqu'il sonna, lorsque la porte s'ouvrit, lorsqu'il aperçut sa bien-aimée, aussi pâle que lui-même, debout près de la maison, il se rappela sa dernière visite et toute la joie qu'ils avaient ressentie : son cœur se brisa en mille pièces.

Il courut à elle et l'emmena sans rien dire dans ce même cabinet où ils avaient soupé, où ils avaient formé ces projets ravissants, devenus des regrets aujourd'hui. Suzanne le suivait, à moitié folle de douleur. Dès qu'ils furent entrés et seuls en ces lieux pleins de leurs souvenirs, elle éclata en sanglots.

— Faut-il donc renoncer à tout ? faut-il donc mourir ? s'écria-t-elle.

— Mourir ! Suzanne, j'y ai pensé ; j'ai pensé à mourir avec vous plutôt que de consentir à nous séparer ; mais l'honneur me le défend ; il m'oblige à vivre jusqu'à ce que ma tâche soit accomplie, et cette tâche qui me force à vous abandonner, supplice odieux que j'accepte, ma Suzanne chérie, me feront-ils perdre ce que j'ai de plus cher au monde, votre estime et votre affection ?

— Non, non, Jacques, je vous le jure ! J'ignore quel motif vous dirige, je ne dois pas le connaître, m'avez-vous écrit, et je ne vous le demanderai point, mais je suis sûre que ce motif est honorable, qu'il est impérieux. Je suis sûre que vous m'aimez plus que jamais, et rien ne vous chassera de mon cœur. Vous nous sacrifiez à votre honneur, je dois contribuer à ce sacrifice, je dois le rendre plus facile, en l'acceptant comme vous, en m'élevant jusqu'à votre noble caractère par ma soumission et mon dévouement. Mais, quoi qu'il arrive, n'étant point à vous, je n'appartiendrai à personne, je me livrerai exclusivement à mon art, je tâcherai de monter toujours, de devenir la plus grande de toutes, afin d'être plus digne de vous. Ah! dans cet horrible moment, je trouve encore une jouissance infinie à vous donner ma vie tout entière, à vous abandonner même le bonheur que vous m'aviez promis, puisque vous en avez besoin pour le vôtre.

— Adorable créature!

— Non pas, mais aimante, mais tout à vous. Je vous aime, je vous admire plus encore! vous êtes mon dieu et mon oracle, je me soumets dès que vous avez parlé, et jamais un chagrin ne vous viendra par moi, mon ami. Tout ce que vous faites, tout ce que vous ordonnez doit être comme vous noble et juste, je me croirais coupable d'un crime, si je laissais le doute pénétrer dans ma pensée. Nous ne nous reverrons plus, puisque telle est votre volonté, mais votre amie loin de vous, comme près de vous, sera prête à tout ce que vous demanderez d'elle, vous le savez bien.

Que dire? Comment raconter les longues heures qu'ils passèrent ensemble, et où Suzanne poussa l'abnégation, la confiance, jusqu'à l'héroïsme. Elle fut sublime, admirable, et Jacques l'aimait mille fois plus encore. Elle releva sa volonté, qui commençait à fléchir. Elle lui montra une espérance lointaine de se retrouver tranquilles au port, après avoir vaincu les orages de leur jeunesse. Elle poussa sa vertu jusqu'à l'enthousiasme ; le duc se sentit orgueilleux de leur amour et de l'énergie qu'ils y puisaient.

Il fallut se séparer enfin. Ce moment fut horrible, ils sentirent alors combien ils étaient nécessaires l'un à l'autre, combien ils seraient misérables en rompant ces liens si chers.

— Ah! dit Jacques au désespoir, nous nous écrirons au moins, n'est-ce pas? Je ne vous perdrai pas tout à fait, ma Suzanne, promettez-le-moi, ou je ne trouverai plus la force de sortir d'ici.

Elle le lui promit dans un dernier baiser, où

16.

leurs âmes se confondirent, et lorsque la voiture qui emportait Jacques s'éloigna rapide, Suzanne tomba presque évanouie sur le seuil de cette maison où il ne devait plus rentrer.

# XV

## LA FOSSE AUX LIONS

Par un beau jour du mois de juillet, un na-
vire voguait à pleine voile ou plutôt à pleine vapeur vers nos possessions d'Afrique. Une société
brillante et nombreuse se trouvait à bord, mais
le héros, le point de mire de tous les regards
était le célèbre poëte Léonce de Selves, dont les
succès avaient fait tant de bruit. Le charme de
ses manières et de sa conversation séduisait tout
le monde; les femmes en raffolaient; elles faisaient, pour attirer son attention, des toilettes
extravagantes qui transformaient la grande ca-
bine en un salon de Paris.

Rien de plus libre que son esprit, rien de plus

charmant que ses causeries. Il semblait jouir
de ses succès avec une bonhomie pleine de simplicité et comme s'il n'eût pas été accoutumé
à l'effet qu'il devait produire.

Deux autres personnages partageaient avec
Léonce les honneurs de la célébrité : c'était le
duc de Villecresne et Roland de Malagne. Bien
qu'ils ne fussent pas arrivés avec le poëte, bien
que le hasard seul parût les avoir réunis, comme
ils se connaissaient depuis longtemps, ils vivaient
dans la meilleure intelligence, avaient les uns
pour les autres des soins et des attentions recher-
chées, et personne sur le bateau n'eût pu suppo-
ser un instant qu'une haine irréconciliable les
divisait et qu'ils allaient au même but conduits
par la même vengeance.

On causait beaucoup le soir sur le pont, par
ces belles nuits étoilées méridionales ; chacun
racontait ses projets, ses espérances. Les uns se
rendaient en Algérie pour faire fortune, les autres
pour fuir leurs créanciers ; celui-ci pour occuper
une place, celui-là pour tâcher d'en trouver une,
quelques-uns par curiosité, et de ce nombre
étaient Léonce et les autres jeunes gens ; ils
voyageaient en touristes, en amateurs, et se
promettaient un grand plaisir de leur excursion.

— Nous allons voir des choses admirables,
disait Léonce, tout un monde nouveau pour nos

yeux parisiens: des déserts, des palmiers, des chameaux, des oasis, voire même des lions.

— Quant à moi, ajouta le duc, je me réjouis de ces magnifiques chasses si fertiles en émotions et en dangers, je suis décidé à ne pas revenir sans en avoir vu plusieurs de différentes sortes. Notre vie du monde est trop uniforme, il nous faut l'accidenter un peu. Puisqu'on ne se bat nulle part, puisqu'il n'y a plus de croisades, combattons les animaux féroces; ce sont des ennemis dignes de nous.

— On se bat un peu avec les Arabes, monsieur le duc; il y a par-ci par-là quelques combats dignes de votre colère, répondit Léonce, mais les lions, c'est plus poétique; je le comprends si bien que, si vous voulez m'accepter pour compagnon, je demande à partager votre glorieuse entreprise.

— Avec grand plaisir, monsieur de Selves; vous serez notre historiographe, vous chanterez nos exploits.

La chasse aux lions n'était pas alors ce qu'elle est aujourd'hui. L'héroïque Gérard n'avait pas commencé cette guerre homérique qu'il raconte avec tant de modestie et de simplicité. On n'en parlait que par ouï-dire et par les récits des indigènes; aucun Européen ne s'était encore ris-

16.

qué. Aussi l'entreprise de M. de Villecresne parut-elle gigantesque, et chacun se récria sur l'impossibilité, sur l'extravagance.

— Comment ! vous, monsieur le duc, à votre âge, avec votre fortune ! dans votre position ! vous, marié depuis quelques mois seulement, vous risquez un péril semblable !

— « *A vaincre sans péril on triomphe sans gloire.* »

Pardonnez-moi cette citation de notre maître à tous, elle répond mieux que tout ce que l'on pourrait dire, répliqua Léonce.

— Mais si les lions vous tuent, messieurs ? demanda une petite femme, du nombre de celles qui voyageaient pour chercher fortune.

— Madame, les lions ne se mangent pas plus entre eux que les loups ; nous sommes des lions parisiens, nous viendrons bien à bout des lions d'Afrique, nous avons plus d'esprit qu'eux.

— Ils ont les dents et les griffes plus longues.

— Qui sait ? Nous vous dirons cela quand nous les aurons mesurées.

Le lendemain on arrivait à Alger. Les trois chasseurs se logèrent dans le même hôtel. Ils eurent plusieurs conférences au sujet de leurs projets, ils dînèrent à la même table, ils visitèrent ensemble les monuments et les curiosités de la ville, où leur arrivée éveilla la curiosité,

et bientôt on ne les appela que les trois amis,
puisqu'ils ne se quittaient pas.

Après avoir examiné jusqu'à la dernière pierre
des monuments mauresques, après avoir admiré
cent fois les points de vue, après avoir recons-
truit en imagination les splendeurs de l'antique
cité des pirates, ils commencèrent à parler de
leur excursion et à réunir les éléments nécessaires.

On essaya de nouveau de les en détourner, on
leur raconta des choses effrayantes sur les téméraires qui se hasardaient au désert et qui
cherchaient le roi des animaux dans son antre.
Ils n'en firent que rire et assurèrent que c'était
là justement ce qu'ils voulaient voir.

— Je ferai une pièce là-dessus, la plus belle que
j'aie jamais composée, messieurs, tout Paris en
frémira, on emportera vingt femmes évanouies à
chaque représentation. Ce sera magnifique. Nous
enrôlerons quelque lion de bonne volonté pour
jouer le principal rôle, et M^{lle} Devert sera très-
touchante dans celui de la princesse épouvantée.

Le duc ne put retenir un soupir au souvenir
de Suzanne évoqué de cette manière.

La gaieté de Léonce était intarissable, jamais
sa verve, son esprit, ses bons mots, n'avaient eu
plus d'éclat, plus de brillant, c'était superbe.
Jacques ne pouvait s'empêcher de l'admirer.

— Il y a beaucoup de grand et de bon dans cet homme, disait-il à Roland, c'est un gentilhomme de la vieille souche. Une autre éducation, un autre siècle, et Léonce de Selves eût été une des lumières de la France, autant par son génie que par son caractère.

— S'il n'était pas ainsi, aurait-il séduit la créature la plus pure et la plus charmante qui soit sous le ciel ?

— Ah ! Roland, on séduit bien plus les femmes par les mauvais côtés de sa nature que par les bons!

Plusieurs semaines se passèrent avant qu'on eût réuni les éléments nécessaires à une entreprise inaccoutumée. On trouva des guides sûrs et on les paya en conséquence, des *rabatteurs*, si on peut s'exprimer ainsi. On s'informa des endroits où les lions s'étaient montrés pendant cette saison, afin de ne pas faire de courses inutiles. Avec de l'argent et de la patience, on en vint à bout; le jour fut fixé, les provisions faites, les armes préparées et les précautions prises pour que cette chasse singulière leur rapportât beaucoup de gloire, c'est-à-dire beaucoup de dangers, sans bravades inutiles cependant.

La veille du départ, les champions étaient seuls dans leur salon commun, fumant leur chibouke, afin, disait Léonce, de se donner des airs.

de cornacs orientaux ; ils avaient d'abord causé de toutes choses, lorsque le duc prit la parole et dit d'un ton sérieux :

— Assez de plaisanteries, messieurs, occupons-nous de nos affaires, le moment en est venu. Nous avons bien joué notre rôle en face du monde, il n'est personne qui se puisse douter que nous partons demain pour le jugement de Dieu. C'est cependant la vérité, d'ici à deux jours sans doute sa justice aura prononcé entre nous. Nos conditions sont réglées, nous irons au devant du lion, M. de Selves et moi, sans autres armes qu'un poignard, nous nous défendrons contre lui, sans que celui qu'il n'attaquera pas puisse secourir l'autre. Pour rendre les chances égales, nous ne nous quitterons pas, nous approcherons ensemble, nous laisserons notre ennemi libre de choisir son adversaire. S'il est mis hors de combat sans être tué, le survivant essayera à son tour jusqu'à ce qu'il succombe, ou jusqu'à ce qu'il soit blessé de façon à ne pouvoir se défendre. Roland, qui nous suivra de près, armé d'une carabine à deux coups, ne devra faire feu que dans cet instant. Son sang-froid et son adresse bien connus nous garantissent l'exécution de cette partie essentielle du programme. N'est-ce pas là ce qui a été convenu ?

— Il faut avouer, monsieur le duc, que vous avez eu une merveilleuse idée, je vous l'envie, en vérité. Ce combat est splendide, et je n'ai qu'un seul regret, c'est de ne pouvoir revenir, si je succombe, pour le raconter dans toute son horrible majesté.

— Vous me survivrez peut-être, monsieur, le sort n'est pas toujours juste ; mais, dans ce cas-là même, il faut me donner ici votre parole d'honneur de n'en parler à personne, autrement ce que nous avons voulu éviter éclatera. Il vous sera loisible de décrire *la chasse*, mais le combat non pas, s'il vous plaît.

— Je me rends à vos observations, monsieur, il sera fait selon votre désir.

Ils se séparèrent ensuite pour se rejoindre le lendemain dès l'aube.

Toutes leurs connaissances vinrent leur dire adieu et leur souhaiter une bonne chance. A quoi Léonce répondit avec sa gaieté imperturbable que ce souhait portait malheur aux chasseurs de lièvres et de lapins, et qu'il ne pourrait être favorable aux chasseurs de lions.

— Nous reviendrons en triomphateurs. J'en ai l'assurance ; nous rapporterons des dépouilles opimes et nous nous engagerons à un festin de Sardanapale pour célébrer notre victoire ; n'est-il pas vrai, mon cher duc ?

— Certainement, certainement, messieurs. En vérité, nous avons l'air d'un événement imprévu, comme si, de toute éternité, on n'avait pas chassé les lions en Afrique. Les Romains n'en faisaient qu'une bouchée, et nous avons la prétention de valoir les Romains, apparemment.

— M. de Villecresne commence un cours d'histoire, malheureusement il nous faut l'interrompre. Nous nous mettons en route, armés comme Robert, chef de brigands, vous le voyez, messieurs, carabines, pistolets, poignards, rien n'y manque. Le duc et moi nous avons les pareils, deux lames de Damas de la plus fine trempe et avec lesquelles on attaque l'ennemi corps à corps.

Quelques officiers avaient offert aux *trois amis* de les accompagner dans leur excursion, ils avaient même beaucoup insisté. Léonce avait trouvé le moyen de s'en défaire sans les blesser et sans que jamais l'ombre d'un soupçon pût naître dans leur esprit. Ils les conduisirent seulement jusqu'à quelques lieues de la ville, causant, riant, chantant, comme les gens les plus joyeux. Avant de se séparer ils déjeunèrent ensemble, on but à l'heureux retour de la caravane, et les deux troupes, après le plus cordial adieu, continuèrent chacune la route opposée.

Les lions avaient été signalés aux environs d'un village arabe, à trois journées de là. Ils avaient emporté des bestiaux et, disait-on, dévoré le berger. On devait trouver en cet endroit les guides indispensables qui, peu désireux de s'exposer, les conduiraient à la tanière des animaux et les laisseraient ensuite se tirer d'affaire à leur fantaisie. Ils n'en demandaient pas davantage.

Le voyage s'acheva, comme il avait commencé, dans la meilleure intelligence ; les domestiques mêmes eussent juré que leurs maîtres se chérissaient. On arriva au village le soir du troisième jour ; on fit venir les *gens de l'art*, ainsi que disait Léonce, et l'expédition fut définitivement arrêtée.

— Nous allons nous coucher peut-être pour la dernière fois, dit M. de Selves, montrant enfin un sentiment de mélancolie, et laissant poindre un regret pour cette existence qu'il allait quitter si jeune et si plein de force, dans l'éclat de sa gloire et de sa réputation.

— Monsieur, répondit le duc en lui tendant la main, je veux mourir en chrétien : je vous pardonne ; je dois satisfaire à l'honneur, mais je ne conserve aucun ressentiment contre vous.

— M. le duc, reprit M. de Selves, je me repens, moi, je jette un coup d'œil en arrière et je vois combien j'aurais pu faire de bien, combien j'ai fait de mal ; si je sors de ce jugement de

Dieu, car c'est ainsi qu'il faut l'appeler, je changerai de conduite, j'en prends devant Roland l'engagement sacré. Moi aussi je vous pardonne ma
mort et je conviens que je l'ai méritée, je vous ai
offensé dans ce que vous avez de plus cher, j'ai
failli perdre de sang-froid et par vanité la plus
innocente des femmes : si la Providence me
frappe, ce sera justice, je n'en murmurerai pas.

Après ce *testament*, car c'était un testament,
ils échangèrent encore une poignée de main.

Dès l'aube, tout le village était debout. On
voulait voir les hommes courageux, arrivant de
si loin pour délivrer le pays d'un fléau si redoutable. Les jeunes gens s'armèrent, se préparèrent
avec calme et tranquillité; ils déjeunèrent
comme de coutume, peut-être afin de se dissimuler mutuellement leurs impressions ; enfin,
le moment venu, ils partirent à cheval, entourés
de leurs guides indigènes, et n'emmenèrent avec
eux de tous leurs gens que le valet de chambre
de Jacques, homme éprouvé, auquel on pouvait
tout dire sans crainte d'indiscrétion.

Parvenus au terrain désigné, on descendit de
cheval, on marcha avec de grandes précautions
jusqu'au pied d'un rocher gigantesque, au milieu
duquel se distinguait l'entrée d'une caverne à
moitié cachée par des plantes parasites et par les

17

arbres nains qui croissaient à l'entour. Le plus
avancé des Arabes montra de la main cette ou-
verture.

— Là, dit il, il y a un lion, une lionne et leur
petit.

Malgré lui, Roland eut un frisson, les deux
autres ne bougèrent pas. Le chemin pour arriver
à leur ennemi était difficile, mais non imprati-
cable, surtout pour deux jeunes gens vigoureux
et résolus. En face de la tanière s'élevait une
petite éminence, qui semblait faite exprès pour
le poste assigné à Roland. Après quelques
pourparlers à voix basse afin de ne pas éveiller la susceptibilité des animaux, les guides
se retirèrent, le valet de chambre resta à sa
place, avec l'ordre de n'en sortir qu'à l'appel de
M. de Malagne. Avant de partir le duc s'approcha de lui, et lui remettant un petit portefeuille :

— Bruno, lui dit-il d'une voix émue, si je ne
reviens pas, tu trouveras là-dedans trois lettres,
une pour ma grand'mère, une pour ma femme,
une pour ma sœur. Tu iras aussi rue de Babylone
et tu diras... tu diras que ma dernière pensée a
été pour *elle*. Adieu ! Bruno, je ne t'ai pas oublié non plus. Sur ta vie, ne bouge pas d'ici,
quoi que tu voies, à moins que tu ne sois appelé,
et silence, entends-tu !

Jacques rejoignit ensuite ses compagnons qui

l'attendaient à quelques pas ; ils gravirent ensemble la petite colline, cachée aux regards des lions
par le cône qui la dominait. Arrivés à une
certaine hauteur, ils se séparèrent, prenant
toujours des précautions infinies et gardant un
silence rigoureux. Leurs cœurs battaient ; cependant ils conservaient tout leur sang-froid, le plus
ému des trois était certainement M. de Malagne.

Il monta directement devant lui, pendant que
les deux autres faisaient un circuit à droite et à
gauche, qui devait les amener en même temps
devant la caverne. La tâche de Roland était la
plus courte, mais la plus difficile. Il perdit bientôt de vue les adversaires. Jacques en le quittant
avait échangé avec lui une poignée de main bien
expressive. Léonce s'approcha aussi et le géné-
reux enfant ne put lui refuser un pardon suprême. En ce moment il eût tout donné au monde
pour les reconcilier et pour les sauver de ce danger terrible.

La côte était à pic, les pierres roulaient sous
ses pieds, et ce n'était qu'avec des peines infinies
qu'il parvenait à faire un pas en avant, chargé
comme il l'était, d'une lourde carabine. Jacques
et Léonce avaient laissé la leur et marchaient
lestement, leur chemin était beaucoup plus
facile. Roland bouillait d'impatience, il craignait
d'arriver trop tard, et redoublait d'efforts.

Tout à coup un cri, un épouvantable cri accompagné de hurlements formidables retentit dans le silence du vallon. Roland ne fut plus maître de lui, il s'élança, au risque de se rompre le cou, bien décidé à mettre fin au combat sur-le-champ, ou du moins à y entrer comme partie active, malgré les conventions et les promesses. Les hurlements et le bruit continuaient ; en quelques secondes il fut au sommet, sa carabine tout armée, prêt à faire feu. Un spectacle épouvantable se présenta à ses regards.

Le duc était étendu par terre, son arme brisée à la main, tout ensanglanté, privé de vie.

La colère de la lionne s'était porté d'abord sur lui, bien que, fidèles à leurs promesses, ils se fussent approchés ensemble. Il l'attendait de pied ferme sans trembler, le poignard en avant. La lionne s'élança avec une telle force, elle avait son petit derrière elle, que la lame si fortement trempée se brisa comme un verre, en lui faisant une légère blessure ; son mouvement, tout contraire à ce qu'attendait M. de Villecresne d'après la direction qu'elle semblait vouloir prendre, ne laissa pas le temps au jeune homme de retirer son bras et de lancer son coup. Une griffe énorme s'appuya sur son flanc, lui fit une épouvantable blessure et le renversa.

Ce fut l'affaire d'un instant ; l'éclair n'est pas

plus prompt. Léonce oublia tout, il ne vit qu'un homme à défendre. Avant que la lionne ne pût apaiser sa rage sur le cadavre, il se précipita au devant d'elle et la provoqua. En face d'un ennemi vivant, plein de force, elle abandonna celui qui ne se défendait plus, et sa rage se tourna de ce côté. La lutte commença, une lutte inégale sans doute, mais que le courage et le sang-froid de l'homme rendaient magnifique.

Déjà le sang coulait des deux côtés : la fureur de l'animal blessé n'en était que plus intense : sa formidable griffe se leva, au moment même où Roland atteignait le sommet de l'éminence Léonce entrait son poignard jusqu'à la garde dans le flanc de la lionne, mais il recevait en plein visage les cinq ongles de la terrible bête, qui le jetèrent évanoui sur le sol.

Roland, prompt comme la pensée, épaula son fusil, fit feu. Il était à dix pas du monstre à peine : soit hasard, soit adresse, il l'atteignit à la tête. La lionne tomba foudroyée, mais elle tomba à l'entrée de sa caverne, défendant encore, par son corps énorme, cet enfant de son amour qu'elle avait protégé jusqu'à la mort.

Le lion était absent, heureusement : d'un instant à l'autre il pouvait revenir, et la partie serait moins égale que jamais. Roland se hâta d'appeler Bruno, d'appeler les Arabes qui voyai la lionne morte, approchèrent assez volontiers.

M. de Malagne s'était jeté sur le duc, il avait palpé son cœur, tâté son pouls et découvert encore un reste de vie. Léonce vivait aussi, il n'avait qu'une seule blessure, mais épouvantable, une plaie béante au visage le défigurait complétement. Tous les deux évanouis, sans connaissance, couverts de sang, ces hommes représentant à la fois tant de vertu, de mérite, de beauté, de génie, ils étaient là, mourant pour une de ces idées que le monde a élevées à la hauteur d'un devoir.

— Ah! répétait Roland avec désespoir, pourquoi ai-je souffert qu'ils missent à exécution ce projet insensé? Pourquoi les y ai-je excités? Moi qui me vante de combattre, de vaincre les préjugés antiques, je suis plus barbare que les barbares du moyen-âge, plus esclave de mes passions que les sauvages. Mon cher et noble Jacques! va-t-il terminer si promptement cette vie consacrée aux grandes actions, au bonheur de tous! Et Léonce! ce pauvre Léonce, ce front couronné de gloire, cette intelligence sublime, ce flambeau est-il éteint, et cela parce que je me suis laissé entraîner par ma folie! Je suis le plus coupable de tous!

Et il s'arrachait les cheveux, se frappait le front, dans une douleur inconsolable, pendant que les Arabes construisaient à la hâte un bran-

card pour transporter les blessés au village, avant
que le lion ne revînt à son antre. Un d'eux eut
l'idée d'emporter le lionceau encore à la mamelle
comme un trophée de la victoire, d'autres des-
cendirent le corps de la lionne et le cachèrent
sous des broussailles, afin de revenir chercher sa
peau ; ils n'avaient pas de temps à perdre, Léonce
et Jacques demandaient des soins immédiats.

Bruno, les larmes aux yeux, étanchait le sang
de son maître et faisait des tampons de tout ce qui
lui tombait sous la main. On reprit le chemin du
village , où l'on arriva après une marche aussi
longue que pénible. Roland crut qu'il devien-
drait fou.

Cependant Dieu lui gardait une consolation
et une espérance. En arrivant chez les Arabes, il
y trouva un bataillon de nos troupes qui retournait à Alger après une expédition pacifique dans
la montagne. Le colonel de l'état-major l'accompagnait, et le hasard fit que le chirugien en
chef fût un homme de talent et d'énergie. Il
vint, sonda et pansa les plaies des combattants,
exprimant sa surprise et sa douleur de voir deux
hommes tels que ceux-là jouer leur vie dans une
pareille entreprise.

Il répondit de guérir Léonce.

— Mais, ajouta-t-il, il restera défiguré, ces
chairs pendantes se rapprocheront avec des ccu-

tures visibles, et cet endroit du nez déchiré ne reprendra jamais sa première forme, trop heureux si nous lui rendons la vue.

— Et M. de Villecresne? demanda Roland dans une anxiété épouvantable.

— Il est bien sérieusement atteint, je ne puis rien dire encore.

Le colonel permit au médecin de rester auprès de ses malades, jusqu'à ce qu'il pût les faire transporter à Alger. Roland ne les quitta ni jour ni nuit, et ce ne fut qu'après bien des veilles qu'il acquit enfin la certitude de sauver M. de Villecresne et de le rendre à sa famille et à la société.

Lorsque cette nouvelle fut connue à Paris, elle y produisit un effet terrible. On parvint à la cacher à la jeune duchesse, qui était dans un état de grossesse assez avancé. La douairière faillit mourir de désespoir, elle et Blanche devinèrent une partie de la vérité, sans cependant se l'expliquer tout entière. Mᵐᵉ Guérin voulait partir, il fallut employer l'autorité de son mari pour qu'elle restât ; mais M. de Cangé, envoyé par sa grand'mère, se rendit sur-le-champ en Afrique; Suzanne et Léopoldine, les pauvres créatures, obligées toutes deux de cacher leur douleur, de dévorer leurs larmes, souffrirent plus que personne. Suzanne n'y tint plus, sous prétexte de sa santé, fort dérangée, en

effet, depuis quelque temps, elle se fit ordonner
l'air du Midi et se rendit à Alger où Roland ne tarda
pas à venir la voir. Il lui raconta tout. On juge
de ses émotions, on juge si elle voulut revoir Jacques, et quels sentiments les agitèrent lorsqu'elle
obtint la permission de pénétrer jusqu'à lui.

Enfin M. de Villecresne revint à Paris. Son
entrevue avec sa famille fut des plus touchantes,
la douairière ne lui dit qu'un seul mot de ses
soupçons :

— Je vous avais promis, ma mère, que nous
serions vengés et que Blanche ne serait pas soupçonnée.

La jeune duchesse accoucha deux mois après
d'une fille et mourut dans le travail. Son mari
eut pour elle les meilleurs procédés et la regretta
comme une amie dont le caractère aurait pu se
former et la rendre digne de l'estime et de l'affection de tous. Sa tendresse se reporta sur l'enfant
qui devint l'idole de la maison.

Blanche et Léopoldine en raffolaient et jurè-
rent de l'élever ensemble, d'être ses deux mères;
le souhait de Léopoldine fut ainsi accompli. Elle
renonça au mariage et consacra sa vie au seul
homme qu'elle eût aimé, sans obtenir autre
chose de lui qu'une amitié de sœur.

Guérin confessa sa position à sa femme, et
celle-ci la confia à Jacques, qui paya noble-

ment Terrebrune, en faisant promettre à son beau-frère de cesser ses opérations douteuses et de vivre désormais tranquille avec ses revenus.

M. de Villecresne, devenu libre et tout de bon, cette fois, demanda à Suzanne de reprendre ces projets si malheureusement interrompus.

Elle s'y refusa, ou du moins elle refusa un mariage reconnu, à cause de la fille de Jacques.

— Je ne serai pas la belle-mère de cette enfant, lui dit-elle, car elle mépriserait peut-être les fils de la comédienne et la comédienne elle-même ; ce serait apporter une douleur dans votre vie, et je n'y consentirai jamais.

Elle quitta le théâtre : ils ne cachèrent plus leurs relations, que chacun respecte et qui durent encore. On les croit mariés secrètement.

M. de Cangé a épousé une femme riche, aussi lionne qu'il est lion ; ils vivent fort bien ensemble, moyennant qu'ils se voient fort peu.

Rosette est restée dans sa mansarde, où la bonté des Villecresne lui a porté pardon et secours ; mais elle s'est éteinte, comme une pauvre fleur arrachée de sa tige.

La baronne vit toujours et continue son petit commerce ; seulement elle commence à être très-connue et le vide se fait autour d'elle.

La douairière est morte tranquillement, très-âgée, entourée de ses enfants et pleurée par tous ceux qui la connaissaient. M. de Belmont lui a fort peu survécu, il a laissé sa fortune à Léopoldine. Le docteur est encore plein de force et de santé, malgré son grand âge. Il est devenu l'oracle de la Faculté.

Léonce n'a jamais reparu à Paris. Il vit retiré au fond d'une campagne, défiguré, misanthrope. Il n'écrit plus et ne voit personne. Roland passe une grande partie de sa vie avec lui ; ils sont aussi tristes, aussi mélancoliques l'un que l'autre. Pour eux la vie n'a plus de but. Roland poursuivait une chimère évanouie. Léonce ne vivait que dans le réalisme qui lui échappe. Ce sont deux esprits déclassés. Ce dénouement de son roman a sauvé Blanche de nouveaux essais, de nouvelles erreurs. La punition terrible qu'a reçue Léonce, son existence détruite à cause de leur faute, lui ont donné une leçon salutaire qu'elle n'a pu méconnaître. Elle n'aime que ce qu'elle doit aimer ; elle a demandé à la religion la résignation, la patience. Elle est heureuse, car le seul bonheur de ce monde est dans la voie droite et dans le devoir.

FIN

# TABLE

Versailles. — Imp. Cré. 6.

# CATALOGUE

DE

# MICHEL LÉVY

## FRÈRES

# ÉDITEURS

### ET DE

# LA LIBRAIRIE NOUVELLE

---

**PREMIÈRE PARTIE**[1]

Nouveaux ouvrages en vente — Ouvrages divers, format in-8°
Bibliothèque contemporaine, format gr. in-18 — Bibliothèque nouvelle
OEuvres complètes de Balzac — Collection Michel Lévy, form. gr. in-18.
Collection format in-32 — Collection à 50 centimes
Musée littéraire contemporain, in-4° — Brochures diverses
Ouvrages divers illustrés

---

Tous les ouvrages portés sur ce Catalogue sont expédiés *franco* (contre mandats ou timbres-poste), sans augmentation de prix, excepté les volumes à 1 fr. de la Collection Michel Lévy, auxquels il faut ajouter 25 cent. par volume.

---

## RUE AUBER 3, PLACE DE L'OPÉRA
## ET BOULEVARD DES ITALIENS, 15
### AU COIN DE LA RUE DE GRAMMONT

## PARIS

—

### DÉCEMBRE 1871

---

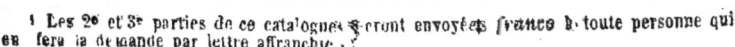

[1] Les 2e et 3e parties de ce catalogue seront envoyées *franco* à toute personne qui en fera la demande par lettre affranchie.

# NOUVEAUX OUVRAGES EN VENTE

## Format in-8

**A. TROGNON**                                         f. c.

VIE DE MARIE-AMÉLIE, reine des Français. 2e *édition*. 1 vol. . . . . 7 50

**E. BEULÉ** *de l'Institut*

LE DRAME DU VÉSUVE. 1 vol. . . . 6 »

**ERNEST HAVET**

LE CHRISTIANISME et ses origines. 2 v. 15 »

**H. RODRIGUES**

SAINT PIERRE. 1 vol. . . . . . . . 5 »

**FR. DE BOURGOING**

HISTOIRE DIPLOMATIQUE DE L'EUROPE PENDANT LA RÉV. FRANÇAISE. 3 vol. 22 50

**CHARLES DE FREYCINET**

LA GUERRE EN PROVINCE PENDANT LE SIÉGE DE PARIS, 1870-1871, avec des cartes du théâtre de la guerre, 6e *édition*. 1 vol. . . . . . . . 7 50

**LE DUC D'ORLÉANS**

CAMPAGNES DE L'ARMÉE D'AFRIQUE — 1835-1839, — publié par ses fils. Avant-propos de M. le comte de Paris, introduction de M. le duc de Chartres, avec un portrait du duc d'Orléans par Horace Vernet et une carte de l'Algérie. 2e *édition*. 1 beau vol. vélin. . . . . . . . 7 50

**LE DUC DE BROGLIE**

VUES SUR LE GOUVERNEMENT DE LA FRANCE, publié par son fils. 1 vol. 7 50

**LOUIS DE LOMÉNIE**

LA COMTESSE DE ROCHEFORT ET SES AMIS. Étude sur les mœurs en France au XVIIIe siècle avec des documents inédits. 1 vol. . . . . . 7 50

**LE DUC D'AUMALE**

HISTOIRE DES PRINCES DE CONDÉ PENDANT LES XVIe ET XVIIe SIÈCLES, avec carte et portraits, gravés sous la direction d'Henriquel-Dupont. 2 v. 15 »

**M. GUIZOT**

MÉLANGES POLITIQUES ET HISTORIQUES. 1 vol. . . . . . . . . . . . . 7 50

**ERNEST RENAN**

SAINT PAUL, avec une carte. 1 vol. . 7 50

**L. DE VIEL-CASTEL**

HISTOIRE DE LA RESTAURATION. tome XIII. 1 vol. . . . . . . . . 6 »

**DUVERGIER DE HAURANNE** *de l'Académie française*

HISTOIRE DU GOUVERNEMENT PARLEMENTAIRE EN FRANCE (1814-1848). Tome IX. 1 vol. . . . . . . . . 7 50

## Format gr. in-18 à 3 fr. le vol.

**A. DE PONTMARTIN**                               vol.

LE RADEAU DE LA MÉDUSE. 2e *édition*. 1

**AMÉDÉE ACHARD**

RÉCITS D'UN SOLDAT. 2e *édition* . . . . 1

**PAUL DE SAINT-VICTOR**

BARBARES ET BANDITS. — La Prusse et la Commune. 3e *édition*. . . . . . 1

**GEORGE SAND**

JOURNAL D'UN VOYAGEUR PENDANT LA GUERRE. 3e *édition*. . . . . . . . . 1

CÉSARINE DIETRICH. 3e *édition*. . . . 1

**EDMOND DE PRESSENSÉ**

LES LEÇONS DU 18 MARS. 2e *édition*. . 1

**HECTOR MALOT**

UNE BONNE AFFAIRE. 2e *édition*. . . 1

**ALPHONSE KARR**

LA QUEUE D'OR. 2e *édition*. . . . . 1

**L'AUTEUR DE ROBERT EMMET**

MARGUERITE DE VALOIS, REINE DE NAVARRE. . . . . . . . . . . . . . 1

**EUGÈNE DE MIRECOURT**

LA MARQUISE DE COURCELLES. . . . 1

**LE COMTE D'HAUSSONVILLE** *de l'Académie française*

L'ÉGLISE ROMAINE ET LE PREMIER EMPIRE. 3e *édition*. . . . . . . . 5

**CH. BAUDELAIRE**

ŒUVRES COMPLÈTES. . . . . . . . . 7

**ALFRED DE BRÉHAT**

LES MAITRESSES DU DIABLE. . . . . . 1

**ÉDOUARD OURLIAC**

CONTES DU BOCAGE. . . . . . . . . 1

**LE PRINCE DE JOINVILLE**

ÉTUDES SUR LA MARINE ET RÉCITS DE GUERRE, avec carte. . . . . . . . 2

**ALEX. DUMAS FILS**

THÉÂTRE COMPLET avec préfaces inédites. 2e *édition*. . . . . . . . . 4

**OCTAVE FEUILLET** *de l'Académie française*

M. DE CAMORS. 13e *édition*. . . . . . 1

**FÉLIX BUNGENER**

PAPE ET CONCILE AU XIXe SIÈCLE. . . . 1

**C.-A. SAINTE-BEUVE** *de l'Académie française*

NOUVEAUX LUNDIS. Tome XII. . . . 1

PORTRAITS CONTEMPORAINS. *Nouvelle édition très-augmentée*. . . . . . . 5

**HENRI HEINE**

ALLEMANDS ET FRANÇAIS. . . . . . . 1

# OUVRAGES DIVERS
## Format in-8

**J.-J. AMPÈRE,** de l'Acad. franç. f. c.
CÉSAR, Scènes historiques. 1 vol. . 7 50
L'EMPIRE ROMAIN A ROME. 2 vol. . , 15 »
L'HISTOIRE ROMAINE A ROME, avec des
plans topographiques de Rome à
diverses époques. 3ᵉ édit. 4 vol. 30 »
MÉLANGES D'HISTOIRE LITTÉRAIRE ET
DE LITTÉRATURE. 2 vol. . . . . 12 »
PROMENADE EN AMÉRIQUE. — États-
Unis, Cuba, Mexique. 3ᵉ édit. 2 v. 12 »
VOYAGE EN ÉGYPTE ET NUBIE. 1 vol. 7 50
**\*\*\***
MAD. LA DUCH. D'ORLÉANS. 6ᵉ éd. 1 v. 6 »
### LE DUC D'AUMALE
ALESIA. Étude sur la septième cam-
pagne de César en Gaule. Avec 2
cartes (Alise et Alaise). 1 vol. 6 »
HISTOIRE DES PRINCES DE CONDÉ
PENDANT LES XVIᵉ ET XVIIᵉ SIÈCLES,
avec cartes et portraits gravés
sous la direction de M. Henriquel-
Dupont. 2 vol. . . . . . . . . 15 »
LES INSTITUTIONS MILITAIRES DE LA
FRANCE. 1 vol. . . . . . . . . 6 »
### J. AUTRAN de l'Acad. française
LE CYCLOPE, d'après Euripide. 1 vol. 3 »
PAROLES DE SALOMON. 1 vol. . . . 6 »
LE POÈME DES BEAUX JOURS. 1 vol. 5 »
### L. BABAUD-LARIBIÈRE
ÉTUDES HIST. ET ADMINISTR. 2 vol. 12 »
### H. DE BALZAC
ŒUVRES COMPLÈTES, ENVIRON 25 VOLUMES
SCÈNES DE LA VIE PRIVÉE. 4 vol. . 24 »
SCÈNES DE LA VIE DE PROVINCE. 3 vol. 18 »
SCÈNES DE LA VIE PARISIENNE, 4 vol. . 24 »
SCÈNES DE LA VIE MILITAIRE. 1 vol. 6 »
SCÈNES DE LA VIE POLITIQUE. 1 vol. 6 »
SCÈNES DE LA VIE DE CAMPAGNE. 1 v. 6 »
ÉTUDES PHILOSOPHIQUES. 3 vol. . . 18 »
THÉATRE COMPLET. 1 vol. . . . . . 6 »
### J. BARTHÉLEMY SAINT-HILAIRE
LETTRES SUR L'ÉGYPTE. 1 vol. . . . 7 50
### L. BAUDENS
Memb. du conseil de santé des armées
LA GUERRE DE CRIMÉE. —Campements,
abris, ambulances, etc. 1 vol. . . 6 »
### IS. BÉDARRIDE
LES JUIFS EN FRANCE, EN ITALIE ET
EN ESPAGNE. 3ᵉ édition. 1 vol. 7 50
### LA PRINCESSE DE BELGIOJOSO
ASIE-MINEURE ET SYRIE. 1 vol. . . 7 50
HIST. DE LA MAISON DE SAVOIE. 1 v. 7 50
### E. BÉNAMOZEGH
MORALE JUIVE ET MOR. CHRÉTIENNE. 1 v. 7 50
### HECTOR BERLIOZ
MÉMOIRES, comprenant ses voyages
en Italie, en Allemagne, en Russie
et en Angleterre, 1803-1865, avec
portrait de l'auteur. 1 fort vol. . 12 »
### BERRIAT SAINT-PRIX
LA JUSTICE RÉVOLUTIONNAIRE. — Août
1792. Prairial an III. D'après des
documents originaux. T. Iᵉʳ, 2ᵉ édit. 7 50
### E. BEULÉ, de l'Institut
AUGUSTE, SA FAMILLE ET SES AMIS.
4ᵉ édition. 1 vol. . . . . . . . 6 »

**E. BEULÉ,** de l'Institut (Suite) f. c.
LE SANG DE GERMANICUS. 3ᵉ édit. 1 v. 6 »
TIBÈRE ET L'HÉRITAGE D'AUGUSTE.
3ᵉ édition. 1 vol. . . . . . . . 6 »
TITUS ET SA DYNASTIE. 2ᵉ édit. 1 vol. 6 »
LE DRAME DU VÉSUVE. 1 vol. . . . . 6 »
**J.-B. BIOT** de l'Acad. des Sc. et de l'Ac. fr.
ÉTUDES SUR L'ASTRONOMIE INDIENNE ET
SUR L'ASTRONOMIE CHINOISE. 1 v. 7 50
MÉLANGES SCIENTIFIQUES ET LITTÉ-
RAIRES. 3 vol. . . . . . . . . 22 50
### LE CHANOINE DE BLESER
ROME ET SES MONUMENTS, guide du
voyageur catholique dans la capitale
du monde chrétien. 2ᵉ édition, re-
vue, corrigée et augmentée, avec
66 plans annotés. 1 vol. . . . . 10 »
### CORNELIUS DE BOOM
SOLUTION POLIT. ET SOCIALE. 1 vol. 6 »
### FRANÇOIS DE BOURGOING
HISTOIRE DIPLOMATIQUE DE L'EUROPE
PENDANT LA RÉVOL. FRANÇAISE. 3 v. 22 50
### M.-L. BOUTTEVILLE
LA MORALE DE L'ÉGLISE ET LA MO-
RALE NATURELLE. 1 vol. . . . . 7 50
### LE DUC DE BROGLIE
VUES SUR LE GOUVERNEMENT DE LA
FRANCE. 1 vol. . . . . . . . . 7 50
### LE PRINCE DE BROGLIE de l'Ac. fr.
QUESTIONS DE RELIGION ET D'HIS-
TOIRE. 2 vol. . . . . . . . . . 15 »
### A. CALMON
HISTOIRE PARLEMENTAIRE DES FINAN-
CES DE LA RESTAURATION. 2 vol. 15 »
### AUGUSTE CARLIER
DE L'ESCLAVAGE dans ses rapports
avec l'Union américaine. 1 vol. . 6 »
HISTOIRE DU PEUPLE AMÉRICAIN. —
États-Unis — et de ses rapports
avec les Indiens. 2 vol. . . . . 12 »
### J. COHEN
LES DÉICIDES. Examen de la Vie
de Jésus et des développements de
l'Église chrétienne dans leurs rap-
ports avec le judaïsme, 2ᵉ édit.
revue, corrigée. 1 vol. . . . . . 6 »
### OSCAR COMETTANT
LA MUSIQUE, LES MUSICIENS ET LES
INSTRUMENTS DE MUSIQUE chez les
différents peuples du monde. 1 vol.
orné de 150 dessins . . . . . . 20 »
### J.-J. COULMANN
RÉMINISCENCES. 3 vol. . . . . . . 15 »
### VICTOR COUSIN de l'Acad. française
PHILOSOPHIE DE KANT. 1 vol. . . . 5 »
PHILOSOPHIE ÉCOSSAISE. 1 vol. . . 5 »
### J. CRETINEAU-JOLY
LE PAPE CLÉMENT XIV, lettre au Père
Theiner. 1 vol. . . . . . . . . 3 »
### LE PRINCE L. CZARTORYSKI
ALEXANDRE Iᵉʳ ET LE PRINCE CZAR-
TORYSKI — Correspondance particu-
lière et conversations, publiées
avec une Introduction. 1 vol. . . 7 50

**VICTOR JACQUEMONT** f. c.
CORRESPONDANCE INÉDITE avec sa famille, ses amis, 1824-1832, précédée d'une notice par *V. Jacquemont neveu*, et d'une introduction de *Pr. Mérimée.* 2 vol. . . . . 12 »

**PAUL JANET**
LES PROBLÈMES DU XIXᵉ SIÈCLE. 1 v. 7 50

**JULES JANIN** *de l'Académie française*
LES GAÎTÉS CHAMPÊTRES. 2 vol. . . 12 »
LA RELIGIEUSE DE TOULOUSE. 2 vol. 12 »

**ALPHONSE JOBEZ**
LA FEMME ET L'ENFANT. 1 vol. . . . 5 »

**LE PRINCE DE JOINVILLE**
ÉTUDES SUR LA MARINE :
  L'escadre de la Méditerranée. —
  La Question chinoise.—La Marine
  à vapeur dans les guerres continentales. 1 vol. . . . . . . . 7 50

**A. KUENEN** — *Trad. A. Pierson*
HISTOIRE CRITIQUE DES LIVRES DE L'ANCIEN TESTAMENT , avec une préface par *Ernest Renan.* 1 vol. . 7 50

**LAMARTINE**
ANTONIELLA. 1 vol. . . . . . . . 6 »
GENEVIÈVE. Hist. d'une Servante. 1 vol. 5 »
NOUVELLES CONFIDENCES. 1 vol. . . 5 »
TOUSSAINT LOUVERTURE. 1 vol. . . 5 »
VIE DE CÉSAR. 1 vol. . . . . . . 5 »

**CHARLES LAMBERT**
L'IMMORTALITÉ SELON LE CHRIST. 1 v. 7 50
LE SYSTÈME DU MONDE MORAL. 1 vol. 7 50

**PATRICE LARROQUE**
DE LA GUERRE ET DES ARMÉES. 3ᵉ *édition.* 1 vol. . . . . . . . . 6 »
EXAMEN CRITIQUE DES DOCTRINES DE LA RELIGION CHRÉTIENNE. 4ᵉ *édition.* 2 vol. . . . . . . . . . . 15 »
DE L'ORGANISATION DU GOUVERNEMENT RÉPUBLICAIN. 1 vol. . . . . . 5 »
RÉNOVATION RELIGIEUSE. 4ᵉ édit. 1 vol. 7 50

**JULES DE LASTEYRIE**
HISTOIRE DE LA LIBERTÉ POLITIQUE EN FRANCE. 1ʳᵉ *Partie.* 1 vol. . 7 50

**DE LATENA**
ÉTUDE DE L'HOMME. 3ᵉ *édit.* 1 vol. 7 50

**LATOUR SAINT-YBARS**
VIE DE NÉRON. 1 vol. . . . . . . 7 50

**LÉONCE DE LAVERGNE**
LES ASSEMBLÉES PROVINCIALES SOUS LOUIS XVI. 1 vol. . . . . . . 7 50

**JULES LE BERQUIER**
LA COMMUNE DE PARIS. 1 vol. . . . 3 »

**VICTOR LE CLERC ET ERNEST RENAN**
HISTOIRE LITTÉRAIRE DE LA FRANCE AU XIVᵉ SIÈCLE. 2 vol. . . . . 16 »

**CHARLES LENORMANT**
BEAUX-ARTS ET VOYAGES, précédés d'une lettre de *M. Guizot.* 2 vol. 15 »

**L. DE LOMÉNIE**
BEAUMARCHAIS ET SON TEMPS. Études sur la Société en France au XVIIIᵉ siècle. 2ᵉ *édition.* 2 vol. . . . . 15 »
LA COMTESSE DE ROCHEFORT ET SES AMIS. Étude sur les mœurs en France au XVIIIᵉ siècle, avec des documents inédits. 1 vol. . . . . 7 50

**LORD MACAULAY** *Tr. G. Guizot* f. c.
ESSAIS HIST. ET BIOGRAPHIQUES. 2 v. 12 »
—LITTÉRAIRES. 1 vol. . . . . . 6 »
—POLIT. ET PHILOSOPHIQUES. 1 vol. 6 »
—SUR L'HIST. D'ANGLETERRE. 1 vol. 6 »

**JOSEPH DE MAISTRE**
CORRESPONDANCE DIPLOMATIQUE (1811-1817), publiée par *A. Blanc.* 2 vol. 15 »
MÉMOIRES POLITIQUES ET CORRESPONDANCE DIPLOMATIQUE, avec explications, etc., par *Albert Blanc.* 1 v. 6 »

**LE COMTE DE MARCELLUS**
CHATEAUBRIAND ET SON TEMPS. 1 vol. 7 50
LES GRECS ANCIENS ET LES GRECS MODERNES. Études littéraires. 1 v. 7 50
SOUVENIRS DIPLOMATIQUES. Correspondance intime de M. de Chateaubriand. *Nouv. édition.* 1 vol. . 5 »

**MARTIN PASCHOUD**
LIBERTÉ, VÉRITÉ, CHARITÉ. 1/2 vol. . 2 »

**J.-H. MERLE D'AUBIGNÉ**
HISTOIRE DE LA RÉFORMATION EN EUROPE AU TEMPS DE CALVIN. 5 vol. 37 50

**MÉRY**
NAPOLÉON EN ITALIE, Poème. 1 vol. . 5 »

**LE COMTE MIOT DE MÉLITO**
*Ancien ambassadeur et ministre*
SES MÉMOIRES, publiés par sa famille (1788-1815). 3 vol. . . . . . 30 »

**Mᵐᵉ A. MOLINOS-LAFITTE**
SOLITUDES. 2ᵉ *édition.* 1 vol. . . 5 »

**LE COMTE DE MONTALIVET**
LE ROI LOUIS-PHILIPPE (liste civile).
*Nouv. édit., entièrement revue et consid. augm. de notes, pièces, etc., avec portrait et fac-similé du roi, le plan du château de Neuilly.* 1 v. 6 »

**MORTIMER-TERNAUX**
HIST. DE LA TERREUR (1792-1794). 7 v. 42 »

**J. LOTHROP MOTLEY**
*Traduction nouv. précédée d'une grande introd. par M. Guizot.*
HISTOIRE DE LA FONDATION DE LA RÉPUBLIQUE DES PROVINCES-UNIES. 4 v. 24 »

**LE BARON DE NERVO**
LE COMTE CORVETTO. 1 vol. . . . . 7 50
L'ESPAGNE EN 1867. 1 vol. . . . . 5 »
LES FINANCES FRANÇAISES SOUS L'ANCIENNE MONARCHIE, LA RÉPUBLIQUE, LE CONSULAT ET L'EMPIRE. 2 vol. 15 »
LES FINANCES FRANÇAISES SOUS LA RESTAURATION. 4 vol. . . . . 30 »
HISTOIRE D'ESPAGNE DEPUIS SES ORIGINES, tome Iᵉʳ. . . . . . . 7 50
LA MONARCHIE ESPAGNOLE, SON ORIGINE, SA CONDITION, etc. 1/2 vol. . . 2 »

**ADOLPHE NEUBAUER**
LA GÉOGRAPHIE DU TALMUD. 1 vol. 15 »

**MICHEL NICOLAS**
DES DOCTRINES RELIGIEUSES DES JUIFS pendant les deux siècles antérieurs à l'ère chrétienne. 2ᵉ édit. 1 vol. . 7 50
ESSAIS DE PHILOSOPHIE ET D'HISTOIRE RELIGIEUSE. 1 vol. . . . . . . 7 50
ÉTUDES CRITIQUES SUR LA BIBLE. Ancien Testament. 2ᵉ édit. 1 vol. 7 50
ÉTUDES CRITIQUES SUR LA BIBLE. Nouveau Testament. 1 vol. . . . . 7 50

**MICHEL NICOLAS** (*Suite*) f. c.
ÉTUDES SUR LES ÉVANGILES APOCRY-
PHES. 1 vol. . . . . . . . . . 7 50
LE SYMBOLE DES APÔTRES. 1 vol. . . 7 50

**CHARLES NISARD**
LES GLADIATEURS DE LA RÉPUBLIQUE
DES LETTRES. 2 vol. . . . . . . 15  »

**LE MARQUIS DE NOAILLES**
HENRI DE VALOIS ET LA POLOGNE EN
1752. 3 vol. . . . . . . . . . 22 50

**LE DUC D'ORLÉANS**
CAMPAGNES DE L'ARMÉE D'AFRIQUE —
1835-1839, — publié par ses fils.
Avant-propos de M. le comte de
Paris, introduction de M. le duc
de Chartres, avec un portrait du
duc d'Orléans par Horace Vernet
et une carte de l'Algérie. 2e édition. 1 beau volume vélin. . . 7 50

**CAS MIR PERIER**
LES FINANCES DE L'EMPIRE. 1/2 vol. . . 1  »
LES FINANCES ET LA POLITIQUE. 1 vol. 5  »
LE TRAITÉ AVEC L'ANGLETERRE. 1/2 v. 1 50

**GEORGES PERROT**
SOUVENIRS D'UN VOYAGE EN ASIE-
MINEURE. 2e édition. 1 vol. . . 7 50

**A. PEYRAT**
HISTOIRE ÉLÉMENTAIRE ET CRITIQUE
DE JÉSUS, 4e édition. 1 vol. . . . 7 50

**A. PHILIPPE**
ROYER-COLLARD. Sa vie publique, sa
vie privée, sa famille. 1 vol. . . 5  »

**L'ABBÉ PIERRE**
CONSTANTINOPLE, JÉRUSALEM ET ROME,
avec un plan de Jérusalem et une
carte des côtes orientales de la
Méditerranée. 2 vol. . . . . . 15  »

**F. PONSARD** de l'Académie française
ŒUVRES COMPLÈTES. 2 vol. . . . . 15  »

**LE COMTE DE PONTÉCOULANT**
SOUVENIRS HISTORIQUES ET PARLEMEN-
TAIRES, extraits de ses papiers et
de sa corresp. (1764-1848). 4 vol. 24  »

**PREVOST-PARADOL** de l'Acad. franç.
ÉLISABETH ET HENRI IV (1595-1598).
2e édition. 1 vol. . . . . . . 5  »
ESSAIS DE POLITIQUE ET DE LITTÉ-
RATURE. 3 vol. . . . . . . . 22 50
LA FRANCE NOUVELLE, 1 v. 3e édit. . 7 50

**EDGAR QUINET**
HISTOIRE DE LA CAMPAGNE DE 1815.
2e édit. 1 vol. avec une carte. . 7 50
MERLIN L'ENCHANTEUR. 2 vol. . . 15  »

**JOSEPH DE RAINNEVILLE**
LA FEMME DANS L'ANTIQUITÉ ET D'A-
PRÈS LA MORALE NATURELLE. 1 vol. 7 50

**Mme RÉCAMIER**
SOUVENIRS ET CORRESPONDANCE tirés
de ses papiers. 3e édition. 2 vol. 15  »
COPPET ET WEIMAR — MADAME DE
STAEL ET LA GRANDE-DUCHESSE
LOUISE. Récits et Correspondan-
ces, par l'auteur des Souvenirs de
Madame Récamier. 1 vol. . . 7 50

**H. DE RÉMUSAT** de l'Ac. franç. f. c.
POLITIQUE LIBÉRALE, ou Fragments
pour servir à la défense de la révolution française. 1 vol. . . . 7 50

**ERNEST RENAN** de l'Institut
LES APÔTRES. 1 vol. . . . . . . 7 50
AVERROÈS ET L'AVERROÏSME, essai his-
torique. 3e édition. 1 vol. . . . 7 50
LE CANTIQUE DES CANTIQUES, traduit
de l'hébreu, avec une étude sur le
plan, l'âge et le caractère du poëme.
3e édition. 1 vol. . . . . . . 6  »
LA CHAIRE D'HÉBREU AU COLLÈGE DE
FRANCE. 3e édition. Brochure. . 1  »
DE L'ORIGINE DU LANGAGE. 4e éd. 1 v. 6  »
ESSAIS DE MORALE ET DE CRITIQUE.
3e édition. 1 vol. . . . . . . 7 50
ÉTUDES D'HISTOIRE RELIGIEUSE.
6e édition. 1 vol. . . . . . . 7 50
HISTOIRE GÉNÉRALE DES LANGUES SÉ-
MITIQUES. 4e édition revue et
augmentée. 1 vol. . . . . . . 12  »
HISTOIRE LITTÉRAIRE DE LA FRANCE
AU XIVe SIÈCLE. 2 vol. . . . . 16  »
LE LIVRE DE JOB, traduit de l'hébreu,
avec une étude sur l'âge et le ca-
ractère du poëme. 3e édition. 1 vol. 7 50
QUESTIONS CONTEMPORAINES. 2e édit. 1 v. 7 50
LA RÉFORME INTELLECTUELLE ET MO-
RALE. 1 vol. . . . . . . . . 7 50
SAINT PAUL. 1 vol. avec carte. . . . . 7 50
VIE DE JÉSUS. 13e édition. 1 vol. . . 7 50

**D. JOSÉ GUELL Y RENTÉ**
CONSIDÉRATIONS POLIT. ET LIT. 1 vol. 5  »
PENSÉES CHRÉTIENNES, POLITIQUES
ET PHILOSOPHIQUES. 1 vol. . . 5  »

**LOUIS REYBAUD** de l'Institut
ÉCONOMISTES MODERNES. 1 vol. . . 7 50
ÉTUDES SUR LE RÉGIME DES MANU-
FACTURES. — La soie. 1 vol. . . 7 50
LE COTON. Son régime, ses problè-
mes, son influence en Europe. 1 vol. 7 50
LA LAINE. 3e série des Études sur le
régime des manufactures. 1 vol. 7 50

**LE COMTE H. R.**
LA JUSTICE ET LA MONARCHIE POPU-
LAIRE. 1re partie : La Guerre
d'Orient. 1 vol. . . . . . . . 3  »

**H. RODRIGUES**
LA JUSTICE DE DIEU. 1 vol. . . . . 5  »
LES ORIGINES DU SERMON DE LA MON-
TAGNE. 1 vol. . . . . . . . . 5  »
LE ROI DES JUIFS. 1 vol. . . . . . 5  »
SAINT PIERRE. 1 vol. . . . . . . 5  »
LES 3 FILLES DE LA BIBLE. 1 vol. 5  »

**J.-J. ROUSSEAU**
ŒUVRES ET CORRESPONDANCE INÉ-
DITES, publiées par M. Streckei-
sen-Moultou. 1 vol. . . . . . 7 50
J.-J. ROUSSEAU, SES AMIS ET SES EN-
NEMIS. Corresp. publ. par M. Strec-
keisen-Moultou, avec introd. de
M. J. Levallois et une appréciat.
crit. de M. Sainte-Beuve. 2 vol. 15  »

# BIBLIOTHÈQUE CONTEMPORAINE
## ET COLLECTION DE LA LIBRAIRIE NOUVELLE
### Format grand in-18 à 3 francs le volume

**EDMOND ABOUT**    vol.
LETTRES D'UN BON JEUNE HOMME A SA COUSINE. 2e *édition* . . . . . 1
DERN. LETTRES D'UN BON JEUNE HOMME. 1

**AMÉDÉE ACHARD**
BELLE-ROSE. *Nouvelle édition* . . . 1
RÉCITS D'UN SOLDAT. 2e *édition* . . . 1

**ALARCON**
THÉATRE, traduit par *Alph. Royer* . 1

**GUSTAVE D'ALAUX**
L'EMPEREUR SOULOUQUE ET SON EMPIRE. 1

**LE DUC D'ALENÇON**
LUÇON ET MINDANAO, extraits d'un journal de voyage dans l'extrême Orient, avec une carte des îles Philippines. 1

**LE DUC D'AUMALE**
LES ZOUAVES ET LES CHASSEURS A PIED. 1

**\*\*\***
SOUVEN. D'UN OFFICIER DU 2e DE ZOUAVES 2e *édition* augmentée. . . . . . . 1

**\*\*\***
VARIA.-Morale.-Politique.-Littérature. 5

**\*\*\***
UN MARI EN VACANCES. . . . . . . 1

**UN ARTILLEUR**
CAPOUE EN CRIMÉE . . . . . . . . 2

**ALFRED ASSOLLANT**
D'HEURE EN HEURE . . . . . . . . 1
GABRIELLE DE CHÉNEVERT . . . . . 1

**XAVIER AUBRYET**
LA FEMME DE VINGT-CINQ ANS . . . 1
LES JUGEMENTS NOUVEAUX . . . . . 1

**L'AUTEUR DE JOHN HALIFAX**
UNE EXCEPTION (a noble life). . . . 1
LA MÉPRISE DE CHRISTINE. . . . . 1
OLIVIA . . . . . . . . . . . . . 2

**L'AUTEUR DE Mme LA DUCHESSE D'ORLÉANS**
VIE DE JEANNE D'ARC. 2e *édition* . . 1

**J. AUTRAN** de l'*Acad. française*
ÉPÎTRES RUSTIQUES . . . . . . . . 1

**AUGUSTE AVRIL**
SALTIMBANQUES ET MARIONNETTES. . 1

**LE Cte CÉSAR BALBO** *Trad. J. Amigues*
HISTOIRE D'ITALIE. 2e *édition*. . . 2

**LOUIS BAMBERGER**
M. DE BISMARCK. . . . . . . . . . 1

**THÉODORE DE BANVILLE**
LES PARISIENNES DE PARIS. *Nouv. édit.* 1

**CH. BARBARA**
HISTOIRES ÉMOUVANTES . . . . . . 1

**J. BARBEY D'AUREVILLY**
L'AMOUR IMPOSSIBLE . . . . . . . 1
LE CHEVALIER DES TOUCHES . . . . 1
LES PROPHÈTES DU PASSÉ . . . . . 1

**ALEX. BARBIER**
LETTRES FAMILIÈRES SUR LA LITTÉRATURE. 1

**JULES BARBIER**
LE FRANC-TIREUR. Chants de guerre 1

**J. BARTHÉLEMY SAINT-HILAIRE**
LETTRES SUR L'ÉGYPTE. 2e *édition*. 1

**CH. BATAILLE — E. RASETTI** vol.
ANTOINE QUÉRARD. Drames de Village. 2

**CHARLES BAUDELAIRE**
ŒUVRES COMPLÈTES — *Edition définitive.*
LES FLEURS DU MAL, poésies compl. . 1
CURIOSITÉS ESTHÉTIQUES . . . . . . 1
L'ART ROMANTIQUE. . . . . . . . . 1
PETITS POÈMES EN PROSE — LES PARADIS ARTIFICIELS. . . . . . . . . . 1
HISTOIRES EXTRAORDINAIRES D'EDGAR POE. (*Traduction*). . . . . . . . 1
NOUVELLES HISTOIRES EXTRAORDINAIRES. 1
ARTHUR GORDON PYM. — EUREKA. . . 1

**L. BAUDENS**
LA GUERRE DE CRIMÉE. Les Campements, les Abris, les Ambulances, les Hôpitaux, etc. 2e *édition* . . 1

**LE BARON DE BAZANCOURT**
LE CHEVALIER DE CHABRIAC. . . . . 1

**GUSTAVE DE BEAUMONT**
L'IRLANDE SOCIALE, POLIT. ET RELIGIEUSE 7e *édition, revue et corrigée* . . . 2

**ROGER DE BEAUVOIR**
COLOMBES ET COULEUVRES . . . . . 1
DUELS ET DUELLISTES . . . . . . . 1
LES MEILLEURS FRUITS DE MON PANIER . 1

**LA PRINCESSE DE BELGIOJOSO**
ASIE-MINEURE ET SYRIE. *Nouv. édition* 1

**GEORGES BELL**
LES REVANCHES DE L'AMOUR . . . . 1
VOYAGE EN CHINE . . . . . . . . . 1

**A. DE BELLOY** *Traducteur*
COMÉDIES DE PLAUTE. . . . . . . . 1
THÉATRE COMPLET DE TÉRENCE. 2e *éd.* 1

**ADOLPHE BELOT**
LE DRAME DE LA RUE DE LA PAIX. . 1

**TH. DE BENTZON**
LE ROMAN D'UN MUET. 1 vol. . . . . 1

**HECTOR BERLIOZ**
A TRAVERS CHANTS. *Nouv. édition* . 1
LES GROTESQUES DE LA MUSIQUE. *N. éd.* 1
LES SOIRÉES DE L'ORCHESTRE. *N. édit.* 1

**CH. DE BERNARD**
NOUVELLES ET MÉLANGES, avec portrait. 1
POÉSIES ET THÉATRE. . . . . . . . 1

**EUGÈNE BERTHOUD**
UN BAISER MORTEL. 2e *édition*. . . 1

**CAROLINE BERTON**
LE BONHEUR IMPOSSIBLE . . . . . . 1

**LA COMTESSE DE BOIGNE**
LA MARÉCHALE D'AUBEMER. . . . . 1
UNE PASSION DANS LE GRAND MONDE. 2e *éd.* 2

**H. BLAZE DE BURY**
LE CHEVALIER DE CHASOT . . . . . 1
ÉCRIVAINS MODERNES DE L'ALLEMAGNE 1
ÉPISODE DE L'HISTOIRE DU HANOVRE. 1
INTERMÈDES ET POÈMES. . . . . . . 1
LES MAITRESSES DE GŒTHE. . . . . 1
LA LÉGENDE DE VERSAILLES. . . . . 1
MEYERBEER ET SON TEMPS. . . . . . 1
MUSICIENS CONTEMPORAINS . . . . . 1
SOUV. ET RÉCITS DES CAMP. D'AUTRICHE. 1

**L. DAVESIÈS DE PONTÈS** *(Suite)* vol.
ÉTUDES SUR L'HISTOIRE DE PARIS. . . . 1
ÉTUDES SUR L'ORIENT. 2e *édition*. . 1
ÉTUDES SUR LA PEINTURE VÉNITIENNE. 1
NOTES SUR LA GRÈCE. . . . . . . . 1

**DÉCEMBRE-ALONNIER**
TYPOGRAPHES ET GENS DE LETTRES. . 1

**E.-J. DELÉCLUZE**
SOUVENIRS DE SOIXANTE ANNÉES. . . 1

**EUGÈNE DELIGNY**
L'HÉRITAGE D'UN BANQUIER. . . . . 1
MÉMOIRES D'UN DISSIPATEUR. . . . . 1
LE SECRET DE M. DE BOISSONNANGE. 1
LE TALISMAN DE ROBERT NELS. . . . 1

**LA COMTESSE DELLA ROCCA**
CORRESPONDANCE ENFANTINE. Modèles
de lettres pour jeunes filles. . . . 1
CORRESPONDANCE INÉDITE DE LA DUCH.
DE BOURGOGNE ET DE LA REINE D'ES-
PAGNE; publiée avec Introduction. . 1

**PAUL DELTUF**
CONTES ROMANESQUES. . . . . . . . 1
FIDÈS. . . . . . . . . . . . . . . 1
RÉCITS DRAMATIQUES. . . . . . . . 1

**MARIA DERAISMES**
NOS PRINCIPES ET NOS MŒURS. . . . 1

**LOUIS DÉPRET**
LUCIE. . . . . . . . . . . . . . . 1
LE MOT DE L'ENIGME. . . . . . . . 1

**A. DESBAROLLES**
VOYAGE D'UN ARTISTE EN SUISSE A
3 FR. 50 C. PAR JOUR. 3e *édition*. 1

**ÉMILE DESCHANEL**
CAUSERIES DE QUINZAINE. . . . . . 1
CHRIST. COLOMB ET VASCO DE GAMA. 2e éd. 1

**PAUL DHORMOYS**
LA VERTU DE M. BOURGET. . . . . . 1

**PASCAL DORÉ**
LE ROMAN DE DEUX JEUNES FILLES. . 1

**MAXIME DU CAMP**
LES BUVEURS DE CENDRES. . . . . . 1
EN HOLLANDE. *Nouv. édition*. . . 1
EXPÉDITION DE SICILE. Souvenirs. 1
LES FORCES PERDUES. . . . . . . . 1
MÉMOIRES D'UN SUICIDÉ. . . . . . 1
LE NIL (Egypte et Nubie). 3e *édition*. 1

**J.-A. DUCONDUT**
ESSAI DE RHYTHMIQUE FRANÇAISE . . 1

**E. DUFOUR**
LES GRIMPEURS DES ALPES. *Tr. de l'angl.* 1

**ALEXANDRE DUMAS**
LES GARIBALDIENS. . . . . . . . . 1
HISTOIRE DE MES BÊTES. . . . . . 1
SOUVENIRS DRAMATIQUES. . . . . . 2
THÉATRE COMPLET. . . . . . . . . 14

**MARIE ALEXANDRE DUMAS**
AU LIT DE MORT. 2e *édition* 1
MADAME BENOIT. 2e *édition*. . . 1
LE MARI DE Mme BENOIT. 1

**ALEXANDRE DUMAS** FILS.
AFF. CLÉMENCEAU. Mém. de l'acc. 11e éd. 1
CONTES ET NOUVELLES . . . . . . 1
THÉATRE COMPLET avec préf. inéd. 2e éd.

**HENRI DUPIN**
CINQ COUPS DE SONNETTE. . . . . 1

**MISS EDGEWORTH**
DEMAIN ! . . . . . . . . . . . . 1

**CHARLES EDMOND**    vol.
SOUVENIRS D'UN DÉPAYSÉ . . . . . 1

**Mme ELLIOTT**
MÉMOIRES SUR LA RÉVOLUTION FRANÇAISE,
avec étude de M. Ste-Beuve et un
portrait gravé sur acier. 2e *édition*. 1

**ERCKMANN-CHATRIAN**
L'ILLUSTRE DOCTEUR MATHÉUS. . . 1

**XAVIER EYMA**
LES PEAUX NOIRES. . . . . . . . 1

**ACHILLE EYRAUD**
VOYAGE A VÉNUS. . . . . . . . . 1

**A.-L.-A. FÉE**
L'ESPAGNE A 50 ANS D'INTERVALLE. 1
SOUVENIRS DE LA GUERRE D'ESPAGNE. 1

**FÉTIS**
LA MUSIQUE DANS LE PASSÉ, DANS LE
PRÉSENT ET DANS L'AVENIR (S. pr.). 2

**FEUILLET DE CONCHES**
LÉOPOLD ROBERT, sa vie, ses œuvres
et sa correspondance. *Nouv. édition* 1

**OCT. FEUILLET** de l'Acad. française
BELLAH. 7e *édition* . . . . . . 1
HISTOIRE DE SIBYLLE. 12e *édition* . . 1
M. DE CAMORS. 13e *édition*. . . 1
LA PETITE COMTESSE. Le Parc, Onesta. 1
LE ROMAN D'UN JEUNE HOMME PAUVRE. 1
SCÈNES ET COMÉDIES. *Nouv. édition*. 1
SCÈNES ET PROVERBES. *Nouv. édition* 1

**PAUL FÉVAL**
QUATRE FEMMES ET UN HOMME. 3e *édit*. 1
LE TUEUR DE TIGRES. . . . . . . 1

**ERNEST FEYDEAU**
ALGER. Étude. 2e *édition*. . . . 1
LES AMOURS TRAGIQUES. 2e *édition*. 1
LES AVENTURES DU BARON DE FÉRESTE. 1
COMMENT SE FORMENT LES JEUNES GENS.
3e *édition*. . . . . . . . . . 1
LA COMTESSE DE CHALIS. 6e *édition*. 1
UN DÉBUT A L'OPÉRA. 4e *édition*. 1
DU LUXE, DES FEMMES, DES MŒURS, DE
LA LITTÉRATURE ET DE LA VERTU. . 1
LE MARI DE LA DANSEUSE. 3e *édition*. 1
MONSIEUR DE SAINT-BERTRAND. 3e *édit*. 1
LE ROMAN D'UNE JEUNE MARIÉE. 7e *édit*. 1
LE SECRET DU BONHEUR. 2e *édition*. 2

**LOUIS FIGUIER**
LES EAUX DE PARIS. 3e *édition*. . 1

**P.-A. FIORENTINO**
COMÉDIES ET COMÉDIENS. . . . . . 2
LES GRANDS GUIGNOLS. . . . . . . 2

**GUSTAVE FLAUBERT**
MADAME BOVARY. *Nouv. édit. revue*. 1
SALAMMBO. 5e *édition*. . . . . 1

**EUGÈNE FORCADE**
ÉTUDES HISTORIQUES. . . . . . . 1
HIST. DES CAUSES DE LA GUERRE D'ORIENT. 1

**MARC FOURNIER**
LE MONDE ET LA COMÉDIE (Sous presse). 1

**VICTOR FRANCONI**
LE CAVALIER. Cours d'équitation pra-
tique. 2e *édition revue et augm*. 1
L'ÉCUYER. Cours d'équitation pratique. 1

**ARNOULD FRÉMY**
LES GENS MAL ÉLEVÉS. . . . . . . 1
LES MŒURS DE NOTRE TEMPS. . . . 1

# BIBLIOTHÈQUE NOUVELLE
## Format grand in-18 à 2 francs le volume

ŒUVRES COMPLÈTES
DE
# H. DE BALZAC
NOUVELLE ÉDITION COMPLÈTE, EN 45 VOLUMES
**à 1 fr. 25 cent. le volume** (*Chaque volume se vend séparément*)

Les œuvres que BALZAC a désignées sous le titre de :
**La Comédie humaine**, forment dans cette édition. . . . . 40 volumes.
**Les Contes drôlatiques** . . . . . . . . . . . . . . . . 3 —
**Le Théâtre**, seule édition complète . . . . . . . . . . 2 —

## COMÉDIE HUMAINE

### SCÈNES DE LA VIE PRIVÉE

Tome 1. — LA MAISON DU CHAT QUI PELOTTE. Le Bal de Sceaux. La Bourse. La Vendetta. Madame Firmiani. Une double Famille.

Tome 2. — LA PAIX DU MÉNAGE. La fausse Maîtresse. Étude de femme. Autre Étude de Femme. La grande Bretèche. Albert Savarus.

Tome 3. — MÉMOIRES DE DEUX JEUNES MARIÉES. Une Fille d'Eve.

Tome 4. — LA FEMME DE TRENTE ANS. La femme abandonnée. La Grenadière. Le Message. Gobseck.

Tome 5. — LE CONTRAT DE MARIAGE. Un Début dans la vie.

Tome 6. — MODESTE MIGNON.

Tome 7. — BÉATRIX.

Tome 8. — HONORINE. Le colonel Chabert. La Messe de l'Athée. L'Interdiction. Pierre Grassou.

### SCÈNES DE LA VIE DE PROVINCE

Tome 9. — URSULE MIROUET.

Tome 10. — EUGÉNIE GRANDET.

Tome 11. — LES CÉLIBATAIRES — I. Pierrette. Le Curé de Tours.

Tome 12. — LES CÉLIBATAIRES — II. Un Ménage de Garçon.

Tome 13. — LES PARISIENS EN PROVINCE. L'illustre Gaudissart. La Muse du département.

Tome 14. — LES RIVALITÉS. La Vieille Fille. Le Cabinet des Antiques.

Tome 15. — LE LYS DANS LA VALLÉE.

Tome 16. — ILLUSIONS PERDUES — I. Les deux Poëtes. Un grand homme de province à Paris, 1re partie.

Tome 17. — ILLUSIONS PERDUES — II. Un Grand homme de province, 2e partie, Eve et David.

### SCÈNES DE LA VIE PARISIENNE

Tome 18. — SPLENDEURS ET MISÈRES DES COURTISANES. Esther heureuse. A combien l'amour revient aux Vieillards. Où mènent les mauvais chemins.

Tome 19. — LA DERNIÈRE INCARNATION DE VAUTRIN. Un Prince de la Bohême. Un Homme d'affaires. Gaudissart II. Les Comédiens sans le savoir.

Tome 20. — HISTOIRE DES TREIZE. Ferragus. La duchesse de Langeais. La Fille aux yeux d'or.

Tome 21. — LE PÈRE GORIOT.

Tome 22. — CÉSAR BIROTTEAU.

Tome 23. — LA MAISON NUCINGEN. Les Secrets de la princesse de Cadignan. Les Employés. Sarrasine. Facino Cane.

Tome 24. — LES PARENTS PAUVRES — La Cousine Bette.

Tome 25. — LES PARENTS PAUVRES — Le Cousin Pons.

### SCÈNES DE LA VIE POLITIQUE

Tome 26. — UNE TÉNÉBREUSE AFFAIRE. Un Episode sous la Terreur.

Tome 27. — L'ENVERS DE L'HISTOIRE CONTEMPORAINE. Madame de la Chanterie. L'Initié. Z. Marcas.

Tome 28. — LE DÉPUTÉ D'ARCIS.

### SCÈNES DE LA VIE MILITAIRE

Tome 29. — LES CHOUANS. Une Passion dans le Désert.

### SCÈNES DE LA VIE DE CAMPAGNE

Tome 30. — LE MÉDECIN DE CAMPAGNE.

Tome 31. — LE CURÉ DE VILLAGE.

Tome 32. — LES PAYSANS.

### ÉTUDES PHILOSOPHIQUES

Tome 33. — LA PEAU DE CHAGRIN.

Tome 34. — LA RECHERCHE DE L'ABSOLU. Jésus-Christ en Flandre. Melmoth réconcilié. Le Chef-d'œuvre inconnu.

Tome 35. — L'ENFANT MAUDIT. Gambara. Massimilla Doni.

Tome 36. — LES MARANA. Adieu. Le Réquisitionnaire. El Verdugo. Un Drame au bord de la mer. L'Auberge rouge. L'Elixir de longue vie. Maître Cornélius.

Tome 37. — SUR CATHERINE DE MÉDICIS. Le Martyr calviniste. La Confidence des Ruggieri. Les deux Rêves.

Tome 38. — LOUIS LAMBERT. Les Proscrits. Seraphita.

### ÉTUDES ANALYTIQUES

Tome 39. — PHYSIOLOGIE DU MARIAGE.

Tome 40. — PETITES MISÈRES DE LA VIE CONJUGALE.

## CONTES DRÔLATIQUES

Tome 41. — 1er dixain.

Tome 42. — 2e dixain.

Tome 43. — 3e dixain.

## THÉÂTRE

Tome 44. — VAUTRIN, drame en 5 actes. Les Ressources de Quinola, comédie en 5 actes. Paméla Giraud, comédie en 5 actes.

Tome 45. — LA MARÂTRE, drame intime en 5 actes. Le Faiseur (Mercadet), comédie en 5 actes (entièrement conforme au manuscrit de l'auteur.)

## ŒUVRES DE JEUNESSE
# DE H. DE BALZAC
### NOUVELLE ÉDITION COMPLÈTE EN 10 VOLUMES
**A 2 fr. 25 cent. le volume** (*chaque volume se vend séparément*)

| | | | |
|---|---|---|---|
| ARGOW LE PIRATE . . . . . . . . | 1 vol. | L'HÉRITIÈRE DE BIRAGUE . . . . . | 1 vol. |
| LE CENTENAIRE . . . . . . . . . | 1 — | L'ISRAÉLITE . . . . . . . . . . | 1 — |
| LA DERNIÈRE FÉE . . . . . . . . | 1 — | JANE LA PALE . . . . . . . . . | 1 — |
| DOM GIGADAS . . . . . . . . . . | 1 — | JEAN-LOUIS . . . . . . . . . . | 1 — |
| L'EXCOMMUNIÉ . . . . . . . . . | 1 — | LE VICAIRE DES ARDENNES . . . . | 1 — |

# OUVRAGES DIVERS

**J. AUTRAN** *de l'Acad. franç.* f. c.
LABOUREURS ET SOLDATS. 2ᵉ éd. 1 v. 5 »
LES POÈMES DE LA MER. 1 vol. . . 5 »
**LA PRINCESSE DE BELGIOJOSO**
SCÈNES DE LA VIE TURQUE. 1 vol. . 5 »
**J.-B. BORÉDON**
GABRIEL ET FIAMMETTA. 1 vol . . . 5 »
**LOUIS BOUILHET**
POÉSIES. Festons et Astragales. 1 vol. 5 »
**A. BRIZEUX**
ŒUVRES COMPLÈTES. *Éd. définit.* 2 v. 12 »
**LE COMTE GUY DE CHARNACÉ**
LES FEMMES D'AUJOURD'HUI. 2ᵉ éd. 2 v. 10 »
**LE COMTE DE CHEVIGNÉ**
LES CONTES RÉMOIS illustrés par
E. Meissonier. 6ᵉ *édition.* 1 vol. . 5 »
**VICTOR COUSIN**
PHILOSOPHIE DE KANT. 4ᵉ éd. 1 vol. 6 »
**CHARLES EMMANUEL**
LES DÉVIATIONS DU PENDULE ET LE
MOUVEMENT DE LA TERRE. 1 vol. 1 »
**EUGÈNE FROMENTIN**
UN ÉTÉ DANS LE SAHARA. 1 volume. . 5 »
**LÉON GOZLAN**
LE MÉDECIN DU PECQ. 1 volume. . . 5 »
**ALEXANDRE GUÉRIN**
LES RELIGIEUSES. 1 volume. . . . 1 »
**HOFFMANN.** *Trad. Champfleury*
CONTES POSTHUMES. 1 vol. . . . . 6 »
**LA REINE HORTENSE**
LA REINE HORTENSE EN ITALIE, EN
FRANCE ET EN ANGLETERRE. 1 vol. 5 »
**LÉON HOLLÆNDER**
DIX-HUIT SIÈCLES DE PRÉJUGÉS CHRÉ-
TIENS. 1 volume. . . . . . . . 2 »
**J. JANIN**
LES CONTES DU CHALET. 2ᵉ édit. 1 v. 6 »
**LAMARTINE**
GRAZIELLA. 1 vol. . . . . . . . 5 »
NOUVELLES CONFIDENCES. 1 vol. . . 5 »
**LASSABATHIE,** *Admin. du Conserv.*
HISTOIRE DU CONSERVATOIRE IMPÉRIAL

DE MUSIQUE ET DE DÉCLAMATION. f. c.
1 volume . . . . . . . . . . . 5 »
**AUGUSTE LUCHET**
LA CÔTE-D'OR A VOL D'OISEAU. 1 vol. 2 »
LA SCIENCE DU VIN. 1 volume. . . 2 50
**STEPHEN DE LA MADELAINE**
CHANT. Études prat. de style. 1/2 vol. 2 »
**PAUL DE MOLÈNES**
COMMENTAIRES D'UN SOLDAT. 1 vol. 5 »
**P. MORIN**
COMMENT L'ESPRIT VIENT AUX TABLES.
1 volume . . . . . . . . . . . 1 50
**LA COMTESSE NATHALIE**
LA VILLA GALIETTA. 1 vol . . . . 5 »
**LE BARON DE NERVO**
SOUVENIRS DE MA VIE. 1 vol. . . . 3 50
**A. PEYRAT**
UN NOUVEAU DOGME. Histoire de l'Im-
maculée Conception. 1 volume. . . 3 »
**GUSTAVE PLANCHE**
ÉTUDES LITTÉRAIRES. 1 volume. . . 5 »
ÉTUDES SUR LES ARTS 1 volume. . . 5 »
**A. DE PONTMARTIN**
LETTRES D'UN INTERCEPTÉ. 1 vol. . 2 50
**LE DOCTEUR RAULAND**
LE LIVRE DES ÉPOUX. Guide pour
la guérison de l'impuissance, de
la stérilité et de toutes les maladies
des organes génitaux. 1 fort vol. 4 »
**ERNEST RENAN**
JÉSUS. 1 vol. in-32. 18ᵉ *édition.* 1 25
**MARY-ÉLIZA ROGERS**
LA VIE DOMESTIQUE EN PALESTINE.
1 volume . . . . . . . . . . . 3 50
**\*\*\***
MÉMOIRES D'UN PROTESTANT condamné
aux galères de France pour cause de
religion. 1 volume. . . . . . . 3 50
**LE ROI LOUIS-PHILIPPE**
MON JOURNAL. Événements de 1815.
2 volumes . . . . . . . . . . 10 »
**WARNER**
SCHAMYL. 1 volume. . . . . . . 2 »

# ÉTUDES CONTEMPORAINES — Format in-18

**ÉDOUARD DELPRAT**
L'ADMINISTRATION DE LA PRESSE. 1 v. 1 »
**A. GERMAIN**
MARTYROLOGE DE LA PRESSE. 1 vol. . 2 50
**LE COMTE D'HAUSSONVILLE**
LETTRE AU SÉNAT. 1 vol. . . . . 1 »
**LÉONCE DE LAVERGNE**
LA CONSTITUTION DE 1852 ET LE DÉ-
CRET DU 24 NOVEMBRE. 1 vol. . 1 »

**ED. DE SONNIER**
LES DROITS POLITIQUES DANS LES
ÉLECTIONS. — Manuel de l'Élec-
teur et du Candidat. 1 vol. . . . 1 »
**\*\*\***
LA LIBERTÉ RELIGIEUSE ET LA LÉ-
GISLATION ACTUELLE. 1 vol. . . . 1 »

# COLLECTION MICHEL LÉVY
## ET BIBLIOTHÈQUE DE LA LIBRAIRIE NOUVELLE
### 1 franc le volume grand in-18 de 300 à 400 pages

COLLECTION MICHEL LEVY — 1 FR. LE VOLUME    23

# COLLECTION FORMAT IN-32

## 1 FRANC LE VOLUME

### Jolis volumes papier vélin

# MUSÉE LITTÉRAIRE CONTEMPORAIN
## CHOIX DES MEILLEURS OUVRAGES DES AUTEURS MODERNES
### 10 Centimes la Livraison — Format in-4° à 2 colonnes

### ROGER DE BEAUVOIR
f. c.

| | | |
|---|---|---|
| LE CHEVALIER DE SAINT-GEORGES — | » 90 |
| LE CHEVALIER DE CHARNY . . . — | » 90 |

### CHARLES DE BERNARD

| | | |
|---|---|---|
| UN ACTE DE VERTU . . . . . . — | » 50 |
| L'ANNEAU D'ARGENT. . . . . . — | » 50 |
| UNE AVENTURE DE MAGISTRAT. . — | » 30 |
| LA CINQUANTAINE. . . . . . . — | » 50 |
| LA FEMME DE QUARANTE ANS. . — | » 50 |
| LE GENDRE . . . . . . . . . . — | » 50 |
| L'INNOCENCE D'UN FORÇAT . . . — | » 30 |
| LA PEINE DU TALION . . . . . — | » 30 |
| LE PERSÉCUTEUR. . . . . . . — | » 30 |

### CHAMPFLEURY

| | | |
|---|---|---|
| LES GRANDS HOMMES DU | |
| RUISSEAU . . . . . . . . . — | » 60 |

### LA COMTESSE DASH

| | | |
|---|---|---|
| LES GALANTERIES DE LA COUR | |
| DE LOUIS XV. . . . . . . . — | 3 » |
| — LA RÉGENCE . . . . . . . — | » 90 |
| — LA JEUNESSE DE LOUIS XV. — | » 90 |
| — LES MAÎTRESSES DU ROI. . — | » 90 |
| — LE PARC AUX CERFS . . . — | » 90 |

### ALEXANDRE DUMAS

| | | |
|---|---|---|
| ACTÉ . . . . . . . . . . . . — | » 90 |
| AMAURY . . . . . . . . . . . — | » 90 |
| ANGE PITOU . . . . . . . . . — | 1 80 |
| ASCANIO. . . . . . . . . . . — | 1 50 |
| AVENTURES DE JOHN DAVYS . . — | 1 80 |
| LES BALEINIERS. . . . . . . — | 1 30 |
| LE BATARD DE MAULÉON . . . — | 2 » |
| BLACK. . . . . . . . . . . . — | » 90 |
| LA BOULE DE NEIGE. . . . . . — | » 90 |
| BRIC-A-BRAC. . . . . . . . . — | 1 20 |
| LE CAPITAINE PAUL . . . . . — | » 70 |
| LE CAPITAINE RICHARD . . . . — | » 90 |
| CATHERINE BLUM. . . . . . . — | » 70 |
| CAUSERIES — LES TROIS DAMES. — | 1 30 |
| CÉCILE . . . . . . . . . . . — | » 90 |
| CHARLES LE TÉMÉRAIRE . . . — | 1 30 |

### ALEXANDRE DUMAS (Suite)
f. c.

| | | |
|---|---|---|
| LE CHATEAU D'EPPSTEIN . . . — | 1 50 |
| LE CHEVALIER D'HARMENTAL. . — | 1 50 |
| LE CHEV. DE MAISON-ROUGE. . — | 1 50 |
| LE COLLIER DE LA REINE . . — | 2 50 |
| LA COLOMBE. . . . . . . . . — | » 50 |
| LES COMPAGNONS DE JÉHU . . — | 2 40 |
| LE COMTE DE MONTE-CRISTO. — | 4 » |
| LA COMTESSE DE CHARNY. . . — | 4 50 |
| LA COMTESSE DE SALISBURY . — | 1 50 |
| LES CONFESSIONS DE LA MARQUISE — | 1 70 |
| CONSCIENCE L'INNOCENT. . . . — | 1 30 |
| LA DAME DE MONSOREAU . . . — | 2 50 |
| LA DAME DE VOLUPTÉ. . . . . — | 1 50 |
| LES DEUX DIANE. . . . . . . — | 2 20 |
| LES DEUX REINES. . . . . . . — | 1 50 |
| DIEU DISPOSE . . . . . . . . — | 1 80 |
| LES DRAMES DE LA MER . . . — | » 70 |
| LA FEMME AU COLLIER DE VE- | |
| LOURS . . . . . . . . . . . — | » 70 |
| FERNANDE. . . . . . . . . . — | » 90 |
| UNE FILLE DU RÉGENT. . . . — | » 90 |
| LES FRÈRES CORSES . . . . . — | » 60 |
| GABRIEL LAMBERT . . . . . . — | » 90 |
| GAULE ET FRANCE. . . . . . — | » 90 |
| UN GIL-BLAS EN CALIFORNIE. . — | » 70 |
| GEORGES . . . . . . . . . . — | » 90 |
| LA GUERRE DES FEMMES. . . — | 1 65 |
| HISTOIRE D'UN CASSE-NOISETTE. — | » 50 |
| L'HOROSCOPE . . . . . . . . — | » 90 |
| IMPRESSIONS DE VOYAGE : | |
| UNE ANNÉE A FLORENCE. . — | » 90 |
| L'ARABIE HEUREUSE . . . . — | 2 10 |
| LES BORDS DU RHIN . . . . — | 1 30 |
| LE CAPITAINE ARÉNA . . . — | » 90 |
| LE CORRICOLO . . . . . . . — | 1 65 |
| DE PARIS A CADIX . . . . . — | 1 65 |
| EN SUISSE. . . . . . . . . — | 2 20 |
| LE MIDI DE LA FRANCE . . — | 1 30 |
| QUINZE JOURS AU SINAÏ . . — | » 90 |
| LE SPÉRONARE. . . . . . . — | 1 50 |
| LE VÉLOCE . . . . . . . . — | 1 65 |
| LA VILLA PALMIÉRI . . . . — | » 90 |
| INGÉNUE. . . . . . . . . . . — | 1 80 |
| ISABEL DE BAVIÈRE . . . . . — | 1 30 |

### ALEXANDRE DUMAS (Suite)

| | f. c. |
|---|---|
| ITALIENS ET FLAMANDS. . . . | — 1 50 |
| IVANHOE de Walter Scott . . . | — 1 70 |
| JEHANNE LA PUCELLE. . . . . | — » 90 |
| LES LOUVES DE MACHECOUL . . | — 3 50 |
| MADAME DE CHAMBLAY . . . . | — 1 50 |
| LA MAISON DE GLACE. . . . . | — 1 50 |
| MAITRE ADAM LE CALABRAIS. . . | — » 50 |
| LE MAITRE D'ARMES . . . . . | — » 90 |
| LES MARIAGES DU PÈRE OLIFUS . | — » 70 |
| LES MÉDICIS. . . . . . . . | — » 70 |
| MES MÉMOIRES. (Complet). . . | — 8 » |
| — 1re série. (Séparément) . | — 3 60 |
| — 2e série. ( — ). . | — 4 50 |
| MÉM. DE GARIBALDI. (Complet) | — 1 30 |
| — 1re série. (Séparément) . | — » 70 |
| — 2e série. ( — ). . | — » 70 |
| MÉMOIRES D'UNE AVEUGLE. . . | — 1 70 |
| MÉM. D'UN MÉDECIN — BALSAMO | — 4 » |
| LE MENEUR DE LOUPS . . . . | — » 90 |
| LES MILLE ET UN FANTÔMES . | — » 70 |
| LES MOHICANS DE PARIS . . . | — 3 60 |
| LES MORTS VONT VITE . . . . | — 1 50 |
| NOUVELLES . . . . . . . . | — » 50 |
| UNE NUIT A FLORENCE. . . . | — » 70 |
| OLYMPE DE CLÈVES. . . . . . | — 2 50 |
| OTHON L'ARCHER. . . . . . | — » 50 |
| LE PAGE DU DUC DE SAVOIE . | — 1 70 |
| PASCAL BRUNO. . . . . . . | — » 50 |
| LE PASTEUR D'ASHBOURN . . . | — 1 80 |
| PAULINE. . . . . . . . . | — » 50 |
| LA PÊCHE AUX FILETS . . . . | — » 50 |
| LE PÈRE GIGOGNE . . . . . | — 1 50 |
| LE PÈRE LA RUINE. . . . . | — » 90 |
| LA PRINCESSE FLORA. . . . . | — » 70 |
| LES QUARANTE-CINQ . . . . | — 2 50 |
| LA REINE MARGOT . . . . . | — 1 65 |
| LA ROUTE DE VARENNES . . . | — » 70 |
| LE SALTEADOR. . . . . . . | — » 70 |
| SALVATOR . . . . . . . . | — 4 » |
| SOUVENIRS D'ANTONY . . . . | — » 90 |
| SYLVANDIRE . . . . . . . | — » 90 |
| LE TESTAMENT DE M. CHAUVELIN. | — » 70 |
| LES TROIS MOUSQUETAIRES. . . | — 1 65 |
| LE TROU DE L'ENFER . . . . | — » 90 |
| LA TULIPE NOIRE. . . . . . | — » 90 |
| LE VICOMTE DE BRAGELONNE. . | — 4 75 |
| LA VIE AU DÉSERT. . . . . | — 1 30 |
| UNE VIE D'ARTISTE. . . . . | — » 70 |
| VINGT ANS APRÈS. . . . . | — 3 30 |

### ALEXANDRE DUMAS FILS

| | f. c. |
|---|---|
| CÉSARINE . . . . . . . . | — » 50 |
| LA DAME AUX CAMÉLIAS. . . . | — » 90 |
| UN PAQUET DE LETTRES. . . . | — » 50 |
| LE PRIX DE PIGEONS. . . . . | — » 50 |

### XAVIER EYMA

| | |
|---|---|
| LES FEMMES DU NOUVEAU-MONDE. | — » 90 |

### PAUL FÉVAL

| | |
|---|---|
| LE BOSSU OU LE PETIT PARISIEN. | — 4 » |
| LE FILS DU DIABLE. . . . . | — 4 » |
| LE TUEUR DE TIGRES. . . . . | — » 90 |

### CHARLES HUGO

| | |
|---|---|
| LA BOHÈME DORÉE. . . . . . | — 1 50 |

### CH. JOBEY

| | |
|---|---|
| L'AMOUR D'UN NÈGRE. . . . . | — » 90 |

### ALPHONSE KARR

| | |
|---|---|
| FORT EN THÈME. . . . . . | — » 70 |
| LA PÉNÉLOPE NORMANDE. . . . | — » 90 |
| SOUS LES TILLEULS. . . . . | — » 90 |

### A. DE LAMARTINE

| | |
|---|---|
| LES CONFIDENCES. . . . . . | — » 90 |
| L'ENFANCE. . . . . . . . | — » 50 |
| GENEVIÈVE. Hist. d'une Servante | — » 70 |
| GRAZIELLA. . . . . . . . | — » 60 |
| LA JEUNESSE. . . . . . . | — » 60 |
| RÉGINA . . . . . . . . . | — » 50 |

### FÉLIX MAYNARD

| | |
|---|---|
| L'INSURRECTION DE L'INDE. De Delhi à Cawnpore. . . . . | — » 70 |

### MÉRY

| | |
|---|---|
| UN ACTE DE DÉSESPOIR. . . . | — » 50 |
| LE BONHEUR D'UN MILLIONNAIRE. | — » 50 |
| LE CHATEAU DES TROIS TOURS. | — » 70 |
| LE CHATEAU D'UDOLPHE. . . . | — » 50 |
| UNE CONSPIRATION AU LOUVRE. | — » 90 |
| LE DIAMANT A MILLE FACETTES. | — » 60 |
| HISTOIRE DE CE QUI N'EST PAS ARRIVÉ . . . . . . . . | — » 50 |
| LES NUITS ANGLAISES. . . . | — » 90 |
| LES NUITS ITALIENNES. . . . | — » 90 |
| SIMPLE HISTOIRE. . . . . | — » 70 |

## EUGÈNE DE MIRECOURT

| | f. c. |
|---|---|
| LES CONFESSIONS DE MARION DELORME. | 3 70 |
| LES CONFESSIONS DE NINON DE LENCLOS. | — 3 70 |

## HENRY MURGER

| | |
|---|---|
| LES AMOURS D'OLIVIER | — » 30 |
| LE BONHOMME JADIS | — » 30 |
| MADAME OLYMPE | — » 50 |
| LA MAITRESSE AUX MAINS ROUGES | — » 30 |
| LE MANCHON DE FRANCINE | — » 30 |
| SCÈNES DE LA VIE DE BOHÈME | — » 90 |
| LE SOUPER DES FUNÉRAILLES | — » 50 |

## GEORGE SAND

| | |
|---|---|
| ADRIANI | — » 90 |
| LA DANIELLA | — 1 80 |
| LE DIABLE AUX CHAMPS | — » 90 |
| ELLE ET LUI | — » 90 |
| LA FILLEULE | — 2 20 |
| L'HOMME DE NEIGE | — 1 30 |
| JEAN DE LA ROCHE | — 1 10 |
| LES MAITRES SONNEURS | — 1 30 |
| LE MARQUIS DE VILLEMER | — 1 30 |
| MONT-REVÊCHE | — » 90 |
| NARCISSE | — |

## JULES SANDEAU

| | |
|---|---|
| SACS ET PARCHEMINS | — » 90 |

## SCRIBE

| | |
|---|---|
| PROVERBES | — » 70 |

## FRÉDÉRIC SOULIÉ

| | |
|---|---|
| AU JOUR LE JOUR | — » 70 |
| AVENT. DE SATURNIN FICHET | — 1 30 |
| LE BANANIER | — » 50 |
| LA COMTESSE DE MONRION | — » 70 |
| CONFESSION GÉNÉRALE | — 1 80 |
| LES DEUX CADAVRES | — » 70 |
| LES DRAMES INCONNUS | — 2 50 |
| — LA MAISON N° 3, RUE DE PROVENCE | — » 70 |
| — LES AVENTURES D'UN CADET DE FAMILLE | — » 70 |
| — LES AMOURS DE VICTOR BONSENNU | — » 70 |
| — OLIVIER DUHAMEL | — » 70 |

## FRÉDÉRIC SOULIÉ (Suite)

| | f. c. |
|---|---|
| EULALIE PONTOIS | — » 30 |
| LES FORGERONS | — » 70 |
| HUIT JOURS AU CHATEAU | — » 30 |
| LE LION AMOUREUX | — » 30 |
| LA LIONNE | — » 70 |
| LE MAITRE D'ÉCOLE | — » 50 |
| MARGUERITE | — » 50 |
| LES MÉMOIRES DU DIABLE | — 2 » |
| LE PORT DE CRETEIL | — » 70 |
| LES QUATRE NAPOLITAINES | — 1 50 |
| LES QUATRE SŒURS | — » 50 |
| SI JEUNESSE SAVAIT, SI VIEILLESSE POUVAIT | — 1 50 |

## ÉMILE SOUVESTRE

| | |
|---|---|
| DEUX MISÈRES | — » 90 |
| L'HOMME ET L'ARGENT | — » 70 |
| JEAN PLÉBEAU | — » 50 |
| LE MENDIANT DE SAINT-ROCH | — » 70 |
| PIERRE LANDAIS | — » 50 |
| LES RÉPROUVÉS ET LES ÉLUS | — 1 50 |
| SOUVENIRS D'UN BAS-BRETON | — 1 50 |

## EUGÈNE SUE

| | |
|---|---|
| LA BONNE AVENTURE | — 1 50 |
| LE DIABLE MÉDECIN | — 2 70 |
| — LA FEMME SÉPARÉE DE CORPS ET DE BIENS | — » 90 |
| — LA GRANDE DAME | — » 50 |
| — LA LORETTE | — » 30 |
| — LA FEMME DE LETTRES | — » 90 |
| — LA BELLE FILLE | — » 50 |
| LES FILS DE FAMILLE | — 2 70 |
| GILBERT ET GILBERTE | — 2 70 |
| LES MÉMOIRES D'UN MARI | — 2 70 |
| — UN MARIAGE DE CONVENANCES | — 1 50 |
| — UN MARIAGE D'ARGENT | — » 90 |
| — UN MARIAGE D'INCLINATION | — » 50 |
| LES SECRETS DE L'OREILLER | — 2 20 |
| LES SEPT PÉCHÉS CAPITAUX | 5 » |
| — L'ORGUEIL | — 1 50 |
| — L'ENVIE | — » 90 |
| — LA COLÈRE | — » 70 |
| — LA LUXURE | — » 70 |
| — LA PARESSE | — » 50 |
| — L'AVARICE | — » 30 |
| — LA GOURMANDISE | — » 50 |

## VALOIS DE FORVILLE

| | |
|---|---|
| LE CONSCRIT DE L'AN VIII | — » 30 |

# BROCHURES DIVERSES

# MICHEL LÉVY FRÈRES ÉDITEURS

## DERNIERS OUVRAGES PUBLIÉS FORMAT GRAND IN-18

### à 3 francs le volume

CLICHY. — Impr. P. DUPONT et Cie, rue du Bac d'Asnières, 12.

www.ingramcontent.com/pod-product-compliance
Lightning Source LLC
Chambersburg PA
CBHW072348030726
47505CB00014B/1260